K. L. Going

VOLL DANEBEN

Ein unmöglicher Roman

K. L .Going

VOLL DANEBEN

EIN UNMÖGLICHER
ROMAN

Aus dem amerikanischen Englisch
von Johanna Ellsworth

BAUMHAUS VERLAG

FSC
www.fsc.org
MIX
Papier aus verantwortungsvollen Quellen
FSC® C014889

Baumhaus Verlag
in der Bastei Lübbe GmbH & Co. KG

Titel der amerikanischen Originalausgabe:
»King of the Screwups. A novel«

Die amerikanische Originalausgabe erschien 2009
bei Hougthon Mifflin Publishing Company, Orlando, Florida.

Lektorat: Greta Steenbock / Mona Gabriel
Umschlaggestaltung: Guter Punkt, München
Umschlagmotive: © Tom Schierlitz/Getty Images,
© shutterstock / Jose Ignacio Soto, Nate A.
Satz: Bosbach Kommunikation & Design GmbH, Köln
Gesetzt aus der Adobe Caslon
Druck und Einband: Friedrich Pustet, Regensburg

Printed in Germany
ISBN 978-3-8339-3825-2

3 5 4 2

Sie finden uns auch im Internet unter www.baumhaus-verlag.de
Bitte beachten Sie auch www.lesejury.de

Für Dustin, König meines Herzens

1

KLOPF, KLOPF, KLOPF …

»Ist das Ding überhaupt an? Ha, ha! Das war bloß ein Scherz, Leute.«

Der Nachrichtentyp mit dem Mikro grinst und zwinkert mir zu.

Mom, Dad und ich sitzen ihm auf hohen Barhockern gegenüber. Meine Beine baumeln in der Luft. Der Kameramann gibt das Zeichen – er zählt mit den Fingern stumm von fünf bis … live.

»Guuuten Mooorgen, Amerika! Hier am Times Square strahlt heute Vormittag die Sonne. Ich bin Josh Harmon, und meine heutigen Gäste sind die Gellers. Also, wenn Sie noch nie von Allan und Sarah Geller gehört haben, dann leben Sie wohl hinterm Mond. Sarah war viele Jahre lang Topmodel, dessen umwerfende Schönheit die Laufstege von Paris bis Mailand verzaubert hat. Sie schaffte es auf die Titelseite der Vogue, war als Pressesprecherin für Shinefree-Make-up-Produkte tätig und in so vielen Werbekampagnen zu bewundern, dass man sie gar nicht alle aufzählen kann. Als neueste Herausforderung ist sie Inhaberin der Boutique Style in Westchester, New York. Willkommen in der Sendung, Sarah.«

Mom nickt lächelnd. Ihre Augen glänzen, und für mich ist sie die schönste Mutter der Welt.

»Allan Geller«, sagt der Moderator, während er sich Dad zuwendet, »arbeitete sich von ganz unten zum Geschäftsführer von Money Vision hoch, einem der erfolgreichsten Unternehmen der USA, wie Sie alle wissen. Es ist sicher nicht übertrieben zu sagen, dass dieser

Mann ein Finanzgenie ist. Wenn Sie noch mehr über ihn wissen wollen, brauchen Sie nur die neueste Ausgabe von ›Business Today‹ aufzuschlagen, denn die haben ihn zu ihrem Mann des Jahres gekürt. Ich gratuliere, Allan.«

Dad strahlt und nickt bescheiden. Ich sehe ihn an und finde ihn total cool.

»Und das hier ...« Jetzt wendet sich der Moderator an mich. »Das ist ihr Sohn Liam, der jetzt ... wie alt bist du, Liam?«

»Neun.«

Er lächelt, als wären wir gute Freunde.

»Du bist deiner Mutter wie aus dem Gesicht geschnitten«, sagt er. »Ich wette, das hörst du dauernd, stimmt's?«

Ich nicke und vergesse auch nicht zu lächeln. Der Interviewer grinst zurück, aber dann fragt er plötzlich hinterlistig, als würde er einen Witz machen: »Aber bist du auch gut in Mathe?«

Mom und Dad lachen, aber ich weiß nicht, was daran so komisch sein soll. Ich schüttele den Kopf. Der Moderator tut überrascht.

»Soll das etwa heißen, du hast das geniale Rechentalent deines Vaters nicht geerbt?«

Ich bin nicht sicher, was er damit meint, aber dann sehe ich Dad an. Sein Lächeln ist so künstlich, dass sogar seine Mundwinkel leicht zucken. Unbehaglich rutsche ich auf meinem Hocker ein Stück weiter nach hinten, aber der Interviewer lässt nicht locker.

»Gehst du gern zur Schule?«, bohrt er. »Vielleicht gibt es ja ein Fach, in dem du besonders gut bist?«

Ich habe gerade mein Zeugnis bekommen, und die Erinnerung daran ist noch frisch. Mir fallen die Worte wieder ein, die der Medienspezialist vorhin gesagt hat: »Die Reporter werden dir keine schweren Fragen stellen, Liam. Sei einfach du selbst und gib ihnen ehrliche Antworten, die kurz und präzise sind. Und vergiss nicht zu lächeln.«

Also lächle ich und antworte: »Meine Noten sind alle total schlecht, und Dad schreit mich oft an.«

Mom hustet laut und trinkt hastig einen Schluck Wasser aus dem Glas, das neben ihrem Stuhl steht. Dad wirft mir einen Blick zu, der so kurz ist, dass ich nicht sicher bin, ob ich ihn wirklich wahrgenommen habe. Die Erwachsenen lachen laut, aber mir ist klar, dass ich das Falsche gesagt habe.

Der Moderator kann sein Grinsen nicht unterdrücken.

»Ich bin sicher, viele Eltern können das nachvollziehen«, sagt er, als würde er versuchen, nett zu sein, aber ich merke, dass er plötzlich irgendwie anders ist. Es ist, als wäre er vorher unser Freund gewesen, der sich freute, uns zu sehen und uns für dieses Interview dankbar war. Und jetzt ist er zu einem Hai geworden, der Blut wittert.

»Es muss schwierig sein, bei so zeitintensiven Karrieren wie Ihren auch noch Eltern zu sein«, sagt er zu Mom und Dad, aber er lässt ihnen keine Zeit, darauf zu antworten. »Vermisst du deine Eltern, wenn sie weg sind?«, fragt er mich.

Auf diese Frage hat der Medienspezialist mich nicht vorbereitet.

»Nein«, sage ich. Dann fällt mir ein, dass das vielleicht nicht gut ankommt, deswegen korrigiere ich meine Antwort. »Ich meine, ja.« Dann füge ich hinzu: »Mom sehe ich oft, aber Dad nicht, weil er immer arbeitet.«

»Ahaaa«, sagt der Moderator.

Dad greift nach meiner Hand und drückt sie fest.

»Es stimmt, dass ich nicht so viel Zeit mit Liam verbringen kann, wie ich es gerne würde«, sagt er. »Ein internationales Finanzunternehmen zu leiten – das übrigens gleichzeitig eine der führenden wohltätigen Organisationen des Landes ist –, bedeutet eine Menge harter Arbeit, aber Liam und ich unternehmen trotzdem vieles, das uns beiden Spaß macht. Wir gehen gerne schwimmen und spielen Ball, so oft wir können.«

Das stimmt nicht. Ich starre Dad an und wundere mich, warum er in einer landesweiten Fernsehsendung Märchen erzählt. Warum sagt er, wir würden zusammen Ball spielen, wenn das glatt gelogen ist?

»Und selbst wenn Liam meine naturgegebene Begabung für Mathematik nicht geerbt hat«, fährt Dad fort, »so ist er doch sehr ... äh ... sehr ...«

Dad kommt ins Stottern. Ich habe ihn schon in Hunderten von Interviews gesehen, und er hat noch kein einziges Mal gestottert. Es ist, als hätte er den Faden verloren, und das Schweigen zieht sich ewig hin.

Dann räuspert er sich.

»Liam ist sehr beliebt«, sagt er schließlich. »Er ist Everybody's Darling. Seine Mutter und ich sagen immer: ›Warte nur, bis er in die Highschool kommt. Dann wird er uns glatt überholen!‹«

Wenn man Dad nicht kennt, könnte man denken, dass er gerade etwas Nettes gesagt hat. Aber wenn man ihn kennt, dann erkennt man den Ton wieder, den er nur bei Leuten anwendet, die er für wertlos hält. Seine Worte hallen in meinen Ohren. »Everybody's Darling«.

Mein Lächeln erstarrt. Ich sehe zur Tür des Fernsehstudios, obwohl ich weiß, dass ich das nicht tun soll, aber der Moderator wendet sich mir zu ... schon wieder. Seine Augen glitzern.

»Glaubst du, eher wie dein Vater oder wie deine Mutter zu werden, wenn du groß bist?«, fragt er mich.

Ich sehe Mom an. Sie sitzt mit ihren langen Beinen, dem blonden Haar und den blauen Augen aufrecht auf ihrem Hocker. Dann schaue ich Dad an; er hat dunkle Haare, ist kompakt und nicht besonders groß. Sein markantes Gesicht hat keine Ähnlichkeit mit meinen Gesichtszügen. Auch wenn man mir von Geburt an täglich sagt, dass ich meiner Mutter wie aus dem Gesicht geschnitten bin, ist es plötzlich wie eine ganz neue Erkenntnis: Ich sehe meiner Mutter ähnlich – und nur meiner Mutter.

Ich denke an mein Zeugnis und an die Mathefrage. Mein Herz fängt an zu klopfen. Irgendwas steckt hinter dieser Frage, und es erstaunt mich, dass mir jetzt klar wird, was dahintersteckt. Es ist, als hätte man mir einen Dechiffrierschlüssel für die Welt der Erwachsenen gegeben, und als hätte ich erst in den letzten paar Minuten herausgefunden, wie man ihn benutzt.

Ich beiße mir auf die Unterlippe und balle meine (neun Jahre alten) Hände zu Fäusten.

»Wie mein Dad«, sage ich trotzig. »Weil er, auch wenn ich nicht aussehe wie er und nicht so schlau bin wie er, immer noch mein Vater ist.«

Für einen kurzen Augenblick schwillt die Brust meines Vaters an. Sein harter Blick wird weich. Aber noch bevor ich mich in diesem besonderen Moment sonnen kann, tappe ich ins Fettnäpfchen. Und es ist nicht bloß ein gewöhnliches Fettnäpfchen. Es ist die Mutter aller Fettnäpfchen.

»Das weiß ich daher«, erzähle ich dem Moderator der landesweiten Fernsehsendung, »weil sie den Vatertest und das ganze Zeug gemacht haben. Ich hab gehört, wie Mom es meiner Oma erzählt hat. Sie hat gesagt, wenn wir den Vatertest nicht gemacht hätten, dann hätte sie es nie geglaubt.«

2

»Liam, du bist echt ein Versager. Hast du wirklich geglaubt, beliebt zu sein reicht aus, um im Leben durchzukommen?«

Betrunken und halbnackt liege ich auf Dads Schreibtisch. Das Einzige, was ich anhabe, sind meine verkrumpelten Boxershorts und eine Socke, während ein heulendes Mädchen, das mich eh nicht wirklich gemocht hat, ihre Hose und ihr Oberteil aufklaubt.

»Bitte rufen Sie nicht meine Eltern an«, fleht Delia. »Ich kann alles erklären, Mr Geller. Ich tu alles – aber bitte rufen Sie bloß nicht meine Eltern an!«

Ich frage mich, ob das Betteln bei ihr funktioniert. Mir hat es noch nie was gebracht. Ich mache die Augen zu und lasse mich von den Wellen der Übelkeit überrollen. Mittlerweile hat Delia ihr Top zugeknöpft und kniet sich hin, um den Stapel Papier, den wir umgeworfen haben, wieder ordentlich zusammenzulegen. Sie legt die Blätter auf den Schreibtisch, aber als ich erfolglos versuche, mich aufzurichten, stoße ich den Stapel aus Versehen wieder um.

Um mich herum dreht sich alles, und ich bekomme nur verschwommen mit, dass Dad mich anschreit.

»Findest du es okay, in meinem Arbeitszimmer deinen Spaß zu haben«, schreit er, »... auf meinem Schreibtisch ... während deine Mutter und ich unten sind?« Dabei sieht er mich an, aber es ist Delia, die darauf eine Antwort gibt.

»Wir wussten doch nicht, dass Sie da sind«, sagt sie. Jetzt heult sie richtig.

Auch ich sollte meinen Vater lieber anflehen, aber ich muss dauernd daran denken, dass ich so bescheuert war zu glauben, Delia wäre wirklich in mich verliebt. Sie ist superschlau, die Präsidentin der Ehrengesellschaft und all so was – warum sollte sie ausgerechnet *mich* mögen? Aber schließlich waren wir auf einer Party, beide total besoffen, und da hat sie mir erzählt, dass sie schon das ganze letzte Jahr in der Elften in mich verknallt gewesen sei.

»Du siehst so toll aus, Liam«, hat sie mir zugerufen, um die dröhnende Musik zu übertönen. »Du bist süß und witzig, und ich habe mich total in dich verliebt.«

Das hat sie gesagt.

Also, wer kann mich dafür verdammen, mit ihr in Dads Arbeitszimmer zu gehen? Eigentlich wollte ich ihr nur seine vielen Preise und den ganzen Kram zeigen. Aber weil ich mich die ganze Zeit über darauf konzentrierte, nicht durch eine dumme Bemerkung alles zu vermasseln, fing ich an, sie zu küssen, um möglichst wenig reden zu müssen. Und dann ist alles schiefgegangen.

Daran, wie ein Mädchen mich auszieht, kann ich erkennen, was es wirklich für mich empfindet. Das Erste, was Delia mir auszog, war meine Armbanduhr. Es ist eine sehr schöne Uhr – sie hat genau die richtige Menge an Patina, und das alte Lederarmband ist weich. Ich hab sie in einem Second-Hand-Shop in SoHo gekauft, aber weil es eine Markenuhr ist, war es trotzdem ein seltenes Schnäppchen. Delia ließ die Uhr neben Dads Schreibtisch auf den Boden fallen, als sei sie Müll. Das gefiel mir zwar nicht, aber ich war gerade dabei, ihr den Pullover auszuziehen, deswegen habe ich es ignoriert.

Aber dann hat sie mein Hemd aufgeknöpft.

Das Hemd an sich – ein *Kenneth-Cole*-Modell, das schon ein paar Jahre alt ist – ist nichts Besonderes. Das Besondere an diesem Hemd sind die perfekten Metallknöpfe. Dünn und mit scharfer Kante. Aber was Delia betraf, hätten es genauso gut Plastikknöpfe sein können, auf denen *Gap* steht. Sie hat sie noch nicht mal *bemerkt*. Sie zog mir das Hemd über den Kopf, riss dabei einen Knopf ab, und warf es achtlos in die Ecke.

Okay, man könnte einwenden, dass sie voll bei der Sache war, aber das war ich auch, und trotzdem ist mir ihr schwarzer Samt-BH nicht entgangen. Wahrscheinlich war es ein Modell von *Victoria's Secret*, und er verriet mir, dass Delia unter ihrem intellektuellen Äußeren sexy ist. Das gefiel mir. Aber ich merkte auch, dass Delia nichts an mir fand, was ihr gefallen oder nicht gefallen hätte.

Und da wusste ich Bescheid.

Dieses Mädchen liebt mich nicht. Sie *mag* mich noch nicht mal. Sie will nur beliebt sein.

Na ja, wen interessiert das schon, während sie dir die Klamotten auszieht, stimmt's? Aber mich interessierte es schon. Und was noch schlimmer ist ... Ich machte trotzdem weiter.

Bis mein Dad zur Tür hereinkam.

Deswegen schreit er jetzt so, und ich liege wie gelähmt da, während sich in meinem Kopf alles dreht und ich an all die Dinge in meinem Leben denke, die ich gerne anders gemacht hätte.

»HÖRST DU MIR ÜBERHAUPT ZU?«, brüllt Dad sich die Lunge aus dem Leib. Delia windet und krümmt sich vor Unbehagen.

»Diesmal hast du dir deine Zukunft wirklich versaut«, schreit Dad.

Den Satz höre ich häufig.

»Trotz allem, was ich für dich getan habe, hast du keinerlei moralische Werte! Nichts an dir entspricht dem, was ich mir immer von meinem Sohn gewünscht habe – und es fällt mir nicht leicht, das zu sagen.«

Dabei sagt er es dauernd.

»Wenn ein Kind die beste Erziehung und eine internationale Schulausbildung genossen hat und dann trotzdem ständig Mist baut, dann liegt das wohl nicht an den Eltern, oder?«

Dad ist in seinem Element. In seinem Eifer fällt ihm das dichte schwarze Haar in die Stirn, und seine Halsschlagader vibriert. Ich sehe zu, wie sie pocht.

Aber in Wirklichkeit ist es mein Kopf, der pocht.

»Ich habe dir schon beim letzten Mal gesagt, dass ich dieses Benehmen nicht länger dulden werde. Es reicht! Ich habe es satt, Liam. Du machst mich ganz krank.«

Die Worte vermischen sich, verschwimmen, aber Dad ist doch nicht betrunken – ich bin doch derjenige, der betrunken ist –, also muss es mein eigenes Hirn sein, in dem alles verschwimmt. Krank... du... krank... mich krank... Was hat er gesagt? Tatsache ist, ich fühle mich irgendwie krank. Ziemlich krank sogar.

»Ich will dich in meinem Haus nicht mehr sehen.«

»Mr Geller!«, ruft Delia erschrocken, doch Dad sieht sie genauso an, wie er Mom immer ansieht. Er kneift die Augen so eng zusammen, dass sie zurückweicht.

In diesem Moment tut Delia mir leid. Mir tut leid, dass ich sie in diese Sache reingezogen habe, und mir tut auch leid, dass sie Dads Geschrei mitanhören muss. Wieder versuche ich mich aufzurichten, und ich glaube, diesmal wird mir endlich das Richtige einfallen. Das, was ich sagen muss, damit Dad alles wieder zurücknimmt, denn das kann er doch nicht wirklich ernst meinen, oder? Also hole ich tief Luft und bemühe mich, meine Augen dazu zu bringen, sich auf ihn zu konzentrieren.

»Kann ich bitte eine Sekunde Zeit haben, um mich zu entschuldigen …«

Doch leider dreht sich in dem Moment, in dem ich mich aufsetze, wieder alles vor meinen Augen.

Die ganze Welt stellt sich auf den Kopf, und mein Sichtfenster wird immer enger, bis es nur noch ein winziger Fleck ist. Dann wird mir schwarz vor Augen.

3

ICH BIN FÜNF JAHRE ALT und spiele nach einer von Moms Modeschauen auf dem Laufsteg in Paris. Es ist schon spät. Sehr spät. Überall liegen Kleider herum, und unterschiedlich auffällige Leute stehen herum und unterhalten sich. Es riecht nach Rauch und Parfüm, und die laute Musik klingt mir noch in den Ohren.

Seit Stunden beachtet mich niemand, aber das ist okay, denn ich bin damit beschäftigt, die Models nachzuahmen. Ich habe noch die Show vor Augen, die ich mir vorhin hinter einem Vorhang versteckt ansehen durfte, während eine Frau immer wieder »Pssst« geflüstert hat, als wüsste ich nicht genau, dass ich bei einer Modenschau still sein muss. Aber jetzt muss ich nicht mehr still sein, und so stapfe ich ganz laut mit extralangen Schritten über den Laufsteg, so wie Mom es immer tut. Ich ziehe meine Schultern nach hinten und recke das Kinn. Ich sauge sogar die Wangen ein.

Dann werden mehrere Umstehende auf mich aufmerksam, und ich fange die Worte auf, die ich verstehe – englische oder französische Worte.

»Ach, seht ihn euch an!«

»Du liebe Güte, Sarah, er ist umwerfend. Er ist dir wie aus dem Gesicht geschnitten.«

»Hach, er ist zum Knuddeln süß!«

Die Leute lachen, und eine Gruppe Models wirft mir von unten Küsse zu. Mom beobachtet mich von ihrem Stuhl aus. Ihre Augen sind halb geschlossen und verträumt, aber sie lächelt. Sie sieht unglaublich glücklich aus, vielleicht sogar stolz, und dabei habe ich doch gar nichts Besonderes getan. Also peppe ich die Sache noch ein bisschen auf, aber so wie ein Fünfjähriger es tut. Ich renne so schnell ich kann den Laufsteg hinunter, sicher, dass ich von der Bühne direkt in ihre Arme springe und sie mich auffangen wird – nur läuft es leider nicht so, wie ich dachte. Mom sieht bloß zu, während ich krachend in einem Haufen Stühle lande.

Als ich die Augen wieder aufschlage, beugt sich Mom über mich und starrt auf das verkrumpelte Stück Elend, das ihr Sohn ist. Ich liege immer noch auf Dads Schreibtisch, und mein ganzer Körper schmerzt. Die Sonne scheint durch das Fenster des Arbeitszimmers, und ich muss blinzeln. Mein Gesicht glüht und mir ist schlecht. Ganz vorsichtig richte ich mich auf und lasse mich langsam von der Tischplatte herunter in Dads Schreibtischstuhl gleiten. Durch die Bewegung fängt mein Kopf an zu dröhnen.

Mom reicht mir einen Kaffeebecher. Dann setzt sie sich in den Sessel vor Dads Erkerfenster. Für einen Moment kehrt Stille ein, und ich wünschte, es könnte für immer so bleiben, aber ich weiß, das ist unmöglich.

»Ach, Liam«, flüstert Mom schließlich. »Warum machst du bloß solche Sachen? Warum musst du deinen Vater so aufregen? Wolltest du ihn dazu bringen, dich rauszuwerfen? Ist es das?«

Es klingt, als würde Mom mich angreifen, aber das tut sie nicht. Sie will es nur verstehen.

»Nein«, sage ich. »Ich wollte ihn nicht …« Die Worte kleben wie Watte an meinem Gaumen fest. Bevor Mom es ausgesprochen hat, hatte ich immer noch gehofft, der Rausschmiss sei nur Teil meiner grauenhaft vernebelten Trunkenheit. »Hat er es sich denn noch nicht anders überlegt?«

Mom sieht mich traurig an, ohne zu antworten.

»Wie viel hast du auf der Party getrunken?«, will sie stattdessen wissen.

»Ein paar Bier.«

»Das ist wohl leicht untertrieben«, schnaubt sie verächtlich. »Irgendwelche Drogen?«

»Aber Ma! *Nein.*«

Mom nickt, denn tief in ihrem Inneren weiß sie genau, dass ich nie Drogen nehmen würde. Auf eine gewisse, seltsame Weise vertraut sie mir.

»Und das Mädchen?«

»Delia? Was ist mit ihr?«

»Magst du dieses Mädchen überhaupt?«

Mir fällt wieder ein, dass ich Delia fast schon gehasst habe, während sie mich auszog, aber das würde in diesem Zusammenhang wohl nicht gut ankommen. Deswegen zucke ich nur die Achseln, und Mom schüttelt den Kopf.

»Du bist so ein Nichtsnutz«, sagt sie und ist für einen Moment richtig wütend, aber dann werden ihre Züge wieder weich. Mom hat die Art von Gesicht, die man einfach ansehen muss. Wenn sie lächelt, fängt das Lächeln in ihren Augen an, breitet sich dann über ihr Gesicht aus und bringt den ganzen Raum zum Strahlen. Das ist auch einer der Gründe, warum sie ein Supermodel war. Bei ihr haben die Leute nicht nur hingesehen – sie konnten gar nicht mehr wegsehen.

Ich wünschte, sie würde jetzt lächeln, aber das tut sie natürlich nicht.

»Diesmal meint dein Vater es ernst, Li. Er will, dass du gehst. Ich werde nicht lügen und behaupten, ich hätte dich verteidigt«, fügt Mom hinzu. »Dein Vater will, dass du bis Ende der Woche ausziehst. Er hat schon deine Großeltern angerufen und alles arrangiert.«

Zum ersten Mal setze ich mich gerade hin.

»Mom, das kann er nicht tun! Gram und Gramps können mich nicht *ausstehen*. Das weißt du doch. Außerdem bin ich sein *Sohn*. Und werde dieses Jahr mit der Schule fertig. Gibt es denn gar nichts –«

Sie hält die Hand hoch.

»Was deine Großeltern betrifft, hast du recht«, sagt sie. »Mich können sie auch nicht ausstehen, wenn dir das hilft. Zu denen kommst du nur über meine Leiche.«

»Aber trotzdem hältst du Dad nicht davon ab, mich rauszuschmeißen? Wo soll ich denn hin?«

Sie atmet hörbar aus, und ich merke, dass sie müde ist, aber Mom ist sowieso immer müde.

»Ich habe den ganzen Vormittag herumtelefoniert«, sagt sie. »Und ich habe einen anderen Platz für dich gefunden. Es brauchte zwar etwas Überredungskunst, aber dein Onkel Peter wird dich für eine Weile aufnehmen. Aber sag deinem Vater bloß nicht, dass es meine Idee war. Und bringe es ihm vorsichtig bei, denn er wird darüber nicht besonders glücklich sein.«

Sie steht auf, als hätte sie nicht gerade mein ganzes Leben umgekrempelt.

»*Mom*…«, fange ich an, aber es gibt zu viel, was ich sagen müsste.

»Onkel Peters Telefonnummer liegt unten auf dem Couchtisch. Ich hab ihm gesagt, sobald du dich wieder besser fühlst, wirst du ihn anrufen, um die Einzelheiten mit ihm zu besprechen.« Sie hält inne. »Er freut sich riesig.«

Sie lächelt leicht über ihre eigene Ironie, und wie sie da steht, wirkt sie so traurig, dass ich sie am liebsten schütteln würde. Ich erinnere mich noch daran, wie sie auf dem Laufsteg aussah, an ihre perfekte Selbstkontrolle und die gerade, vornehme Haltung.

»Ma, *bitte*! Können wir nicht noch mal darüber reden, bevor –«

»Nein«, sagt Mom. »Dein Vater möchte jetzt frühstücken. Komm nicht runter.«

Dann geht sie zur Tür hinaus und ist verschwunden.

4

ICH BIN SIEBEN und auf der Abschiedsfeier meiner Mutter.

Ich kauere in einem der riesigen Ledersessel, die in unserem neuen Haus im Wohnzimmer stehen. Ich vermisse Paris. Mom auch. Sie sitzt im Sessel neben mir und starrt aus dem Fenster. Draußen grillt Dad, während Gram und Gramps uns gegenüber auf dem Sofa sitzen. Im Garten sind lauter Leute – Nachbarn und Freunde von Dad, die er eingeladen hat –, aber hier drin ist es bedrückend still. Schließlich räuspert sich Gram.

»Wirklich, Sarah, deine Entscheidung, aus dem Modelgeschäft auszusteigen, war richtig«, sagt sie und schenkt meiner Mutter einen dieser für sie typischen halb mitleidigen und halb verächtlichen Blicke. »Ganz ehrlich: Ich weiß gar nicht, wie du so lange einen so … stressigen … Lebensstil aushalten konntest. Vor allem, da dein Sohn dich so offensichtlich zu Hause braucht. Wir haben uns solche Sorgen um Liam gemacht.«

Mom wendet den Blick vom Fenster ab.

»Ich denke, Liam geht es bestens«, sagt sie.

»Na, Ungehorsam und schlechte Manieren würde ich nicht gerade ›bestens‹ nennen«, sagt Gramps lachend. »Was meinst du, junger Mann?«

Ich zucke mit den Schultern und schaue auf meine Füße.

»Nina meint doch nur, dass eine Mutter für ihren Jungen zu Hause und ihm ein Vorbild sein sollte, Sarah – statt in der Welt-

geschichte rumzugondeln. Glaub mir, wir sind absolut davon überzeugt, dass du jetzt, wo du wieder in einer stabilen Umgebung bist, eine bessere Mutter sein wirst.«

Das ist Gramps Vorstellung von einem Kompliment. Mom erstarrt.

»Ich wusste gar nicht, dass meine Fähigkeiten als Mutter in Frage gestellt wurden.«

Gram und Gramps tauschen Blicke aus.

»Nun ja, ganz offensichtlich kann Allan nicht alles allein machen«, sagt Gram dann. »Jungen brauchen viel Aufmerksamkeit, und bald wird er sich für Sport und Mädchen interessieren, und ihr müsst euch mit dem College befassen …«

»Oder mit der Army …«, fügt Gramps hinzu und nickt mir bedeutungsvoll zu.

»Wäre ich nicht zu Hause geblieben und hätte mich um Allan gekümmert, als er in Liams Alter war, dann könnten wir sicher nicht seine neue Position als Vorstandsvorsitzender feiern.«

»Ach, wirklich?«, fragt Mom unschuldig. »Und was ist mit Peter?«

Wie auf ein Zeichen klopft es einen Augenblick später an der Tür. Mom lächelt Gram und Gramps zu und sagt: »Lasst mich das machen«, und als sie die Tür öffnet, tritt ein Mann in einem hautengen roten Kleid ein. Ich starre ihn ungläubig an, nicht etwa seiner Kleidung wegen – bei Modenschauen habe ich Männer schon in allen moglichen verrückten Aufmachungen gesehen. Nein, ich starre ihn an, weil ich ihn im ersten Moment nicht wiedererkenne. Dann wird mir klar, dass der Mann im Kleid Onkel Pete ist. Er trägt ein bodenlanges Abendkleid, Highheels und eine schwarze Perücke.

»Hallo, meine Liieben«, haucht er, während er zur Tür hereinkommt.

Ich klatsche in die Hände und rufe: »Tante Pete ist da!«

Sobald ich das ausgesprochen habe, bricht Gram in Tränen aus, und Mom versucht noch nicht einmal, ihr breites Grinsen zu ver-

bergen. Dann kommt Dad von draußen rein. Es ist, als würden alle Geräusche aus dem Zimmer gesogen, um gleich darauf lauter als zuvor zurückzuströmen.

»Verlass sofort mein Haus! Wenn du denkst, du könntest dich so vor meinem Sohn aufführen ...«, poltert Dad.

»Sarah, hast du ihn etwa eingeladen?«, jammert Gram.

»... eine Schande«, sagt Gramps. »Einen Sohn wie dich wollte ich nie.«

Die Stimmen der Erwachsenen klingen so unbarmherzig, dass ich stumm mit offenem Mund dasitze. Die Gesichter meines Vaters und meines Großvaters laufen knallrot an, während sie herumschreien, doch Tante Pete lächelt. Und zum ersten Mal, seit die Party begonnen hat, lächelt auch meine Mutter.

Tante Pete merkt, dass ich die anderen beobachte, und zwinkert mir zu.

»Wir sehen uns nachher«, sagt er, als mein Vater und Großvater ihn zusammen nach draußen begleiten.

Seitdem habe ich ihn nie wiedergesehen.

Tante Pete.

Ich starre auf die Telefonnummer, die meine Mutter in ihrer schnörkeligen Handschrift aufgeschrieben hat, und atme schneller.

Das darf doch nicht wahr sein.

Mir ist, als würde man mir die Kehle zuschnüren, und ich ermahne mich, cool zu bleiben. Mit meinem Transvestitenonkel in einer Wohnwagensiedlung zu leben ist immer noch hundert Mal besser, als mit meinem Militärgroßvater und der strengsten Großmutter der Welt in Nevada zu leben.

Oder etwa nicht?

Woher zum Teufel soll ich das wissen? Der einzige Grund, weshalb ich überhaupt weiß, wo Tante Pete wohnt, ist, dass Dad immer sagt: »Du willst doch nicht wie mein gestörter Bruder enden, der in einer heruntergekommenen Wohnwagensiedlung in der Pampa lebt.«

Ich trommle mit den Fingern auf Dads Schreibtisch und versuche, mir noch andere Erinnerungen an Pete als die von Moms Abschiedsfeier ins Gedächtnis zu rufen. Aber mir fällt nichts ein. Hat er uns jemals in Paris besucht?

Auf keinen Fall werde ich bei jemandem leben, an den ich mich noch nicht einmal erinnern kann.

Ich stehe auf und gehe über den Flur in mein Zimmer. Dann ziehe ich mir etwas über und gehe trotz Moms Warnung hinunter in die Küche, um Dad zu suchen, denn es muss sich um ein riesiges Missverständnis handeln. Er hat die Schwere meines Fehltritts missverstanden, und ich habe missverstanden, wie sauer er ist.

Oder so ähnlich.

Als ich ihn finde, arbeitet er wie wild an den Unterlagen, die er vom Boden seines Arbeitszimmers aufgesammelt hat – ein schlechtes Zeichen. Dass Dad an einem Sonntagmorgen arbeitet, ist normal, aber dass er am Küchentisch arbeiten muss, macht ihn sicher wütend.

Unsicher bleibe ich im Türrahmen stehen und atme tief ein, um mich zu beruhigen. Mom steht am Herd. Sie brät Tofu mit Rührei. Auf der neuen Marmorplatte, die sie letzte Woche hat einbauen lassen, um die Chromplatte zu ersetzen, die auch erst sechs Monate alt war, steht ein Teller mit Speckersatz.

»Dad«, sage ich mit brüchiger Stimme.

Dad blickt nicht auf. Er trägt etwas in eine Akte ein und tippt Zahlen in einen Taschenrechner.

»Das – äh – das mit gestern Abend tut mir wirklich leid. Ehrlich. Es war dumm von mir, und ich weiß, du sagst, dass ich immer die falschen Entscheidungen treffe, und du hast auch vollkommen recht, das tu ich auch, aber … Ich hab das nicht gemacht, um dich zu ärgern.«

Ich warte, aber mein Vater reagiert nicht. Mom konzentriert sich auf den Tofu.

»Könnten wir nicht darüber reden?«

Keine Antwort.

»Ich weiß, dass du sauer bist, und du hast auch das Recht, sauer auf mich zu sein, aber hältst du es nicht für ein bisschen krass, mich eine Woche vor Anfang meines letzten Schuljahrs rauszuwerfen?«

Der Tofu brutzelt so laut in der Pfanne, dass das Geräusch die ganze Küche ausfüllt, und mir wird schlecht von dem Geruch. Mom sticht mit dem Pfannenwender auf ihn ein.

»Mom?«, frage ich Hilfe suchend, aber sie kocht weiter. Ich bemerke, dass sie die Frühstücksteller so nahe am Rand der Küchenplatte abgestellt hat, dass sie fast herunterfallen. Zwei Teller, nicht drei. Mich packt das Verlangen, die Hand auszustrecken und sie von der Kante zu stoßen. Und zuzusehen, wie das teure Porzellan in tausend Stücke zerspringt.

Der Tofu brutzelt weiter, und obwohl sie weiterhin auf ihn einsticht, fängt er an zu verbrennen.

Dad tippt mit solcher Regelmäßigkeit Zahlen ein, dass das Klicken herzlos klingt.

»*Dad*«, wiederhole ich, und diesmal liegt Schärfe in meiner Stimme. Da dreht Mom sich um, und es ist so, als wäre das Porzellan zerschlagen.

»Geh«, sagt sie und klatscht den Pfannenwender auf den Herd. »Er will dich hier nicht haben.«

Sobald sie es ausgesprochen hat, verzerrt sich ihr Gesicht, und daher weiß ich, dass sie es nicht so gemeint hat. Aber es ist schon zu spät.

Ich verlasse die Küche und komme nicht mehr wieder.

5

ICH WÄHLE PETES NUMMER und schließe die Augen.

»*Vermassle es bloß nicht*«, flüstere ich mir zu. »*Vermassle es nicht.*«

Es muss eine Handynummer sein, denn der Rufton klingt komisch – wie eine kreischende Gitarre –, und fast hätte ich aufgelegt, aber dann nimmt jemand ab.

»R-hallo?« Die Stimme am anderen Ende der Leitung ist die Art von tiefer, rauer Stimme, wie die Transvestiten in Filmen sie immer haben. Ich frage mich, ob so eine Stimme eine Bedingung für die Rolle ist oder so was.

»Hallo, Tante Pete?«, sage ich und denke sofort: *Oh, Shit.* Ich glaub's einfach nicht. Nach nur eins Komma zwei Sekunden geht das Gespräch voll daneben.

»Taaaoonkel Pete? Ich bin's. Liam.«

Langes Schweigen am anderen Ende.

»Ach ja – Liam.«

Das klang aber nicht nach ›Er freut sich riesig‹.

»Ja, Mom hat gesagt, sie hätte dich angerufen und ich könnte ein paar Monate bei dir wohnen.«

Am anderen Ende der Leitung ertönt ein gequältes Würgen. Seine Antwort klingt gepresst.

»Monate?! Deine Mutter hat von ›Wochen‹ gesprochen. Ein paar Wochen. Höchstens *zwei oder drei.* Nur bis mein Bruder seinen Koller überwunden hat.«

Typisch. Mom macht alles immer nur halbherzig. Vielleicht hat sie optimistisch gedacht, Dad würde es sich anders überlegen, aber das bezweifle ich. Einen Moment lang bin ich sauer, aber dann fällt mir wieder ein, dass sie mich vor meinen Großeltern gerettet hat.

»Sagte ich Monate? Ich meinte natürlich Wochen.« Ich überlege, ob ich versuchen soll, Monate wie Wochen auszusprechen, lasse es dann aber lieber. Tante Pete schweigt lange.

»Weiß dein Vater eigentlich davon?«, fragt er dann, und ich weiß sofort, dass ich mich jetzt entscheiden muss. Entweder zeige ich Charakter und sage die Wahrheit, oder ich schwindle einfach weiter wie Mom.

»Ja«, schwindle ich. »Er weiß es.«

»Und er ist einverstanden? Es fällt mir schwer, das zu glauben. Dein Vater und ich reden schon lange nicht mehr miteinander.«

»Na ja«, sage ich, um Zeit zu schinden und mir die Einzelheiten auszudenken, »er wollte eigentlich, dass ich bei euren Eltern wohne (die Wahrheit), aber die haben Nein gesagt (okay, das war eine kleine Lüge), und es gibt sonst niemanden, den man darum bitten könnte, weil Moms Mutter in Paris ist, und vielleicht hast du ja mitbekommen, was das letzte Mal passiert ist, als ich Moms Schwester besucht habe? Die Geschichte mit der Party (leider nur zu wahr)?«

Tante Pete schnaubt verächtlich.

»Deine Mom sagt, wir müssen dich hier in der Schule anmelden, selbst wenn es nur für eine kurze Zeit ist. Du gehst jetzt in die letzte Klasse, stimmt's?«

Ich nicke heftig, bis ich mich daran erinnere, dass ich ja am Telefon bin. »Ja. Das stimmt. Und ganz ehrlich, ich werde kaum da sein, weil ich Schule und Sport und lauter so Zeug habe. Also wirst du mich kaum zu sehen kriegen.«

Das ist eine weitere Lüge. Ich bin wegen meiner schlechten

Noten dauerhaft vom Sport ausgeschlossen, also habe ich nach der Schule nichts, wohin ich gehen könnte. Aber das braucht Tante Pete jetzt noch nicht zu wissen.

Er seufzt ziemlich laut. »Sag mir eines, Liam«, fragt er dann. »Auf diese Idee ist doch deine Mom gekommen, nicht wahr?« Die Frage trifft mich unerwartet, und ich weiß nicht, was ich darauf antworten soll.

»Äh, hat sie denn gesagt, es sei ihre Idee gewesen?«

Pete zögert, aber dann sagt er: »Nein. Sie hat gesagt, es sei deine Idee gewesen, und du würdest am liebsten bei mir wohnen, aber ich möchte wissen, ob das wahr ist.«

Er klingt ernst, und ich frage mich, warum ihm das so wichtig ist.

»Es war nicht meine Idee«, sage ich schließlich. »Ehrlich, ich kann mich kaum noch an dich erinnern. Leider.«

Als Tante Pete antwortet, wirkt er nicht verärgert. Seine Stimme klingt anders – irgendwie gerührt. »Zum Teufel«, sagt er.

Ich denke: *Na toll, jetzt habe ich ihn zum Weinen gebracht,* aber dann räuspert er sich.

»Du kannst bei mir wohnen, bis dein Vater dich wieder nach Hause kommen lässt. Ein paar Wochen, stimmt's? Du wirst dich doch bessern, oder?«

»Klar«, sage ich erleichtert. »Dad und ich brauchen nur ein bisschen Abstand voneinander, und ich werde dir keine Last sein, weil ich sehr selbstständig bin und …« Ich spreche das Wort ›und‹ aus, bevor mir klar wird, dass ich mir nun eine zweite positive Eigenschaft ausdenken muss. »Äh … unterhaltsam.«

Diesmal lacht Pete. Es ist ein schallendes Lachen, also muss ich das Richtige gesagt haben.

»Gut«, sagt er. »Dann passt du hier rein.«

6

»DAD, WILLST DU SEHEN, WAS ICH HEUTE IN DER SCHULE GEMACHT HABE? Ich hab eine Zwei dafür bekommen, und die Lehrerin hat gesagt, dass es sehr einfallsreich ist. Siehst du, Dad? Guck mal, es ist ein Bild in einem Schuhkarton, und das da ist ein großer Dinosaurier, der gleich den kleinen Dinosaurier fressen wird …«

Dad wendet den Blick von der Zeitschrift ›Business Today‹ ab und mir zu.

»Das nennt sich Diorama«, sagt er und seufzt laut. »Und eine Zwei ist nichts, womit man angeben könnte«, fügt er hinzu. »Früher habe ich immer gesagt, dass ich niemals einen Sohn bekommen würde, der ein Zweierschüler ist, aber da habe ich mich wohl geirrt. Schließlich haben wir ja den Vaterschaftstest gemacht, wie alle Welt weiß.«

Den letzten Satz murmelt Dad zähneknirschend. Dann klappt er die Zeitschrift wieder auf. Ich stehe mit dem Schuhkarton da und weiß nicht, wie ich mich verhalten soll.

»Komm, Li, wir stellen dein Diorama im Salon auf«, sagt Mom, die jetzt hinter mir steht und mich sanft wegzieht.

»Er hat es noch nicht mal angesehen«, sage ich, als wir im anderen Zimmer sind. »Der Lehrer hat gesagt, dass eine Zwei gut ist.«

»Eine Zwei ist gut.«

»Warum … warum mag Dad mich dann nicht?«

Mom beugt sich zu mir herunter und nimmt mich in die Arme.

»Natürlich mag er dich. Dein Vater hat dich lieb. Er ist nur…« Sie seufzt. »Ach, Li«, sagt sie dann. »Es ist eine komplizierte Sache. Hab einfach Geduld und hör auf, dich so sehr anzustrengen. Okay?«

Während ich meine Sachen packe, wird mir klar, dass Moms Rat falsch war. Ich hätte mich noch mehr anstrengen sollen. Ich versuche, darüber schockiert zu sein, dass ich wirklich ausziehen muss, aber niemand kann behaupten, dass es überraschend kommt. Noch nicht einmal ich. Delia war nicht das erste Mädchen, mit dem ich erwischt worden bin. Außerdem habe ich meinen Führerschein wegen Alkohol am Steuer verloren, bin in mehreren Kursen in der Schule durchgefallen, war auf mehr verbotenen Partys, als ich zählen kann, und habe selber mehr verbotene Partys geschmissen, als ich zugeben sollte. Ich frage mich, ob wohl alles anders verlaufen wäre, wenn ich mir mehr Mühe gegeben hätte.

Als ich einen Blick aus dem Fenster werfe, sehe ich Moms Auto vor dem Haus. Sie wartet darauf, dass ich meinen letzten Koffer herunterbringe. Ich überlege gerade, was man in einem Wohnwagenpark eigentlich anzieht, und als ich mich umdrehe, um ein paar Klamotten aus der Kommode zu holen, sehe ich Dad im Türrahmen stehen.

»Liam«, sagt er.

Ich blicke nicht auf, sondern falte die Kleidungsstücke genauso sorgfältig wie ich es tue, wenn ich Mom in der Boutique helfe.

»Du weißt, dass es das Beste ist, oder?«

Ärmel nach hinten, Falten glatt streichen, die Bügelfalten übereinanderlegen.

»Es tut mir leid, dass es so weit kommen musste.«

Eine lange Schweigepause entsteht, während ich zusammenfalte und Dad mir dabei zusieht. Ich wünschte, das wäre das Ende des Liedes, denn das wäre wenigstens ein anständiges Ende gewesen. Nicht toll, aber anständig. Aber wie immer vermassle ich alles.

»Mir tut es auch leid«, sage ich. »Vielleicht bessere ich mich, wenn ich bei Pete wohne. Ich werde wirklich versuchen, mich von jetzt an anders zu benehmen, und ich glaube, das schaffe ich auch …«

Dads Gesichtsausdruck verändert sich.

Zuerst weiß ich gar nicht, was ich Falsches gesagt habe. Also durchsuche ich wie immer voller Panik mein Gedächtnis. Dann macht es Klick.

Verflucht.

Er wusste es noch gar nicht.

»*Was hast du gerade gesagt?*«

Dad kommt mit großen Schritten auf mich zu, und unwillkürlich weiche ich zurück.

»Ich … äh … ich habe bloß gefragt …«

»Liam«, fordert er mich auf, »spuck es aus. *Sofort.*«

»Ich habe Pete gefragt, ob ich bei ihm wohnen könnte, und er hat Ja gesagt, und deswegen bringt Mom mich jetzt zu ihm.«

»Sie bringt dich zum Flughafen«, sagt er. »Ich habe sie gebeten, dir ein Flugticket nach Nevada zu kaufen. Ich habe schon alles mit deinen Großeltern besprochen.«

Ich schüttele den Kopf.

»Sie hat das Ticket nicht gekauft.«

Dads Gesicht läuft dunkelrot an.

»Wie konntest du nur?«, fragt er und ringt nach Luft. »Hast du versucht, das zu finden, womit du mich am meisten verletzen kannst? Du musst dir eine Menge Gedanken gemacht haben.«

In seiner Stimme liegt ein spöttischer Unterton, und ich weiß nicht, ob er damit andeuten will, dass ich böse und rachsüchtig bin, oder dass ich zu blöd bin, daran zu denken – oder beides. Am liebsten würde ich ausplaudern, dass es Moms Idee war. Glaubt mir, ich würde es *sooo* gern sagen, aber ich tue es nicht.

»Dad, ich kann nicht bei Gram und Gramps wohnen. Sie sind so weit weg in Nevada, und sie mögen mich noch nicht mal. Wo soll ich denn sonst hin?«

Ich stammle die Worte, und Dad tritt noch einen Schritt näher. Er spricht ganz langsam und betont jedes Wort. »Wenn du glaubst, dein Onkel könnte dir irgendwas geben, was ich dir nicht gegeben habe, irrst du dich gewaltig.«

Seit Jahren waren wir uns körperlich nicht mehr so nahe, und ich spüre Dads Atem im Gesicht. Auch wenn er mich noch nie geschlagen hat, warte ich darauf, dass seine Faust von hinten nach vorne schnellt und mir einen Schlag verpasst, doch in der letzten Sekunde tritt Dad einen Schritt zurück. Dieser Schritt befreit meine gelähmte Zunge.

»Es tut mir leid«, sage ich hastig. »Es tut mir wirklich leid. Ich wusste zwar, dass es dir nicht recht wäre, aber ich wusste nicht, dass es eine so große Sache ist. Ehrlich. Wenn ich gewusst hätte, dass es dich so aufregen würde, dann hätte ich es nicht getan. Ich brauchte bloß einen Ort, wo ich unterkommen kann, und …«

Dad schüttelt den Kopf. Er mustert mich kalt, und obwohl ich zugeben muss, dass ich ihm schon mindestens achthundert wertlose Ausreden geliefert habe, meine ich diese Entschuldigung ernst. Ich habe wirklich nicht gewusst, dass er sich *so* darüber ärgern würde. Ich dachte, er würde nur sauer sein wie immer, also sei es sowieso egal.

Aber da habe ich mich geirrt.

»Liam«, sagt Dad, bevor er aus meinem Zimmer stürmt und die Tür hinter sich zuschlägt, »du wirst nie aufhören, mich zu enttäuschen, oder?«

7

ALSO SITZE ICH JETZT IN MOMS KLEINEM ROTEM CABRIO, meine ganzen Sachen sind hinten verstaut, und ich bin auf dem Weg in ein neues Leben, das ich gar nicht will. Mom fährt und redet dabei ununterbrochen. Sie erzählt mir, wie viel Spaß sie früher mit Tante Pete und seiner Glam-Rock-Band hatte, als sie noch auf dem College waren.

Na, und wenn schon.

Ich denke über Dad nach und frage mich, ob es schon zu spät ist, seine Meinung über mich zu ändern. Könnte ich es schaffen, in den nächsten paar Wochen ein völlig anderer Mensch zu werden? Jemand, mit dem mein Vater das Zusammenleben aushalten kann?

Ich verlagere das Gewicht, damit mein Surfbrett mir nicht länger in den Rücken sticht. Es steckt halb im Auto, halb in der Luft. Ich hätte es zu Hause lassen sollen, aber Dad hat es mir in einem unserer Urlaube auf Hawaii geschenkt, und auch wenn er mich rausgeworfen hat, ist es immer noch das beste Geschenk, das ich je bekommen habe.

Ich frage mich, ob Dad mich mochte, als wir auf Hawaii waren. Dort wirkte er immer entspannt. Wenn wir auf Hawaii statt in New York leben würden, vielleicht …

»Liam, hörst du mir überhaupt zu?«

Ich blicke auf, weil Mom mir anscheinend etwas mitteilen will.

»Wir sind da«, sagt sie und deutet mit dem Kopf auf den Straßenrand.

Wir fahren in einen Wohnwagenpark hinein. Auf dem Schild an der Einfahrt steht GOLDEN MEADOWS. Ich wundere mich, warum Wohnwagensiedlungen und Seniorensiedlungen immer solche Namen tragen, vor allem, wenn in diesem hier weit und breit keine Wiese zu sehen ist. Noch nicht einmal sonderlich viel Rasen.

Zu Hause haben wir eine maßgeschneiderte Grünanlage in zwei Stufen, für deren Entwurf und Pflege Dad Tausende von Dollar ausgibt, aber hier sieht man fast nur Schlamm und Gartendeko. Es gibt nichts Kitschigeres als Sachen, mit denen man den Garten dekoriert.

Ein schlechtes Zeichen.

Mom kurvt durch eine Reihe von Straßen und hält schließlich vor einem der Mobilheime. Ich würde es ja beschreiben, aber es sieht aus wie jedes andere Mobilheim. Es ist lang. Es ist rechteckig. Es ist beige. Mom hält an und steigt aus. An einem Picknicktisch sitzen vier Typen, die alle aufspringen und zu ihr laufen. Ich starre auf die Armatur, aber in Wahrheit beobachte ich sie aus den Augenwinkeln. Ich wünschte, ich könnte erkennen, wer von ihnen Tante Pete ist, aber es gelingt mir nicht. Anscheinend hat er vor zehn Jahren in Frauenkleidern anders ausgesehen.

Doch Mom geht schnurstracks auf den Typ mit dem Bierbauch zu. Der hebt sie hoch und schwingt sie in der Luft herum. Beide lachen, und sie küsst ihn auf die stoppeligen Wangen.

»Sarah, du siehst umwerfend aus!«, sagt er. Mom wirkt überglücklich, ihn wiederzusehen. So habe ich sie seit Jahren nicht mehr strahlen sehen. Für einen Augenblick habe ich wieder vor Augen, wie sie über den Laufsteg geht, meine strahlende Mutter. Dann stellt Tante Pete sie wieder auf die Füße, und sie umarmt die anderen Typen, als wären es Brüder oder so was, die sie schon ewig nicht mehr gesehen hätte. Sie tun so, als hätten sie nicht bemerkt, dass ich im Auto sitze, aber ich höre, wie sie flüstern.

»Ist das Liam? Der ist ja ein Hübscher, nicht wahr?«

»Sarah, er ist dir wie aus dem Gesicht geschnitten. Ehrlich – ihr könntet Bruder und Schwester sein.«

»Er scheint nicht besonders glücklich, dich zu sehen, Petey.«

Ich lehne die Stirn gegen die Armatur, weil ich plötzlich völlig erschöpft bin. Als ich mich umdrehe, sehe ich im Garten nebenan ein Mädchen. Es ist nicht sehr groß, hat langes, dunkles Haar, trägt eine altmodische Künstlerbrille und beobachtet mich. Das Mädchen geht mit seinem Vater in ihr Mobilheim, als wollten sie das Spektakel, das wir veranstalten, nicht stören. Der Mann hat die Hand auf die Schulter des Mädchens gelegt, und als er ihr etwas zuflüstert, lachen beide mit genau demselben Gesichtsausdruck. Ich beiße mir heftig auf die Lippe, die zu bluten anfängt. Daher fasse ich mir an den Mund und starre auf das rote Blut an meinem Finger. Mom merkt es gar nicht; sie ist zu sehr damit beschäftigt, sich lachend mit Tante Pete zu unterhalten.

»Steig aus und sag Hallo«, ruft sie in scharfem, aber humorvollem Ton, sodass jeder glauben kann, wir hätten im Voraus als Gag geplant, dass ich im Auto sitzen bleibe.

Ich steige aus, und einen Moment zögert Mom, als würde sie spüren, wie sehr ich mich irgendwo anders hinwünsche. Doch dann geht sie in die Vollen.

»Liam«, sagt sie, »das sind die Jungs.«

Die Jungs? Sie wirken nicht sonderlich beeindruckend.

Einer von ihnen – der mir als Eddie vorgestellt wird – trägt ein hübsches Hemd. Nur ist es leider rosa. Solange man kein maskuliner Typ ist, kann man kein Rosa tragen und sollte es auch gar nicht erst versuchen. Eddie ist kein maskuliner Typ. Im Gegenteil:

Er ist wohl der femininste Mann, den ich je zu Gesicht bekommen habe, und ich habe einige sehr feminine Männer gesehen, als Mom noch als Model arbeitete. Aber Eddie toppt sie alle. Er ist superdünn, und an seinem Kopf kleben kurze blonde Locken. Er trägt weiße Schlangenlederstiefel, und bei der Begrüßung schwenkt er buchstäblich das Handgelenk. Jedes Schwulenklischee passt auf ihn, und ich frage mich, warum er nicht irgendwas an sich ändert. Vielleicht sollte er ein anderes Hemd tragen?

Dann ist da noch Dino. Dino ist das genaue Gegenteil von Eddie, und ich könnte schwören, dass Tante Pete ihn als eine Art Witzfigur angeheuert hat. Dino ist RIESIG. Er hat die größten Armmuskeln der Welt und trägt ein schwarzes Harley-T-Shirt, das viel zu eng ist. Viiiiel zu eng. Er ist kahl und hat an beiden Armen von oben bis unten Tattoos. Dazu trägt er einen dieser Gürtel mit den riesengroßen Gürtelschnallen – und seine Gürtelschnalle hat auch noch die Form eines Totenkopfes. Ich kann einfach nicht glauben, dass jemand so was wirklich trägt. Ich meine, wenn er sie absichtlich als modisches Statement über Klischees tragen würde, dann wäre das in Ordnung, aber irgendwie habe ich nicht das Gefühl.

Und dann gibt es noch Orlando. Orlando ist gar nicht so schlecht. Er trägt Jeans und ein simples Hemd. Weiß mit geknöpftem Kragen. Der klassische Stil. Seine Jeans sitzen gut und haben genau die richtige Länge. Nicht schlecht. Seine Kleidung sagt zwar nicht viel aus – ziemlich durchschnittlich –, aber in Gedanken füge ich ein paar Farbtupfer und ein Paar echt coole Schuhe hinzu. Und ein modisches Jackett als Gegensatz zu dem langen braunen Pferdeschwanz.

Tante Pete räuspert sich. Während ich seine Freunde begutachtet habe, hat er mich in Augenschein genommen.

»Du bist groß geworden«, bemerkt er. »Du siehst gut aus.«

»Danke«, murmele ich. Pete hat ein einfaches schwarzes T-Shirt und ausgefranste alte Jeans an, die mir nichts über ihn verraten. Seine grau melierten Haare sind fettig, und er hat Bartstoppeln. Er mustert mich mit einem Blick, als wäre ich der Bösewicht in einer Filmreihe. Ich sehe Mom an und frage mich, warum sie ihn so gern hat.

Und sie hat Tante Pete wirklich gern. Sie bleibt über eine Stunde, und so lebendig war sie seit Jahren nicht mehr. Nachdem wir meine Sachen aus dem Auto geholt haben, sitzen wir alle an dem alten Picknicktisch und unterhalten uns, aber man könnte meinen, Mom würde *Vogue* ein Interview geben. Sie gestikuliert lebhaft und wirft das Haar zurück, so wie sie es früher bei den Fotoshootings gemacht hat.

Ich lehne mich zurück und höre der Unterhaltung zu.

»Erinnerst du dich noch daran, als wir nach dem Konzert am Strand übernachtet haben?« – »Weißt du noch, wie Dino sich die Hose runtergezogen und dem Sicherheitsposten seinen nackten Hintern hingestreckt hat?« – »Habt ihr immer noch Gigs?«

Bestimmte Themen vermeiden sie jedoch. Mich. Meine Zukunft. Unser Familienleben.

Es geht um lauter öde Erinnerungen an die gute alte Zeit. Aber kurz bevor Mom aufbricht, sagt sie: »Ich erinnere mich noch an den Abend, an dem ich deinen Vater kennengelernt habe, Liam. Ich war auf einem Glitter-Konzert – so heißt die Band deines Onkels – und stand in der ersten Reihe. Und ich war mit einem Typ da, mit dem ich damals gerade zusammen war. Er war Quarterback im Footballteam meiner Highschool, und alle waren in ihn verschossen, aber in Wirklichkeit war er ein Vollidiot. Ich musste ihn förmlich zu dem Konzert schleifen, und als wir da waren, machte er sich über die Band lustig. Am Schluss habe ich ihn zum

Teufel geschickt. Ich war so wütend, dass es mir nicht mal etwas ausmachte, mitten in der Pampa allein zurückzubleiben, ohne eine Möglichkeit, zurück in die Hamptons zu kommen.

Ich weinte, und da tauchte dein Vater auf und fragte mich, ob ich Hilfe bräuchte. Weißt du, Li, als dein Vater noch jung war, konnte man spüren, dass aus ihm eines Tages eine wichtige Persönlichkeit werden würde. An diesem Abend dachte ich: ›Wenn dieser Typ mich will, dann heirate ich ihn auf der Stelle.‹«

Moms Blick ist verträumt. Dann errötet sie.

»Und aus ihm ist wirklich eine wichtige Persönlichkeit geworden«, sagt sie. »Also habe ich wohl recht behalten.«

»Sarah …«, fängt Pete an, aber sie steht schon auf.

»Allan wartet sicher schon auf mich. Ich hätte nicht so lange bleiben sollen, und natürlich ist er wütend über … na ja, jedenfalls …«

Sie verstummt.

»Liam, du wirst die Jungs sehr mögen, das verspreche ich dir.« Sie streicht mir über die Wange. »Es ist ja nur für kurze Zeit«, sagt sie leise. »Dein Vater wird es sich bald anders überlegen. Wirklich, Li, er meint es nicht so …«

Mom stockt und senkt den Blick. Ich bin der Einzige, den sie nicht anlügen kann. Die Jungs treten verlegen von einem Fuß auf den anderen, während die Stille sich hinzieht. Schließlich umarmt Mom mich zum Abschied – es ist ein kurzes, schuldbewusstes Drücken meiner Schultern –, dann steigt sie wieder in ihr kleines rotes Cabrio und fährt davon.

8

Sobald ich Moms Auto aus den Augen verliere, denke ich über den Footballspieler nach. Den Vollidioten. *Everybody's Darling.* Dann denke ich daran, wie Delia weinte, als sie ihre Kleidungsstücke zusammensuchte, und das Blut steigt mir in die Wangen. Ich taste nach dem Handy in meiner Hosentasche und weiß, ich sollte sie anrufen, um mich bei ihr zu entschuldigen, aber in diesem Moment brechen Orlando, Dino und Eddie auf.

»Es war nett, dich kennenzulernen«, sagt Dino, und ich versuche zu lächeln oder zu nicken, aber stattdessen umklammere ich das Handy in der Tasche noch fester.

Tante Pete sagt Sachen wie: »Ihr müsst schon zum Bahnhof?« und »Ich dachte, nicht vor Donnerstag«. Schließlich beugt sich Orlando zu ihm und flüstert laut genug, dass ich es hören kann: »Entspann dich. Das schaffst du schon. Ihr beide braucht nur etwas Zeit, um euch kennenzulernen.«

Ich spüre, dass Pete und ich genau dasselbe denken.

Nein. Tun wir nicht.

Doch sobald sie weg sind, bleiben wir draußen allein zurück. Nur ich und mein unbekannter, durchgeknallter Onkel. Mein gesamtes Kofferset steht in seiner Einfahrt, mein Surfbrett lehnt an der Haustür, und Pete sieht so aus, wie ich mich fühle – als wünschte er sich, erschossen zu werden.

»Also«, sagt er schließlich, »willst du deine Sachen reinbringen?«

Nicht wirklich. Gleich nach der Ankunft hatte er uns alles gezeigt, und es war dunkel, eng und roch nach verschimmelten Nachos.

»Okay.«

Jeder von uns nimmt einen Koffer, und ich nehme das Surfbrett in die andere Hand, und dann öffnet Tante Pete die Tür des Mobilheims, die in einem verrosteten Drahtrahmen hängt und in der Mitte des Fliegenschutzes ein Loch hat. Wir gehen mehrmals von der Einfahrt durch das Wohnzimmer und die enge Küche, in der sich Bierdosen und elektrisches Zubehör stapeln, zum winzigen Gästezimmer.

Mir macht es nichts aus, denn während wir die Koffer reintragen, brauchen wir uns nicht zu unterhalten. Aber schließlich ist mein ganzes Gepäck verstaut und es gibt nichts mehr zu tun. Meine Koffer nehmen fast den ganzen Raum ein. Es gibt eine Matratze, die auf dem Boden liegt, eine riesige blaue Kommode und eine kaputte Macramé-Lampe. Der Teppich sieht aus, als wäre er seit 1990 nicht mehr gesaugt worden. Vielleicht noch nicht einmal das. Ich sehe mich suchend nach einem Schrank um, doch es ist keiner da.

»Wo kann ich meine Sachen aufhängen?«, frage ich, aber Pete sieht mich nur verständnislos an.

»Du hast doch irgendwo einen Schrank, oder? Ich habe ein paar Designerstücke aus Moms Boutique, die aufgehängt werden müssen.«

Tante Pete streicht sich übers Kinn. »Hmm. Nein. Kein Schrank.«

Mir wird flau.

»Dann wenigstens ein Bügeleisen?«

Er schüttelt den Kopf.

Das soll wohl ein Witz sein! Wie kann man ohne Bügeleisen leben?

»Wollen wir uns unterhalten?«, erkundigt sich Pete. »Im Wohnzimmer?«

Will ich nicht. Ich will mich nur noch ins Bett legen und nie wieder aufstehen, aber ich kann nicht Nein sagen, während mein Onkel aussieht, als würden seine Bemühungen ihm körperliche Schmerzen bereiten.

»Okay«, sage ich noch mal, mein Lächeln fühlt sich verkrampft an.

Wir gehen ins Wohnzimmer, wo er einen Stapel Schallplatten von der Couch räumt. Die Couch hat Zebrastreifen, und die halbe Füllung quillt heraus. Tante Pete schnippt mit den Fingern Krümel von der Sofalehne. Ein langes Schweigen entsteht, während wir auf unsere Schuhe starren. Meine – kantige Halbschuhe von Gucci. Seine – keine Ahnung woher.

»Was machst du denn gern?«, fragt er.

Ich versuche krampfhaft, etwas zu finden, was ich gerne mache, aber wenn man schlecht drauf ist, fällt einem manchmal gar nichts mehr ein, was einen glücklich macht. Ich zucke die Achseln.

»Irgendwas Besonderes, was du gerne isst?«

»Ich bin Vegetarier«, sage ich und merke, dass Tante Pete geschockt ist.

»Was isst *du* gern?«, frage ich, worauf er sich windet.

»Fleisch«, sagt er. »Hauptsächlich Fleisch.«

Anschließend fällt keinem von uns mehr etwas ein, was wir noch sagen könnten. Daher betrachte ich die Gegenstände an der Wand. Seltsames Zeug. Da hängen ein ausgestopfter Kugelfisch und ein riesiges gerahmtes Bild von einem Typ in einem goldfarbenen Elastikanzug mit Leopardenmuster.

Krass.

»Wozu ist denn das Surfbrett?«, fragt Tante Pete, als die Stille unerträglich wird. Ich frage mich, ob er sich über mich lustig macht.

»Zum Surfen.«

Pete kneift die Augen zusammen. »Dass es in Pineville, New York, weit und breit keinen Strand gibt, ist dir aber klar, oder? Wir sind meilenweit vom Meer entfernt, und selbst da gibt es keine echten Wellen zum Surfen.«

Klar weiß ich das. So dumm bin ich nun auch wieder nicht. Trotzdem werde ich ihm jetzt nicht erklären, dass Dad es mir gekauft hat.

»Ja«, sage ich. »Das weiß ich.«

Tante Pete steht auf und streckt sich übertrieben gelassen.

»Also dann«, sagt er. »Dann werde ich uns wohl was zum Abendessen machen. Irgendwo muss ich noch etwas Gemüse haben.« Er geht in die Küche. »Eine große Auswahl gibt es leider nicht.« Er kommt mit zwei Schachteln Tiefkühlspinat vom Gefrierschrank zurück. »Sieht aus, als gäbe es heute Abend Spinat.«

Ich will sehen, mit welchem Rezept er den Spinat zubereiten wird, aber er leert die Schachteln einfach in zwei Plastikschüsseln, stellt sie in die Mikrowelle, und als sie heiß sind, reicht er mir eine Schüssel.

In diesem Moment wird mir klar, dass sich mein Leben von Grund auf geändert hat. Es ist, als hätte ich die ganze Zeit über bei einem ausgedehnten Spiel mitgespielt, aber als er mir den Spinat reicht, habe ich verstanden. Das hier ist kein Spiel. Niemand wird kommen und mich hier rausholen. Ich werde mit diesem Menschen zusammenleben.

Von nun an werde ich tiefgefrorenen Spinat aus der Schachtel essen und zerknitterte Kenneth-Cole-Hemden tragen – bis zu dem Tag, an dem ich aus dem Gefängnis Wohnwagensiedlung entlassen werde.

Mein Leben ist offiziell vorbei.

9

ICH TRÄUME VON MOM.

Sie posiert bei einem Fotoshooting, während Dad und ich an der Seite stehen und ihr zuschauen. Ein männliches Fotomodel steht hinter ihr. Es ist eines der bekanntesten Models der Branche. Er ist groß. Blond. Braun gebrannt. Muskulös. Das Model trägt Footballmontur und berührt Mom. Er streicht mit der Hand über ihren ganzen Körper, aber das ist nicht schlimm, weil es zu Moms Job gehört. Sie hat es mir vorher erklärt. Ich starre die beiden an und beobachte, wie sich ihre Gesichtsausdrücke mit dem Licht verändern, doch Dad sieht sie nicht an. Er beobachtet mich. Ich bin zehn, und obwohl die meisten anderen Kinder in meinem Alter schon in ihre linkische Phase gekommen sind, sehe ich aus wie eine kleinere Version meines jetzigen Äußeren. Dad wirft einen Blick auf das männliche Model. Dann betrachtet er wieder mich.

»Willst du wissen, wer dein richtiger Vater ist?«, fragt er.

Erschrocken sehe ich ihn an.

»Ich zeige ihn dir«, bietet er mir an.

»Du bist mein Vater«, sage ich, aber er schüttelt den Kopf.

»Sieh hin«, sagt er. »Das ist jetzt dein Vater.«

Ich blicke auf. Das männliche Fotomodel ist verschwunden. Tante Pete posiert neben Mom. Sein Bierbauch hängt über einer Badehose mit Leopardenmuster. Er dreht sich nach mir um und grinst.

Schweißgebadet schrecke ich hoch. Mein Herz rast, und einen Moment lang glaube ich, bei dem Fotoshooting in Paris zu sein, doch neben meinem Kopf liegt das Surfbrett, und überall stehen Koffer herum. Dann denke ich, ich bin zu Hause, aber ich höre Stimmen. Zu Hause ist nie jemand da. Eine Sekunde lang denke ich, das Haus wird gerade wieder renoviert, aber dann merke ich, dass die flüsternden Stimmen über mich reden.

»Wir können ihn doch nicht einfach wecken.«

»Warum nicht? Es ist schon Mittag. Ich gehe jetzt –«

»Nein!«

»Was meinst du mit ›Nein‹? Er wird nicht mit einem Knall explodieren, nur weil ich ihn mittags wecke.«

»Teenager brauchen ihre Privatsphäre.«

Jemand schnaubt verächtlich. »Wenn er so weitermacht, hat er nichts außer seiner Privatsphäre. Irgendwann muss er doch aufstehen.«

»Klopf einfach an die verdammte Tür.«

Entsetzt richte ich mich auf. Plötzlich fällt mir alles wieder ein, und mir wird klar, wo ich bin: in Tante Petes Mobilheim in einer Wohnwagensiedlung im Bundesstaat New York. Ich lasse mich wieder aufs Kissen fallen und ziehe mir die Decke über den Kopf.

»Irgendwas wird er doch unternehmen wollen.«

»Der Park!«

»Was für eine blöde ... Man kann doch nicht mit einem Teenager in den Park gehen!«

»Dann halt ein Museum. Darleen liebt Museen.«

»Hört auf, Jungs. Darleen ist ein verdammtes Wunderkind. Als wir siebzehn waren, sind wir da je in ein Museum gegangen? Nein. Wir müssen uns daran erinnern, was wir in seinem Alter so gemacht haben.«

»In Frauenkleidern auf Glam-Rock-Konzerte gehen?«

»Sei still. Orlando, du bist doch der Lehrer. Lass dir was einfallen! Ich werde jetzt an die Tür klopfen, und dann sagst du was. Ich zähle bis drei. Eins, zwei …«

Ich halte das nicht länger aus. Also mache ich die Tür auf, und Tante Petes Faust schlägt mir beinahe mitten ins Gesicht. Eddie und Dino versuchen krampfhaft, sich locker an den Kühlschrank zu lehnen, wodurch zahlreiche Magneten in Bierdosenform herunterfallen. Orlando sitzt auf einem Barhocker in der Küche.

»Morgen, Liam«, sagt Pete, als sei alles ganz normal. Ich versuche zu lächeln, bringe aber nur ein schmerzhaftes Stirnrunzeln zustande.

»Hi.«

Tante Pete steckt die Hände in die Taschen.

»Wir, äh … wir wollten sehen, ob du schon wach bist.«

Ich nicke. »Ja, bin ich.«

»Das Museum«, platzt Eddie heraus. »Wir dachten, du willst vielleicht ins Technikmuseum gehen, das ist nur ein paar Ortschaften weiter. Es ist zwar klein, aber ich bin früher immer mit meiner Cousine hingegangen, und der hat es gefallen. Du wirst sie bald kennenlernen, weil sie nebenan wohnt. Wir könnten sie heute mitnehmen, wenn ihr beide gehen wollt, und …«

Dino grinst. »Gut gemacht, Eddie«, sagt er. »Echt gut gemacht.«

Alle sehen Eddie an, und sein Gesicht verfärbt sich grellrosa. Der Farbton ist fast genau derselbe wie der von dem Seidenhemd, das er anhat. Ich kann nicht umhin, mich zu fragen, ob man in seinem Kleiderschrank auch andere Farben findet, aber das sage ich lieber nicht. Außerdem frage ich mich, ob Eddies Cousine das Mädchen ist, das ich gestern zusammen mit seinem Vater gesehen habe.

»An deinem ersten Tag hier willst du doch sicher nicht ins Museum gehen«, sagt Tante Pete, zu mir gewandt. Es klingt wie ein

Zwischending zwischen einer Frage und einer Bemerkung, und wieder einmal weiß ich nicht, welche Antwort er hören will. Die ehrliche Antwort wäre definitiv ein Nein.

»Wir könnten, äh, ins Museum gehen«, sage ich. »Ich mag Museen …«

Aus der Küche ertönt Orlandos Gelächter.

»Liam«, sagt er, »wie wär's mit Frühstück? Lass dir mit dem Aufstehen ruhig Zeit, und wann immer du so weit bist, könnten wir Frühstück machen. Oder Mittagessen für diejenigen von uns, die seit dem Morgen auf sind.«

Tante Pete nickt. Er wirkt, als würde er gleich zusammenklappen. »Ja«, sagt er.»Ganz richtig. Wir machen, was immer du willst.«

Dino grinst, und Eddie seufzt laut. Ich hole tief Luft. Frühstück ist eindeutig besser als ein Technikmuseum.

Ich habe den Eindruck, »lass dir ruhig Zeit« bedeutet keine Stunde. Die Jungs hängen im Wohnzimmer herum, während ich gefühlte hundert Mal den Weg zu dem winzigen, verdreckten Bad am anderen Ende des Mobilheims gehe. Ich überlege, ob ich mich beeilen soll, aber das Aufstehen ist ein Ritual für mich, also führe ich jeden Schritt mit Sorgfalt aus. Ich dusche, rasiere mich, trage Aftershave auf und wähle ein Parfüm aus – eines, das zu meiner Stimmung passt –, dann stelle ich das richtige Outfit zusammen. Nichts Topmodisches oder so was – das eignet sich besser für den Laufsteg –, sondern einfach nur die Marken und Designerstücke, die passend und gleichzeitig interessant genug sind, um die Aufmerksamkeit anderer zu erregen.

Das Aufstehen ist der einzige Teil meines Alltags, bei dem ich sicher sein kann, ihn nicht zu vermasseln.

Zu Hause lasse ich keinen meiner Freunde wissen, was für mich alles dazugehört. Wenn sie die vielen Produkte bemerken, die in meinem Zimmer herumstehen, sage ich ihnen, ich würde sie kostenlos von den Stilberaterinnen bekommen, die die Boutique meiner Mutter beliefern. Was zum Teil auch stimmt. Aber viele von ihnen kaufe ich auch selbst. Das treibt meinen Vater in den Wahnsinn. Sein Spruch klingt mir in den Ohren: »Du bist schlimmer als mein schwuler Bruder!«, aber in Wirklichkeit besitzt Tante Pete kein einziges Produkt außer einer großen Flasche Haarspray aus den achtziger Jahren und einen Rasierer, der so verrostet ist, dass man davon Tetanus kriegen kann.

Ich wundere mich, wie sehr Dad bei Pete danebenliegt, und frage mich, ob er vielleicht bei mir genauso danebenliegen könnte. Während ich darüber nachdenke, versuche ich, aus einem elektrischen Teekessel, dessen Stecker ich in die Steckdose gesteckt habe, ein Bügeleisen zu machen, und ich weiß nicht, ob es daran liegt, dass ich abgelenkt bin, oder daran, dass es mir im Blut liegt, alles zu vermasseln – jedenfalls rieche ich plötzlich Rauch. Als ich hinsehe, qualmt der Pappkarton, den ich als Bügelbrett benutzt habe. Vor meinem Zimmer fragt Tante Pete: »Riecht es nach Rauch?«

Ich stürze mich auf den Teekessel und reiße ihn hoch, bevor der Karton in Flammen aufgeht, aber da steckt Peter schon den Kopf zur Tür herein und sieht, was fast passiert wäre.

»Entschuldige«, sage ich hastig. »Es war ein Unfall. Es wird nicht wieder passieren. Ehrenwort.«

Meine Worte klingen irgendwie hysterisch, und Pete macht ein besorgtes Gesicht.

»Ist schon in Ordnung«, sagt er. »Es ist ja nichts passiert.«

Nichts passiert?

Ich nicke, aber ich starre den rauchenden Pappkarton an und frage mich, ob das ein Omen für das ist, was folgt.

10

EDDIE BRÄT MIR ZUM FRÜHSTÜCK EIN EIWEISS-OMELETT und macht den anderen Hamburger zum Mittagessen. Tante Pete legt Siebziger-Jahre-Musik auf, die ich nicht ausstehen kann, aber ich tue so, als würde sie mich nicht stören. Dino sitzt auf der Couch und macht zu allen Songs den Drummer, und Tante Pete weicht nicht von Orlandos Seite. Sie halten Händchen, und ich vermute, dass Orlando sein Freund ist. Ich versuche, mir *nicht* vorzustellen, wie sie sich küssen, während ich Pete zuhöre, der mir von Pineville erzählt.

»Es ist ziemlich klein«, sagt er. »Wir haben ungefähr neunhundertsiebenundfünfzigeinhalb Einwohner – der Halbe bist du, weil du ja nur vorübergehend hier lebst. Und ich werde nicht lügen und dir erzählen, man könnte hier eine Menge unternehmen. Mehr als alles andere gibt es hier viele Kühe und Maisfelder …«

»Gibt es ein Einkaufszentrum?«, frage ich.

»Nicht hier in Pineville.«

»Irgendwelche Geschäfte?«

»Äh, nein.«

»Wir haben einen lokalen Radiosender«, steuert Eddie bei.

Tante Pete grinst. »Vielleicht nehme ich dich mal mit zur Arbeit«, sagt er, als wäre ich ein Fünfjähriger. »Er ist zwar ein paar Orte weiter, aber der Sender wird im ganzen Tal ausgestrahlt. Vielleicht nach dem Mittagessen …«

Ich versuche, nicht gelangweilt zu wirken.

»Was für Hobbys hast du, Liam?«, will Orlando wissen.

»Surfen«, murmele ich mangels einer besseren Antwort.

Eddie räuspert sich und stellt mir mein Omelett hin, ohne etwas zu sagen. Die Jungs tauschen Blicke aus, und ein langes, peinliches Schweigen entsteht.

»Also, wie stehen die Dinge zu Hause?«, fragt Pete schließlich. Dann verstummt er, als hätte er zu spät gemerkt, was für eine bescheuerte Frage das ist.

»Äh … gut. Abgesehen davon, dass ich rausgeworfen wurde. Dad hat einen weiteren Preis als Geschäftsmann des Jahres bekommen. Moms Boutique läuft super. Sie verkauft jetzt außer der Kleidung auch eine Menge Schmuck. Die Leute kommen den ganzen Weg aus Manhattan, um bei ihr einzukaufen.«

Tante Pete nickt. »Deine Mutter konnte schon immer gut mit Menschen umgehen.«

»Was ist mit dir, Liam?«, fragt Dino mit seiner tiefen Stimme. »Worin bist du gut?«

Das muss eine Fangfrage sein. Wäre ich in irgendwas gut, dann wäre ich wohl kaum zu Hause rausgeflogen, oder? Ich überlege, ob ich Dads Spruch ›Liam ist sehr beliebt‹ übernehmen soll, aber stattdessen zucke ich nur mit den Schultern.

»Wie sehen denn deine Pläne für die Zukunft aus?«, fragt Orlando. Ich vermute, was er wirklich fragen will, ist, ob ich plane, ein fauler Versager zu sein, der sich das ganze Jahr über von Tante Pete durchfüttern lässt. Da Orlando Petes Freund ist, will er damit vielleicht auch wissen, wie lange es dauern wird, bevor sie wieder ihre Privatsphäre haben.

Ich schenke ihm meinen aufrichtigsten Blick. »Gut, dass du fragst«, sage ich, »denn du – ihr alle – sollt wissen, dass ich mir viel vorgenommen habe. Ich habe mir vorgenommen, mich so verantwortungsbewusst wie möglich zu benehmen, damit mich mein Vater bald wieder nach Hause kommen lässt. Ich glaube, das hier sind so was wie kurze Ferien. Und hoffentlich schmerzlose.«

Das ist zwar eine absolute und komplette Lüge, aber ich glaube, es ist, was alle hören wollen.

»Ich meinte, welche Pläne hast du, wenn du mit der Schule fertig bist?«

Ach so.

Ich starre mein Wasserglas an und nehme beherrscht ein paar Schlucke.

»Ich weiß nicht«, sage ich schließlich.

»Keine Ideen?«, fragt Tante Pete. »Du bist doch in der letzten Klasse, oder? Musst du denn nicht bald entscheiden, was du hinterher machen willst?«

Wieder zucke ich die Achseln. »Vielleicht werde ich Betriebswirt wie Dad.«

»Betriebswirt?«, würgt Tante Pete heraus. »Warum zum Teufel willst du ...«, fängt er an, doch Orlando gibt ihm einen kräftigen Stoß mit dem Ellbogen, als er an ihm vorbei zum Kühlschrank geht, und Pete beendet die Frage mit: »... eine so gute Berufswahl treffen?«

Ich zögere. Wie kann jemand Dads Berufswahl für weniger als – na ja – vollkommen halten?

»Dad verdient eine Menge Geld«, sage ich und frage mich, ob Pete mich etwa testen will.

Tante Pete verzieht verächtlich das Gesicht. »Ja, aber Geld ist nicht alles. Du musst etwas tun, was dich glücklich macht. Wenn Betriebswirtschaft das wirklich kann, dann entscheide dich dafür, aber ...«

»Aber was?«

»Ach, nichts.« Pete klatscht seine Serviette auf den Tisch, und ich merke, dass er noch etwas anderes hinzufügen will, doch Orlando kommt ihm zuvor.

»Betriebswirtschaft ist eine gute Wahl, wenn du es wirklich willst«, sagt er. »Vielleicht kannst du das herausfinden, während du hier bist.« Orlando sieht erst mich, dann Pete und dann wieder mich an. »Ihr beide werdet Spaß daran haben, euch kennenzulernen«, sagt er. »Petey wollte das schon lange. Seit …« Er unterbricht sich und schaut auf seinen Teller, auf dem die Reste seines Mittagessens liegen. »Jedenfalls bin ich sicher, dass du dich hier wohl fühlen wirst, Liam.«

Seit wann?, denke ich, aber dann hebt Dino sein Glas und sagt: »Auf Liam, der eine kurze, schmerzlose Ferienzeit mit uns verbringt!«

Fünf Gläser klirren laut, aber keiner trinkt einen Schluck.

11

SO BALD WIE ES DIE HÖFLICHKEIT nach dem Willkommenstrunk zulässt, bringe ich meinen Frühstücksteller in die Küche, wasche das Geschirr ab und greife nach meinem Handy. Ich weiß, dass ich länger bleiben und meine gesellschaftliche Pflicht erfüllen sollte, aber ich will Delia anrufen.

»Macht es euch was aus, wenn ich telefoniere?«, erkundige ich mich.

Die Jungs sehen sich fragend an.

»Nee«, sagt Tante Pete, »aber bist du sicher, dass du nirgendwo hingehen willst? Vielleicht einen Ausflug machen oder, äh ...«

»Ein anderes Mal?«

Er zuckt mit den Schultern. »Also gut.«

Sobald ich draußen bin, gehe ich zum Picknicktisch, lege mich auf die Tischplatte und schließe die Augen. Die traurige Wahrheit meines Lebens klingt wie der Refrain eines schlechten Lieds, den ich nicht mehr aus dem Kopf kriege.

Ich lebe in einer Wohnwagensiedlung. Ich lebe in einer Wohnwagensiedlung. Ich lebe in einer Wohnwagensiedlung.

Schließlich zwinge ich mich dazu, mich aufzurichten, und hole das Handy heraus. Ich klappe es auf und versuche, Delias Nummer einzutippen. Dummerweise hat sie mir ihre Nummer nie gegeben, also rufe ich meinen Kumpel Brice an. Sein Handy klingelt nur einmal, bevor er abnimmt.

»Hey Mann«, ruft er, als er meine Stimme hört. »Wann kommst du wieder? Nächstes Wochenende steigt eine supergeile Party und –«

Ich ertrage es nicht, jetzt von einer Party zu hören.

»Ich komme erst … später wieder«, sage ich. »Diesmal ist mein Vater ernsthaft sauer auf mich. Hör zu, hast du Delias Telefonnummer?«

»Delia Washington? Woher zum Teufel sollte ich ihre Nummer haben? Außerdem hasst sie dich jetzt sicher, Mann. Ich hab gehört, dass sie wegen dieser Sache verdammt großen Ärger gekriegt hat.« Brice hält inne. »Hast du mit ihr gepoppt? Wie war's denn?«

Ich schlucke schwer.

»Nein«, sage ich. »Du weißt doch, mein Vater hat uns erwischt.«

»Ach ja, stimmt. Ich versteh sowieso nicht, warum du das überhaupt wolltest, Mann. Du kannst doch was viel Besseres kriegen.«

Ein Teil von mir möchte Delia verteidigen, aber ich kenne Brice, und er ist die Mühe nicht wert. Also rede ich ihm nach dem Mund. Das ist die einfachste Methode, um von ihm zu bekommen, was ich will.

»Ich war ziemlich voll«, sage ich, »und ich weiß auch nicht, irgendwie dachte ich mir, was soll's … Hör zu, kannst du ihre Nummer für mich aus dem Telefonbuch oder so raussuchen?«

Brice lacht.

»Konntest du ihr wenigstens die Hose ausziehen, bevor dein Vater reingeplatzt ist?«

Langsam verliere ich die Geduld. »Ja, Mann. Hose, Top, die ganze Show. Suchst du nun die Nummer für mich raus oder nicht?«

»Auch das Höschen?«, fragt Brice mit hoher Stimme, die Empörung vortäuschen soll. Ich merke, dass er sich nicht auf die Nummer konzentrieren wird, bevor er jedes Detail gehört hat.

»Fast. Wir waren kurz davor, es zu tun, und dann ist alles ...«

Ich kann es nicht aussprechen. Ich frage mich, ob Brice die Tatsache, dass ich zu Hause rausgeflogen bin, anschneiden wird, doch er tut es nicht.

»War sie heiß, nachdem du sie ausgezogen hast?«

»Was?«

»Na ja, du weißt schon – war sie unter ihren Klamotten eine heiße Braut ...«

Ich hole tief Luft.

»Ich weiß nicht«, unterbreche ich ihn. »Klar doch. Sie war heiß. Es interessiert mich nicht mehr, ich will bloß ... hast du die Nummer gefunden?«

Brice wischt die Frage beiseite.

»Es stehen hundert Washingtons im Telefonbuch. Weißt du wenigstens, wo sie wohnt oder irgendwas?«

Am liebsten würde ich mir das Handy gegen den Kopf schlagen.

»Nein«, sage ich. »Weißt du was? Vergiss es. Ist nicht so wichtig.«

»Gut. Hör zu, ruf mich an, wenn ich dich da rausschmuggeln soll oder so. Ich könnte zu dir kommen und dich abholen, und dich dann morgens wieder zurückbringen, bevor irgendeiner merkt, dass du weg bist.«

»Klingt super«, sage ich, obwohl Pineville wahrscheinlich viel zu weit von Westchester entfernt ist, um diesen Plan umsetzen zu können. »Ich ruf dich an.«

Ich lege auf und schließe für einen Moment die Augen. Als ich sie wieder aufmache, sehe ich sie. Das Mädchen von nebenan sitzt auf den Stufen vor seiner Haustür, und anscheinend saß es schon die ganze Zeit dort. Shit, wahrscheinlich hat sie alles mitbekommen, was ich gesagt habe.

»Ach, äh … ich habe dich gar nicht gesehen«, sage ich lahm. »Das war … na ja, weißt du …«

In diesem Moment geht die Haustür auf, und ihr Vater kommt heraus.

»Ich muss zur Arbeit«, sagt er zu ihr und legt ihr die Hand auf den Kopf. »Ich komme gegen –«

Er unterbricht sich, als er mich sieht.

»Ach, hallo!«, sagt er auf die künstlich fröhliche Weise, die Erwachsene so an sich haben, wenn sie sich Kindern vorstellen. »Du bist sicher Liam. Eddie hat erwähnt, dass du eine Weile bei Peter wohnen wirst, bis … na ja … Hast du schon meine Tochter Darleen kennengelernt?«

Ich stehe auf und schüttele ihm die Hand.

»Gehst du in die Abschlussklasse? Dann habt ihr vielleicht ein paar Fächer gemeinsam.«

Ich nicke stumm. Darleens Vater legt den Arm um ihre Schultern und zieht sie an sich. Die Kleine ist sein ganzer Stolz. Das sieht man.

»Darleen ist entschlossen, den Abschluss als Klassenbeste zu machen, und im Schulorchester spielt sie das erste Cello.«

»*Dad*«, sagt Darleen, »ich spiele das einzige Cello.«

Ihr Vater lacht, und ich kann den Blick nicht abwenden. Augen und Mund sind bei beiden genau gleich. Beide haben dunkle Haare und das gleiche kleine Kinn. Sie könnten wahrscheinlich einen Ähnlichkeits-Wettbewerb gewinnen.

»Ich möchte, dass sie sich um einen Studienplatz an der Juilliard bewirbt«, sagt Darleens Vater, »aber sie denkt eher an eine Kunstschule in London. Und wie sehen deine Zukunftspläne aus, Liam?«

»Ich hab keine«, murmele ich.

Darleen und ihr Vater sehen sich an.

»Also …«, sagt Darleens Vater und räuspert sich. »*Ich* sollte jetzt lieber losfahren, aber ich bin sicher, dass ihr beide euch viel zu erzählen habt.«

»Es hat mich gefreut, Sie kennenzulernen«, sage ich. Dann sehe ich zu, wie er Darleen zum Abschied auf den Kopf küsst.

»Einen schönen Tag, Dad«, sagt sie, und es klingt, als würde sie eine Zeile aus einem Drehbuch mit dem Titel *Lasst uns vorführen, was Liam nicht hat* vortragen.

Er steigt in seinen Wagen und fährt davon.

»Hast du Lust, dich für einen Moment herzusetzen und ein bisschen zu plaudern?«, frage ich, weil ich hoffe, dass ich ihr meine Unterhaltung mit Brian vielleicht erklären kann. Aber Darleen wendet sich ab.

»Das Telefon klingelt«, sagt sie, auch wenn ich schwören könnte, dass es nicht klingelt. Ich mache den Mund auf, um etwas zu sagen, aber sie ist schon verschwunden.

12

ICH SITZE NEBEN MOM, WIR SIND BEI DADS PREISVERLEIHUNG. Im Saal stehen hundert runde Tische mit perfekten weißen Tischtüchern, auf denen zierliche, glänzende Kristallgläser stehen. Dad hält eine Rede, und deswegen sitzen wir ganz vorne. Mom trägt ein Abendkleid, ein echtes Valentino-Modell, und ich habe einen Anzug von Oscar de la Renta an, der zu den elegantesten Kleidungsstücken gehört, die ich je getragen habe. Mom und ich haben schon tausend Komplimente bekommen, und dieses eine Mal scheint Dad zufrieden mit mir zu sein. Alle lächeln und nicken uns zu.

Als Dad aufsteht, um seine Rede zu halten, bin ich richtig aufgeregt. Schließlich passiert es nicht alle Tage, dass der eigene Vater einen wichtigen Preis verliehen bekommt und ein Bankett zu seinen Ehren veranstaltet wird. Er trägt einen Frack, und er hat tatsächlich auf meinen Rat gehört, welchen Stil und welche Farbe er wählen sollte. Schwarz auf schwarz. Gerader Schnitt. Klassischer Stil.

Dad geht hinauf ans Podium und blickt in den riesengroßen Ballsaal. Tränen steigen ihm in die Augen.

»Heute Abend«, sagt er, »bin ich der glücklichste Mensch auf Erden. Nicht nur darf ich diesen wundervollen Preis entgegennehmen, sondern ich bin noch dazu von den Menschen umgeben, die ich am meisten liebe –«

Ich wage nicht zu atmen.

Bitte lass es diesmal geschehen.

Lass dies der Augenblick sein, an dem er es ausspricht.

»– der Gemeinschaft unseres Unternehmens. Ich kann mir wahrlich keine besseren Arbeitskollegen vorstellen als euch …«

Ich höre auf, den Atem anzuhalten, und meine Lunge fühlt sich an, als würde sie gleich in sich zusammenfallen. Meine Augen brennen, und ich starre die Leute an, während sie Dad ansehen. Sie strahlen über sein Kompliment und lauschen gebannt seinen Worten. Sie himmeln ihn an, und er himmelt sie an. Es ist so still, dass man eine Stecknadel fallen hören könnte.

Oder das Klingeln eines Handys in meiner Hosentasche.

Ich zapple auf meinem Stuhl herum, um es auszumachen, aber ich kann das verfluchte Ding nicht finden. Alle Blicke richten sich auf mich, und Dad sieht mich erbost vom Podium aus an, seine Augen versprühen Hass, aber das Handy klingelt immer weiter.

Tante Petes Telefon klingelt. Ich höre ihn in die Küche schlurfen und mache die Tür zu meinem Zimmer einen Spalt weit auf – und da steht er, in einem seidenen Kimono mit Trompetenärmeln und orangefarbenen, fersenlosen Socken.

Tante Pete arbeitet nachts bei dem Radiosender – von 21:00 Uhr bis 6:00 Uhr – und schläft dann tagsüber. Ich frage mich, wer so unhöflich ist, an einem Mittwochmorgen um zehn vor neun anzurufen, wenn Tante Pete eigentlich schlafen sollte.

Seine Augen sind halb zu, doch er nimmt ein Bier aus dem Kühlschrank. Dann holt er eine Schachtel Cornflakes mit Schokolade aus dem Küchenschrank, schüttet ein paar in eine Schüssel und nimmt schließlich mit einer Hand den Hörer ab, während er mit der anderen nach den Würstchen für die Mikrowelle greift. »Hallo«, sagt er.

Ich weiß zwar nicht, was die Stimme am anderen Ende der Leitung sagt, doch Tante Pete flucht: »VERDAMMT!«

Den Hörer zwischen die Schulter und das Ohr geklemmt, reißt er die Tür zu meinem Zimmer auf. Dann kippt er die Cornflakes wieder in die Schachtel, wobei der größte Teil daneben geht. Er zieht groteske Grimassen, und mir ist klar, dass ich irgendwas machen soll, aber ich weiß nicht was.

»Die Schule«, flüstert er aufgebracht.

Schule?, denke ich. *Jetzt*?

Tante Pete winkt mich ins Badezimmer.

»Die Schule fängt heute an?«, frage ich.

»Ja«, formt er lautlos mit den Lippen. »In diesem Augenblick. Du bist spät dran.«

Verflucht.

Ich gehe ins Badezimmer und versuche, mich in Rekordzeit zu rasieren, aber jetzt ist das Ritual ruiniert. Ich höre, wie Tante Pete den Hörer auflegt. Er schreit: »Ich bin in zehn Minuten fertig.« Dann poltern Schritte den Flur entlang.

Vielleicht ist *er* in zehn Minuten fertig …

Ich gehe davon aus, dass Pete jede Minute an die Badezimmertür klopfen wird, aber wie sich herausstellt, bin ich vor ihm fertig. Das liegt daran, dass er etwas sucht und dabei sein ganzes Zimmer auseinandernimmt. Auf den Knien wühlt er unter dem Bett herum, und es gibt eine Menge Zeug, durch das er sich durchgraben muss, denn in seinem Zimmer herrscht ein heilloses Durcheinander. Ich meine, es ist ein Saustall. Zwischen all dem Chaos ist nicht ein Zentimeter Boden zu sehen. Überall liegen Schallplatten und CDs, halb kaputte Plattenspieler und Keyboards und lauter so Zeug. Dazu Tüten von McDonald's, die weiß Gott wie alt sind. Ich frage mich, was er wohl sucht, aber ich erfahre es schnell genug.

»Ich habe irgendwo einen großen braunen Umschlag«, erklärt Tante Pete atemlos. »Deine Mutter hat ihn per Express geschickt.

Darin sind alle Unterlagen. Deine Zeugnisse, die vorübergehende Vollmacht für mich als Erziehungsberechtigten … Mist! Wo habe ich ihn bloß hingelegt?«

Ich hätte nie gedacht, dass rechtliche Unterlagen eine Rolle spielen würden. Ich nehme an, Mom hat die Unterschrift meines Vaters gefälscht – das kann sie hervorragend –, und daher sind die Unterlagen wahrscheinlich wertlos. Aber ich glaube, ich sollte doch lieber reingehen und ihm beim Suchen helfen. Obwohl ich meine Lieblingsjeans und meine besten Schuhe von Skecher anhabe, wate ich in Tante Petes Schlafzimmer.

Eine ganze Weile suchen wir beide wie wild alles durch, aber als uns klar wird, dass der Umschlag so schnell nicht wieder auftauchen wird, höre ich auf zu suchen und beobachte Pete. Er ist völlig durcheinander, und ich wundere mich, warum es ihm so wichtig ist. Schließlich ist es nicht *sein* erster Tag in einer neuen Schule.

Ich mustere ihn so wie er mich mustert, wenn er glaubt, ich würde es nicht merken. Ich frage mich, wie alt er wohl ist. Er sieht aus wie um die fünfzig. Vielleicht auch fünfundfünfzig. Sein Gesicht ist voller Falten, und er wirkt insgesamt etwas zerrupft, aber nicht auf eine unangenehme Weise. Ich frage mich, warum er nicht femininer aussieht. Ich dachte immer, ein Typ, der sich gern wie eine Frau anzieht, würde sich wenigstens die Bartstoppeln abrasieren. Tatsächlich habe ich ihn – abgesehen von dem Kimono-Morgenmantel – bisher noch in keinen Frauenkleidern gesehen. Außer in dem roten Kleid, das an der Rückseite seiner Tür hängt, aber das ist schon lange her.

Ich muss grinsen, als ich das Kleid entdecke und mich an Moms Abschiedsfeier erinnere. Pete sieht, dass ich es betrachte, und hört auf, seinen Wäschekorb zu durchwühlen.

»Erinnerst du dich noch daran?«

Ich nicke. »Hattet ihr, Mom und du, den Auftritt geplant?«

Das wollte ich schon immer wissen.

Tante Pete zögert, dann lacht er. »Ja«, gibt er zu. »Wir hatten den Tag genau geplant. Wir hatten uns jedes Detail vorher überlegt ... wie sie mit meinen Eltern im Wohnzimmer sitzen würde, und wie das Dienstmädchen sich durch die Hintertür aus dem Zimmer schleichen und mich holen würde, sobald meine Eltern anfangen würden, deine Mutter fertigzumachen. Denn das würden sie zweifellos tun.«

»Also hast du die ganze Zeit im Auto gewartet?«

Er nickt. »Ja – nur wäre der Plan beinahe schiefgegangen, weil ich in der Eile, ins Haus zu stürmen, den Kleidersaum in der Wagentür eingeklemmt habe ...« Plötzlich zögert er und verstummt dann ganz. »Weißt du«, sagt er schließlich, »es war ein dummer Streich. Wenn wir gewusst hätten, wie dein Vater darauf reagieren würde, hätten wir es nicht getan. Ich meine, uns war klar, dass er wütend sein würde, aber wir konnten uns nicht vorstellen ...«

Mir fällt Dads Miene ein, als ich ihm sagte, ich würde zu Tante Pete statt zu seinen Eltern fahren.

»... dass er komplett ausrasten würde?«

»Ja«, nickt Peter. »Das volle Programm. Vor der Feier war mir nicht bewusst, wie ähnlich er unserem Vater ist, aber da war es schon zu spät. Danach durfte ich euch nie wieder besuchen. Deine Mutter und ich haben es total vermasselt.«

Ich wünschte, Tante Pete würde noch mehr erzählen, aber aus irgendeinem Grund tut er es nicht. Während sich das Schweigen in die Länge zieht, mustere ich das rote Kleid.

»Trägst du es noch?«, frage ich schließlich. »Ich meine das Kleid.«

»Nein. Ich habe es seitdem nicht mehr angezogen.«

Er betrachtet das Kleid, und seine Augen verraten eine leise

Sehnsucht. Es ist ein Designermodell und immer noch wie neu – mehrere Schichten aus roter Seide. Er sieht es so an, wie die meisten Männer eine Corvette anschauen. Dann wendet er den Blick ab.

»Komm«, sagt er. »Wir müssen die Unterlagen finden.«

13

WIR FINDEN DIE UNTERLAGEN NICHT.

Nachdem wir das ganze Mobilheim dreimal durchsucht haben, gibt Tante Pete auf und geht deprimiert wieder ins Bett.

»Morgen gehst du in die Schule. Versprochen«, sagt er.

Das ist mir nur recht. Die Vorstellung, auf eine neue Schule zu gehen, versetzt mich nicht gerade in einen Taumel der Begeisterung. Das einzige Problem ist, dass ich heute einen ganzen Tag ohne SMS, E-Mails und Handy rumkriegen muss, weil alle meine Freunde in der Schule sind und Tante Pete keinen Computer hat, was absolut verrückt ist. Ich bin mir nicht sicher, was Menschen, die keinen PC haben, mit ihrem Leben anfangen, aber ich persönlich entscheide mich für eine Marathonsitzung alter Aufzeichnungen von *America's Next Top Model*, weil Dad nicht in der Nähe ist, um mir zu befehlen, ›diesen Mist‹ auszumachen.

Als Tante Pete am Nachmittag aus seinem Schlafzimmer schlurft, zeigt J. Alexander gerade, wie man perfekt über den Laufsteg geht. Er ist ein hoch gewachsener Schwarzer, der von allen die Königin des Laufstegs genannt wird, und ich erinnere mich vage, ihm einmal in Paris begegnet zu sein. Ich frage mich, ob Tante Pete eine Bemerkung über den extravagant gekleideten Mann machen wird, der in einem Minirock über den Laufsteg geht, doch Pete blinzelt mich nur verschlafen an, während ich auf dem Sofa liege und Popcorn esse.

»Warst du vor fünf Stunden nicht schon in genau derselben Position?«

Ich nicke.

»Was siehst du dir denn an?«

»Nichts«, sage ich und schalte den Fernseher aus.

Pete kratzt sich am Kinn.

»Also, du kannst doch nicht den ganzen Tag auf dem Sofa liegen. Ich denke, wir sollten … irgendwas unternehmen. Äh … vielleicht zusammen. Was machst du denn normalerweise nach der Schule?«

»Ich helfe Mom in der Boutique.«

Pete runzelt die Stirn.

»Und was sonst noch?«

»Na ja, ich laufe gern.«

Irgendwie kann ich mir nicht vorstellen, dass Pete laufen gehen will. Aber er nickt.

»Gut. Okay, das kann ich auch. Ich bin früher tagsüber gelaufen. Dino und ich haben am College mal einen Fünf-Kilometer-Lauf mitgemacht, als er für die Polizeischule trainiert hat. Ich will mich nur schnell anziehen.«

Er zieht den Kopf ein und geht in sein Zimmer, während ich die Tatsache verdauen muss, dass mein Onkel wirklich mit mir laufen gehen will. Ich suche in meinem Zimmer meine coolen blauen Adidas-Laufshorts und die brandneuen Pro-Wear-Laufschuhe zusammen, ziehe mich schnell um und warte draußen auf ihn. Während ich warte, kommt Darleen mit ihren Kunstsachen aus dem Nachbarhaus.

Sie trägt Latzhosen und Clogs, und das ist *keine* modische Aussage. Das ist ein Fehler. Als Loulou de la Falaise einmal gefragt wurde, welches Kleidungsstück sie als absoluten Fehlgriff bezeichnen würde, sagte sie: »Die Dinger mit den Trägern.« Latzhosen.

»Hi«, sage ich.

»Hallo«, erwidert sie.

Da das ganz gut ging, entschließe ich mich, noch mehr zu sagen.

»Ich geh mit meinem Onkel laufen.«

Darleen lächelt. »Super.«

Jetzt entsteht ein unbehagliches Schweigen, und da ich solche Momente hasse, sage ich: »Willst du mitkommen?«

Gleich darauf winde ich mich, weil das so dumm rübergekommen ist. Sie hat eindeutig nicht die richtigen Klamotten zum Laufen an. Ich sehe schon, wie sie gleich die Augen zusammenkneifen wird, und ich merke, dass sie mich für einen Idioten hält. Also füge ich hinzu: »Laufen ist ein hervorragendes Herz-Kreislauf-Training«, weil ›Herz-Kreislauf‹ ein langes Wort ist und beeindruckend klingt. »Es stärkt das Herz und hilft beim Abnehmen.«

Sobald mir die Worte über die Lippen sind, würde ich sie mir am liebsten wieder in den Mund zurückstopfen.

Darleen zieht die Augenbrauen hoch und holt Luft.

»So hab ich das nicht gemeint…«, stottere ich, aber sie hat schon auf dem Absatz kehrtgemacht, um im Haus zu verschwinden. Während sie die Tür zu ihrem Mobilheim öffnet, sagt sie: »Ich bin NICHT dick«. Ich weiß nicht recht, ob sie das zu mir oder zu sich selbst sagt.

Ach, verdammt.

Ich überlege, ob ich an ihre Tür klopfen und die Sache klären soll, aber in diesem Moment kommt Tante Pete heraus. Er trägt die grauenhaftesten Elastikshorts, die ich in meinem ganzen Leben gesehen habe. Sie haben ein weiß-blau-gelbes Konfettimuster auf schwarzem Untergrund, und dazu hat er ein grellrotes ärmelloses T-Shirt an.

»Oh Gott«, murmle ich, doch Tante Pete ahnt nichts. Er macht übertriebene Dehnübungen neben dem Picknicktisch.

»Das ist toll«, sagt er. »Ich bin seit Jahren nicht mehr gelaufen. Das ist genau die Motivation, die ich brauche, um wieder damit anzufangen.«

Unentschlossen sehe ich von meinem Onkel hinüber zu Darleens Mobilheim, aber ich habe keine Zeit, etwas zu unternehmen, denn Pete klatscht laut in die Hände und springt mehrmals auf und ab. Sein Bierbauch schwabbelt unter dem Hemd.

»Lass uns starten«, sagt er dann.

Wir laufen langsam los, und Tante Pete seufzt laut. »Aaaah, fühlt sich das herrlich an!«

Wir haben noch nicht einmal die Auffahrt verlassen.

»Draußen in der Natur«, murmelt er, während wir am ersten Mobilheim vorbeilaufen.

Wir laufen so langsam, dass sich meine Beine kaum bewegen. Ich spiele mit dem Gedanken, neben ihm herzugehen, aber ich möchte seine Gefühle nicht verletzen.

»Wenn Orlando das hört!«, fügt Pete hinzu.

Ich laufe ein kleines bisschen schneller.

»Seid ihr schon lange zusammen?«

Tante Pete nickt. »Seit der Highschool – mit Unterbrechungen.«

Das ist eine *sehr* lange Zeit, wenn man so alt ist wie er.

»Warum lebt ihr nicht zusammen?«

Pete bleibt stehen. »Das ist kompliziert«, und ich runzle die Stirn, denn seit ich mich erinnern kann, habe ich diesen Satz immer wieder zu hören bekommen.

»Wie kompliziert kann es denn sein?«, frage ich und bemühe mich, den scharfen Unterton in meiner Stimme zu unterdrücken. Pete wirft mir einen Seitenblick zu.

»Na ja«, sagt er und wischt sich den Schweiß von der Stirn, »manchmal lieben sich zwei Menschen, aber wenn sie versuchen zusammenzuleben, machen sie sich gegenseitig verrückt.«

Ich schnaube verächtlich. Als wüsste ich das nicht längst.

»Haben Gram und Gramps dich deswegen rausgeworfen? Wegen Orlando?«

Tante Pete hebt die Füße beim Laufen kaum vom Boden. »Nein«, sagt er laut keuchend. »Sie haben mich aus dem Haus geworfen ... weil dein Großvater ... mich dabei erwischt hat ... wie ich ein Kleid deiner Großmutter anprobiert habe ... Du kannst dir sicher vorstellen, wie ... gut das ankam.«

Ich muss zugeben, das kann sogar ich nicht mehr toppen. »Wo bist du damals hingegangen?«, will ich wissen. »Ich meine, hinterher?«

»Ich ging zu ... Orlando«, sagt er, während er nach Luft schnappt. »Seine Eltern waren viel ... offener. Sie nahmen mich auf ... bis ich mit der Schule fertig war.«

Ich mache nur halbe Schritte, damit er mit mir mithalten kann. »Seitdem seid ihr also zusammen?«

»Ja. Davon wussten seine Eltern natürlich nichts.« *Keuch.* »Ich meine ... wir reden hier von den Siebzigern.« *Keuch, keuch.* »Offenheit in Form von Fürsorge, Toleranz und Großzügigkeit ist das Eine. Ein echtes Coming-out ist was ganz anderes.«

Er bleibt kurz stehen und legt sich die Hände auf die Knie.

»Ich muss mir nur die Schuhe zubinden«, sagt er, obwohl seine Schnürsenkel längst zugebunden sind. Umständlich kniet er sich hin und bindet jeden Schuh sehr langsam auf. Dann bindet er ihn wieder zu und überprüft beide Knoten zweimal.

»Wenn du willst, können wir zurückgehen«, biete ich ihm an, doch Tante Pete hält eine Hand hoch, um mich zum Schweigen zu bringen.

»Auf keinen Fall«, sagt er. »Soll das ein Witz sein? Es ist toll. Macht unheimlich viel Spaß.«

Er zwingt sich zu einem Lächeln, das sehr schmerzhaft wirkt. Für eine ganze Weile stelle ich keine weiteren Fragen.

»Eure Band ist also ziemlich erfolgreich«, sage ich schließlich. »Wie kommt es, dass du, äh, hier wohnst?«

Das kam nicht richtig rüber, doch Pete sieht aus, als würden ihm alle Knochen so wehtun, dass es ihm egal ist. Er versucht zu lachen, aber es ist eher ein Keuchen.

»In Pineville ... leben meine Freunde«, sagt er. »Und die Band ... feierte ihre größten Erfolge ... vor vielen Jahren ... bevor der Glam Rock gestorben ist ... es war ein schmerzhafter Tod ...« Bei dem Wort *Tod* hält Tante Pete inne und schnappt nach Luft. Die Hände auf den Knien, bleibt er einen Moment stehen und zwingt sich dann, weiterzulaufen. »Jetzt ist die Musik nur noch ein Hobby ... aber das macht nichts ... bringt etwas Extrageld ein ...« Er sieht mich von der Seite an. »Wirst du denn ... nicht müde?«

»Müde?«, frage ich. »Ach so, ja klar.«

»Gut«, keucht Tante Pete. Wir laufen das restliche Stück um die Kurve herum, dann lässt er sich auf die Auffahrt fallen. Sein Hemd ist tropfnass und er keucht so laut, dass ich mir Sorgen mache, er könnte einen Herzinfarkt haben. Doch schließlich steht er auf und klopft sich den Staub ab.

»Super Training«, sagte er, während er zur Haustür schwankt. »Müssen wir öfter machen.«

14

DAD UND ICH sitzen einander gegenüber im Büro der Schulpsychologin. Wir sind hier, um darüber zu reden, dass ich wegen zu vielen Nachsitzens schon wieder vom Unterricht ausgeschlossen worden bin.

»Liam, die Verstöße gegen die Schulordnung, wegen denen du nachsitzen musstest – Reden im Unterricht, deine Hausaufgaben nicht gemacht, Kaugummi gekaut, SMS geschrieben, mit Mädchen auf dem Flur herumgemacht, zu spät gekommen, die erste Stunde geschwänzt, deine Bücher zu Hause vergessen, während des Unterrichts geschlafen – wolltest du durch dein Verhalten auf dich aufmerksam machen?«

Ich rutsche verlegen auf meinem Stuhl herum. »Nein«, sage ich und verschränke die Arme.

»Und Sie, Mr Geller? Was hat Liams Benehmen Ihrer Meinung nach zu bedeuten?«

Dad schnaubt verächtlich. »Die Ursache ist sicher kein Mangel an Aufmerksamkeit. Liam bekommt mehr Aufmerksamkeit, als ihm guttut.«

Er meint von Mom, aber ich sage es nicht. Die Psychologin macht sich eine Notiz. Sie stellt uns noch viel mehr Fragen über meinen Wechsel auf die Highschool, Dads Arbeit und Moms Vergangenheit. Dann kommt sie noch einmal auf die Sache mit der Aufmerksamkeit zu sprechen.

»Was war das Letzte, das Sie beide zusammen unternommen haben?«

Eine lange Schweigepause entsteht, während Dad und ich versuchen, uns etwas einfallen zu lassen. Ich merke, dass er langsam sauer wird, und schließlich verdreht er die Augen.

»Frühstück, Mittagessen, Abendessen, seine Hausaufgaben überprüft, hinter ihm hergeräumt, ihm alles gekauft, was er haben will… Glauben Sie mir, der Junge wird nicht vernachlässigt.«

Die Psychologin nickt langsam.

»Liam, was würdest du gern zusammen mit deinem Vater unternehmen?«

Ich nehme die Arme runter und setze mich noch gerader hin. Danach hat mich noch nie jemand gefragt, und deswegen fühle ich mich, als wenn ein Flaschengeist mich gerade nach meinem Wunsch gefragt hätte. Ich überlege ziemlich lange.

»Basketball«, antworte ich schließlich.

Sofort schüttelt Dad den Kopf. »Du weißt doch, dass ich nicht sportlich bin«, sagt er. Dann wendet er sich der Psychologin zu. »Wenn mein Sohn wirklich meine Aufmerksamkeit haben wollte, dann würde er sich etwas aussuchen, von dem er weiß, dass ich es gerne tue.«

Mein Vater steht auf und sieht auf seine Uhr. »Die Zeit ist um.«

An diesem Abend findet Pete unter den Sofakissen endlich den großen braunen Umschlag zusammen mit der Fernbedienung für den Fernseher.

»Gott sei Dank«, sagt er atemlos. »Ich dachte schon, er ist verloren gegangen.« Er trägt ein Damennachthemd aus weißem Satin und Flauschpantoffeln. In der Hand hält er eine Bierflasche. »Wir haben morgen einen Termin bei deinem neuen Direktor.«

Ich bin etwas neben der Spur, deshalb zucke ich nur die Achseln, als sei es mir egal. »Du kannst mich einfach an der Schule absetzen. Ich bin sicher, ich schaffe es allein, mit dem Direktor zu reden.«

Pete wirkt wie vor den Kopf gestoßen. »Auf keinen Fall«, sagt er. »Während du hier wohnst, bin ich dein Erziehungsberechtigter. Das bedeutet, ich komme mit.«

Ich weiß nicht warum, aber ich verdrehe die Augen, wie Dad es jetzt tun würde. »Du siehst aber kaum aus wie ein Erziehungsberechtigter«, sage ich.

Tante Pete setzt die Bierflasche ab und nickt langsam.

»Sonst noch was?«, fragt er.

»Was?«

»Lass es lieber jetzt raus. Denn von jetzt an will ich nichts mehr hören. Das hier ist mein Haus, und ich mache hier, was ich will. Verstanden?«

»Ja.«

»Also?«

»Also was?«

»Gibt es sonst noch etwas, das du sagen möchtest?«

Ja, gibt es. Ich will ihm dafür danken, dass er mich aufgenommen hat, und dafür, dass er mit mir laufen war, und vielleicht will ich ihm auch sagen, dass es mir im Grunde egal ist, was er anzieht, weil ich auf dem Laufsteg schon Männer in so ziemlich allem gesehen habe, was man sich vorstellen kann. Aber stattdessen sage ich:

»Bloß, dass du nicht mein Vater bist.«

»Das versuche ich auch gar nicht zu sein.«

»Gut«, sage ich und meine es ernst.

Am nächsten Vormittag haben wir den Termin mit Direktor Mallek. Ich ziehe mir eine neue Diesel-Jeans und ein kurzärmeliges Hemd mit Knöpfen an, das nach fleißigem Schüler, aber gleichzeitig cool aussieht, denn ich will den Eindruck erwecken, dass ich jemand bin, der das Leben von jetzt an ernst nehmen wird. Anscheinend möchte Tante Pete jedoch den Eindruck erwecken, dass er jemand ist, der seit drei Tagen dieselben Klamotten trägt, denn er kommt in demselben zerknitterten Outfit, das er jeden Tag anhat, vom Radiosender nach Hause.

Ich denke daran, wie er sich zu Hause anzieht – alles aus glänzendem Satin –, doch den Rest des Tages sieht er so aus, als sei Kleidung ihm völlig egal.

»Lass uns losfahren«, sagt er, als es acht Uhr ist. Mir scheint das viel zu früh, doch ich folge ihm aus dem Haus zu seinem Nissan mit den Zebrastreifen. Als wir in der Schule sind, geht er vor dem Büro des Schulleiters rastlos auf und ab.

»Was hast du denn?«, erkundige ich mich.

Er wirft mir einen nervösen Blick zu. »Ich will die Sache nicht vermasseln.«

Als sich die Tür zum Büro des Direktors schließlich öffnet, treten Pete und ich ein und setzen uns auf die beiden großen Lederstühle vor seinem Schreibtisch.

»Sie sind also Liam Geller«, sagt der Direktor mit einem prüfenden Blick. »Wie meine Sekretärin mir gesagt hat, möchten Sie von Westchester auf unsere Schule wechseln. Ich bin nicht sicher, ob Ihnen bewusst ist, dass der Schulanfang hier in Pineville schon gestern war.«

Ich nicke. »Wir konnten die Unterlagen nicht finden …«, sage ich, aber Pete sieht mich warnend an, daher unterbreche ich mich.

»Nun, ich gehe davon aus, Sie haben die Unterlagen heute dabei«, sagt Direktor Mallek. Ich nicke und sehe zu Tante Pete hinüber, damit er sie dem Schulleiter aushändigt. Doch stattdessen sieht er mich an.

»Ich habe die Unterlagen nicht«, sage ich. »Ich dachte, du nimmst sie mit.«

Tante Pete bekommt große Augen, und er fängt an zu stottern. »Sehe ich so aus, als hätte ich die Unterlagen dabei?«, fragt er. »Sie lagen auf der Küchentheke. Ich dachte, du hättest sie eingesteckt!«

Direktor Mallek holt tief Luft.

»Ohne die Unterlagen können wir nicht weitermachen. Vielleicht sollten Sie sie holen?«

Pete steht auf. »Selbstverständlich«, sagt er. Seine Augen funkeln mich wütend an. »Du wartest hier. Ich bin gleich wieder da.«

Ich mache den Mund auf, um zu widersprechen, überlege es mir jedoch anders. Also kauere ich mich wieder auf den Stuhl und mache es mir bequem, doch dann räuspert sich Direktor Mallek.

»Sie können draußen im Sekretariat warten.«

»Ach so«, sage ich. »Klar.« Ich stehe auf und gehe hinüber zu den harten Plastikstühlen im Büro der Sekretärin. Dort beschäftige ich mich, indem ich Direktor Malleks langen Hals und winzigen Kopf zeichne, was durch die Nadelstreifen seines Hemds noch grotesker wirkt. Wenn ich könnte, würde ich ihm sagen, dass er nur einfarbige Sachen – am besten mit Kragen – anziehen sollte. Ich stelle mir einen ganz neuen Direktor Mallek vor, der einen dunkelgrauen Mantel mit doppeltem Kragen und einen einfarbigen schwarzen Rollkragenpullover trägt, doch noch während ich mir den Schulleiter so ausmale, läuft er direkt an mir vorbei und sieht meine Zeichnung mit dem langen Hals und stecknadelgroßen Kopf.

Shit.

Als Tante Pete mit den Unterlagen zurückkommt, ist Direktor

Mallek verstimmt, und als er mir endlich meine Schließfachnummer und meinen Stundenplan überreicht, sagt er: »Ihr Einstieg an unserer Schule war nicht gut, Mr Geller. Hoffentlich wird es von jetzt an besser.«

»Das wird es«, sagt Pete, bevor ich antworten kann.

Eine laute Klingel ertönt, und Direktor Mallek sagt: »Das ist die Klingel zum Unterrichtsbeginn.« Also verlassen Tante Pete und ich sein Büro.

»Wir sehen uns nachher«, sagt Pete und geht wieder zu seinem Auto. Ich wünschte, ich könnte mit ihm mitgehen, aber stattdessen laufe ich über den Flur und suche mein Schließfach. Was nicht schwer ist, da die Schule lächerlich klein ist.

Dann entdecke ich Darleen.

Ihr Schließfach befindet sich direkt neben meinem, und als ich näher komme, wirkt sie total enttäuscht, mich zu sehen – als hätte sie womöglich gehofft, dass ich dieses Jahr nicht zur Schule gehe.

»Schön, dich zu sehen«, sage ich, als Darleen weggeht. Sie dreht sich nicht einmal um.

Bald darauf sehe ich sie wieder, weil wir beide in der ersten Stunde Chemie haben. Schon allein die Tatsache, dass ich Chemie habe, ist widerwärtig. In Mathe und Wissenschaften bin ich ein totaler Versager, und Chemie hat mit beidem zu tun. Also bin ich verloren.

Trotzdem bestehe ich darauf, Darleen auf dem Flur vor der ersten Stunde zuzuwinken, doch sie winkt nicht zurück. Sie geht schnurstracks ins Klassenzimmer und fängt eine Unterhaltung mit dem Lehrer an. Mit dem *Lehrer*. Als wäre das noch nicht genug, dreht sich der Lehrer um, und es stellt sich heraus, dass es ... Direktor Mallek ist. Ich schaue zweimal hintereinander auf meinen Stundenplan.

Seit wann unterrichtet ein Schuldirektor Chemie?

Direktor Mallek nickt, als er mich sieht.

»Mr Geller«, sagt er. »Da Sie es gestern nicht in den Unterricht geschafft haben, haben Sie ein paar wichtige Einzelheiten versäumt. Ich rate Ihnen also, sich hinzusetzen und gut aufzupassen.«

Ich nicke.

Der einzige freie Tisch steht vorne am Fenster, also setze ich mich da hin. Da der Unterricht noch nicht angefangen hat, nehme ich mir Darleen zum Vorbild und stelle Direktor Mallek eine Frage.

»Unterrichten Sie dieses Fach immer?«

»Wie bitte?«

Plötzlich wird es ganz still im Klassenzimmer. Als ich vor ein paar Sekunden die Frage gestellt habe, unterhielten sich die anderen noch und packten ihre Schulbücher aus … aber jetzt sitzen alle still da. Während alle Augenpaare auf mich gerichtet sind, ordne ich meine Stifte neu.

»Ich meine nur, weil Sie doch der Schulleiter sind und so – ich wusste nicht, dass Sie auch Lehrer sind. Ich meine, ob Sie auch die Lehrerausbildung gemacht haben, die Sie dazu qualifizieren würde, Chemie zu unterrichten, oder …«

Die Worte kommen irgendwie nicht richtig rüber.

Direktor Malleks Gesicht läuft knallrot an. Es fängt an seinem Hals an und steigt hinauf bis zur Schädeldecke seines winzigen kahlen Kopfes.

Shit. Shitshitshitshitshit.

»Ich wollte nicht …«

Direktor Mallek schluckt schwer. »Mr Geller, an Ihrer Stelle würde ich mir Gedanken über Ihre Noten machen. Und nicht über meine Qualifikationen.«

Jetzt fangen ein paar Schüler an, schallend zu lachen. Direktor Mallek holt ein Blatt Papier heraus, kommt zu mir und knallt es mir auf den Tisch.

»Der Rest der Klasse hat gestern diesen Vortest gemacht.« Jetzt wirkt er völlig nüchtern, doch seine Augen sprühen Funken. »Schreiben Sie oben Ihren Namen hin. Sie haben für den Test einige Minuten Zeit, und er zählt zur Note. Da ich davon ausgehe, dass Sie Chemie bestehen mussten, um die zwölfte Klasse zu erreichen, dürfte er nicht schwer für Sie sein. Und die anderen schlagen bitte Seite acht auf.«

Ich starre auf das Blatt. Mir wird schlecht bei Tests, für die ich nur ein paar Minuten Zeit habe. Außerdem habe ich Chemie nur mit einer Drei Minus bestanden, die eigentlich eine Vier geworden wäre, wenn ich nicht mit einem Mitschüler, den ich dafür bezahlt habe, für den letzten Test gelernt hätte. Ich schaue auf das Blatt, aber mein Gehirn ist leer und alle Testfragen verschwimmen vor meinen Augen. Direktor Malleks Stimme hallt in meinen Ohren und lenkt mich ab, und ich frage mich, wie Darleen wohl über mich denken wird, wenn sie merkt, wie dumm ich bin.

Dann gerate ich in Panik. Ich denke daran, dass jedes Ereignis das nächste beeinflusst – dass ich diese Testfragen falsch beantworten werde, was bedeutet, dass ich den Test vermassle, was bedeutet, dass ich in Chemie durchfallen werde, und wenn ich in diesem Fach durchfalle, könnte ich in der Schule durchfallen, und dann werde ich nie einen Job bekommen und als Obdachloser enden.

Die einzigen Buchstaben, die nicht verschwommen sind, sind H_2O, also schreibe ich das Wort ›Wasser‹. Dann starre ich auf die Uhr und frage mich, wie viele Minuten mir noch bleiben.

»Die Zeit ist um«, sagt Direktor Mallek und beugt sich über mich.

Was? Die Zeit kann noch nicht rum sein. Hätte ich gewusst, dass es ein so kurzer Vortest ist, dann hätte ich nicht die ganze Zeit damit vergeudet, die Minuten zu zählen. Direktor Mallek nimmt das Blatt und trägt es nach vorne ans Pult.

»Dann wollen wir mal sehen, welche beeindruckenden Dinge unser neuer Schüler uns heute liefert«, sagt er. »Hmmm. Sieht so aus, als hätte er genau eine Frage beantwortet. Die Frage lautet: ›Welche chemischen Elemente verbinden sich zu H_2O?‹ und Mr Gellers Antwort lautet: ›Wasser‹.«

Die Klasse kichert, und ich sinke auf meinem Stuhl noch mehr zusammen.

»Sehr intelligent, Mr Geller«, sagt Direktor Mallek. Er kommt zu mir und stellt sich direkt vor mich. »Ich will Ihnen etwas sagen. In dieser Schule gibt es nichts umsonst. Sie werden hier keine ruhige Nummer schieben. Ich erwarte von Ihnen, dass Sie hart arbeiten, und wenn ich merke, dass Sie das tun, werde ich mit Ihnen zusammenarbeiten. Aber wenn Sie glauben, Sie können hier sitzen und sich das ganze Jahr schlecht benehmen, sollten Sie das noch mal überdenken.« Er lässt das Blatt auf meinen Tisch fallen und wendet sich ab.

»Gut, Klasse, schlagt jetzt Seite zehn auf.«

Der erste Tag, die erste Stunde – das ging voll daneben.

15

NACH DER CHEMIESTUNDE VERLÄUFT ALLES WIE IM NEBEL. Ich ziehe Französisch IV, Rechtskunde und Gesundheitslehre durch, aber mein Gehirn hat sich ausgeschaltet. Draußen auf dem Flur begrüßen mich Mitschüler und stellen sich vor. Ein Mädchen namens Jen macht sich die Mühe, mich in der Schule willkommen zu heißen, und zwei Schüler – Joe und Nikki – bieten mir an, sich beim Mittagessen in der Cafeteria an ihren Tisch zu setzen, aber ich denke die ganze Zeit nur daran, dass ich alles vermasselt habe.

Es wird noch schlimmer. In Mathe kann ich genau in dem Moment nicht mehr klar denken, in dem der Lehrer mich bittet, vorne an der Tafel eine Aufgabe zu lösen, und in Wirtschaftslehre glaube ich, den Tag retten zu können, indem ich alle mit meinem großen Wissensschatz über die Weltbank beeindrucke, aber ich bringe alles durcheinander. Ich dachte, ich könnte die Weltbank definieren, weil Dad beruflich viel mit Schulden der Dritten Welt zu tun hat, aber die traurige Wahrheit ist, dass er sie mir nie richtig erklärt hat. Wie kommt es, dass mein Vater landesweite Vorlesungen über diese Dinge halten kann, während ich sie noch nicht einmal definieren kann?

Langsam werde ich hundemüde, und dann verlaufe ich mich auf dem Weg zu meiner letzten Schulstunde und ende im Probenraum des Schulchors. Wahrscheinlich würde ich es noch rechtzeitig zum Unterricht schaffen, wenn ich rennen würde, aber mittlerweile denke ich *Vergiss es*. Also lasse ich mir Zeit und betrete ungefähr vier Minuten zu spät das offene Klassenzimmer Nr. 12. Ich tue so, als würde ich meinen Stundenplan lesen, als hätte ich ihn die ganze Zeit über eifrig studiert oder so was Ähnliches, und als wäre *das* der Grund, warum ich zu spät komme. Deswegen schaue ich beim Eintreten nicht gleich auf.

»Ich habe mich irgendwie verlaufen, aber ich habe meinen Stundenplan hier, und ich verspreche, dass es nie wieder vorkommt –«

Dann hebe ich den Kopf und reiße vor Staunen den Mund auf. Vor meiner Englischklasse steht Orlando. Ich werfe einen Blick auf die Nummer an der Tür des Klassenzimmers, weil ich jetzt wirklich denke, mich im Stundenplan vertan zu haben, aber das hier ist tatsächlich der richtige Raum. Auf meinem Stundenplan steht *Englisch IV – Mr DeSoto*. Offensichtlich ist das Orlando.

Er kommt zu mir und nimmt mir den Stundenplan aus der Hand.

»Liam«, sagt er.

Ich bleibe wie erstarrt stehen. Wie konnte es passieren, dass niemand daran gedacht hat, mir zu sagen, dass Orlando Englisch in der Oberstufe unterrichtet? Es wurde zwar erwähnt, dass er Englischlehrer an der Highschool ist, aber woher sollte ich wissen, dass er Englisch in der *Abschlussklasse* unterrichtet? Es sei denn, er ist hier der *einzige* Englischlehrer …

»Du kannst dich vorne hinsetzen«, sagt Orlando. »Wir üben gerade Aufsatzschreiben, also bring von jetzt an etwas zum Schreiben mit, aber für heute kann dir jemand Papier und einen Stift leihen. Jen, macht es dir etwas aus, ihm ein paar Zettel zu geben?«

Orlando klopft dabei mit dem Knöchel auf einen leeren Schreibtisch, aber meine Beine sind bleischwer. *Ich kann doch nicht beim Freund meines Onkels Englischunterricht nehmen!*, denke ich. Wie soll ich mich bloß verhalten? Soll ich so tun, als wären wir uns noch nie begegnet? Soll ich ihn begrüßen?

Zögernd gehe ich an der ersten Reihe vorbei und setze mich auf den Stuhl, den Orlando mir zuweist. Er wendet sich wieder der Klasse zu.

»Gut«, sagt er. »Wie ich schon sagte, haben wir gestern darüber gesprochen, wie man einen persönlichen Aufsatz für die Bewerbung am College verfasst. Heute sollt ihr einen Übungsaufsatz schreiben. Ich habe mir für diesen ersten Aufsatz ein ziemlich allgemeines Thema ausgedacht – etwas, das ihr alle schon tausend Mal gemacht habt. Also schreibt mindestens zwei Seiten darüber. Ihr dürft euch Zeit lassen, aber ich möchte, dass ihr eure Texte am Ende der Stunde abgebt.« Orlando geht an die Tafel und schreibt: *Das schönste Erlebnis des ganzen Sommers war für mich…*

Oh Shit.

Über dieses Thema kann ich auf gar keinen Fall schreiben. Mein Sommer war der Horror. Es gab kein schönes Erlebnis. Als Erstes wurde ich zu Hausarrest verdonnert, und Mom wollte mich zu einer Modenschau nach Mailand mitnehmen, aber Dad hat es verboten. Ich hörte sogar, wie sie sich deswegen gestritten haben und er sagte: »Es lohnt sich nicht, sich so viel Mühe zu machen, nur um Liam mitzunehmen.«

Ich muss mir was einfallen lassen, also schreibe ich: »Das schönste Erlebnis des ganzen Sommers war für mich die Party bei Mike.« Dann streiche ich den Satz wieder durch, weil ich mich in Wirklichkeit auf der Party volllaufen ließ, und mit Andrea geschlafen habe, die später allen erzählt hat, dass es ein Fehler gewesen sei. Dann hat mein Dad irgendwas darüber von Andreas Mutter gehört, die behauptet hat, es sei alles meine Schuld und…

Ich kaue auf meinem Stift herum und stelle fest, dass ich Aufsätze hasse. Sie machen so viel Arbeit – und wozu? Nicht jeder wird aufs College gehen. Ich starre aus dem Fenster. Schließlich schreibe ich: »Das Schönste am ganzen Sommer war für mich, dass ich meinen Freund Julio auf Hawaii besuchte.« Aber als ich wieder nach Hause zurückkam, hörte ich, wie Mom zu Dad sagte: »Du hast ihn nur nach Hawaii geschickt, weil du ihn nicht mehr sehen kannst.« Also streiche ich auch diesen Satz.

Dann lege ich den Kopf auf den Tisch.

»Die Stunde ist vorbei. Bitte gebt eure Texte ab. Morgen werden wir den ersten Akt aus *Hamlet* lesen, also bringt bitte eure Bücher mit.« Orlando legt unsere Zettel zu einem Stapel zusammen. Dann klingelt es – *endlich* – und für mich heißt es nur noch *nichts wie raus*, aber Orlando stellt sich mir in den Weg.

»Liam, kann ich dich kurz sprechen?«

Ich nicke, und er zeigt auf meinen Tisch.

»Setz dich.« Er hat mein Blatt in der Hand und wirkt, als könne er sich nicht entscheiden, was er sagen will. »Du hast das Wort ›the‹ geschrieben«, sagt er, sobald ich mich setze. »Ich habe euch eine ganze Stunde Zeit und ein allgemeines Thema gegeben, aber du hast es nur geschafft, das Wort ›the‹ zu schreiben. Möchtest du dazu etwas sagen?«

Die Antwort auf diese Frage ist definitiv ›Nein‹.

»Ist es, weil ich mit Pete zusammen und jetzt auch noch dein Lehrer bin? Hast du damit ein Problem? Damit das klar ist: Schule ist für mich Schule und hat damit nichts zu tun. Du brauchst dir da keine Sorgen zu machen.«

Ich nicke, als sei es nebensächlich.

»Ich werde dich nicht anders als alle anderen Schüler behandeln«, fährt Orlando fort. »Jeder der anderen Schüler hat es geschafft, zwei Seiten über das Aufsatzthema zu schreiben. *Jeder* von ihnen.«

Er hält kurz inne.

»Ich möchte, dass du zwei Seiten über das Thema ablieferst.« Orlando gibt mir mein Blatt zurück. »Ich muss noch ein paar Stundenpläne durchgehen, also können wir hier sitzen bleiben, bis du fertig bist.«

Ich starre das leere Blatt an. Den ganzen Tag über habe ich die Sekunden gezählt, bis die Schule endlich vorbei ist – und jetzt will er, dass ich hier herumhocke und versuche, eine Frage zu beantworten, auf die ich keine Antwort weiß?

»Mir fällt nichts ein«, sage ich, doch Orlando zeigt kein Mitgefühl.

»Gab es denn im ganzen Sommer kein einziges schönes Erlebnis, an das du dich erinnerst?«

Ich schüttele den Kopf, aber ich will nicht darüber diskutieren. Also nehme ich seufzend den Stift in die Hand. Ich werde mir wohl oder übel etwas ausdenken müssen.

16

ES IST SOMMER, und wir wohnen seit einem Jahr in Kalifornien. Ich bin acht Jahre alt. Dad und ich sind im Garten hinter dem Haus und genießen den schönsten Juniabend, den ich je erlebt habe. Er ist pünktlich von der Arbeit nach Hause gekommen, und Mom ist weggefahren, weil sie ein paar Sachen zu erledigen hat. Also schlägt Dad vor, anstatt Abendessen zu kochen, ein Picknick zu machen. Es wird noch ein paar Stunden lang hell bleiben, und so stapfen wir mit einem Rucksack voller Erdnussbuttersandwiches und Saftflaschen hinaus zu meinem Baumhaus.

Dad hat ›Die Schatzinsel‹ mit rausgenommen und liest mir laut daraus vor. Ich bemühe mich, ganz besonders brav zu sein und still zu sitzen, aber wenn Dad nicht hinsieht, rücke ich immer näher an ihn heran, bis ich ganz dicht hinter ihm sitze. Ich kuschle mich an ihn und schaue über seine Schulter auf die Buchseiten. Ich lege die Hand auf seinen Arm, er fühlt sich warm und fest an. Während Dad liest, sehe ich immer wieder in sein Gesicht statt ins Buch.

»Fünfzehn Mann auf des Totenmanns Kiste – Yohoho und 'ne Buddel voll Rum! Sauft und der Teufel sagt Amen dazu – Yohoho und 'ne Buddel voll Rum!« Dads Stimme hallt. Eine warme Brise weht durch die Äste, und ein Vogel flattert aus dem Blätterwerk heraus. Wir zucken beide zusammen, und ich halte den Atem an, falls Dad wütend werden sollte, doch dann lacht er nur. Sein Lachen erfüllt das Baumhaus, und schließlich lache ich auch.

»Yohoho und 'ne Buddel voll Rum!«, sagen wir im Chor. Ich bin rundum glücklich.

Als ich von der Schule zurückkomme, rufe ich Dad an. Ich weiß, dass ich das lieber lassen sollte, aber ich tue es trotzdem.

Ich gehe mit meinem Handy zum Picknicktisch und rufe ihn in der Firma an. Seine Sekretärin stellt mich durch.

»Hi, Dad?«, sage ich. »Ich bin's, Liam.«

»Ja?« Irgendetwas an seinem zurückhaltenden Ton lässt mich vermuten, dass jemand in der Nähe seines Schreibtischs ist. Sein Ton und die Tatsache, dass er nicht auflegt.

»Ich dachte, wir könnten vielleicht miteinander reden«, sage ich. »Ich bin schon eine Weile weg, und ich will mich dafür entschuldigen, was mit Delia passiert ist. Und dafür, dass ich Pete statt Gram und Gramps angerufen habe. Ich weiß, ich habe alles vermasselt. Wie immer.«

Zuerst sagt Dad nichts. Dann räuspert er sich.

»Es läuft wohl nicht so gut bei deinem Onkel, was?«

Er klingt fast hoffnungsvoll.

»Äh… alles bestens«, sage ich, auch wenn ich unsicher bin, ob es das ist, was er hören will.

»Na klar«, sagt er. »Was willst du? Ich habe schließlich nicht den ganzen Tag Zeit.«

Ich stottere herum und versuche, mich daran zu erinnern, warum ich ihn angerufen habe. Mit Dad zu reden bringt mich immer aus dem Gleichgewicht, weil er so viel klüger ist als ich. Er sagt Sachen, die zwei Dinge gleichzeitig bedeuten, und während ich darüber nachdenke, komme ich durcheinander. Das, was ich schließlich antworte, klingt dann dumm.

»Ich frage mich, ob ich vielleicht wieder nach Hause kommen

kann«, platze ich heraus, obwohl ich das gar nicht sagen wollte. »Es ist doch bloß noch ein Jahr, und ich habe meine Lektion gelernt. Echt wahr. Ich bin –«

Dad unterbricht mich mitten im Satz.

»Liam«, sagt er, »wir wollen hier nicht unsere Zeit verschwenden. Die Antwort lautet ›Nein‹. Du hast dich nicht gebessert. Du hast keine Lektion gelernt. Wir wollen die ganze Geschichte nicht noch einmal durchkauen.«

»Dad …«, fange ich an.

»Ich lege jetzt auf«, sagt er. Ende der Diskussion.

»Hast du überhaupt gemerkt, dass ich nicht mehr da bin?«, frage ich, nur um ihn durcheinanderzubringen. »Vermisst du mich überhaupt?«

Doch ich weiß die ganze Zeit, dass er längst aufgelegt hat.

Ich liege auf dem Picknicktisch und lasse den Kopf über die Tischkante hängen. Ich habe Ohrstöpsel in den Ohren und starre hinauf in die Wolken. Ich spüre, wie die warme Brise über mich hinwegweht.

»Yohoho und 'ne Buddel voll Rum«, flüstere ich und lasse die Luft aus meinen Lungen entweichen. Ich versuche, tief durchzuatmen, um mich innerlich zu reinigen und wieder zu beruhigen – und das schaffe ich auch richtig gut –, bis sich jemand über mich beugt und mich anschreit.

»Könntest du bitte etwas rücken?«

Es ist ein beängstigendes Gefühl, wenn man mit dem Kopf nach unten hängt und jemand sich von hinten anschleicht. Vor Schreck falle ich fast vom Picknicktisch. Als ich versuche, meinen iPod leiser zu machen, drehe ich ihn aus Versehen noch lauter und muss mir die Stöpsel aus den Ohren reißen.

»Fast hättest du mich umgebracht!«, sage ich, während ich mich so schnell aufrichte, dass mir schwindlig wird. Darleen beugt sich über mich und offensichtlich tut es ihr kein bisschen leid.

»Habe ich nicht«, sagt sie laut. »Du bist nur einen Meter vom Boden entfernt. Und du beschlagnahmst den ganzen Picknicktisch. Ich brauche etwas Platz.«

»Entschuldige«, sage ich und rücke beiseite. Sie setzt sich so weit weg, wie sie nur kann.

»Ich hab dich heute in der Schule gesehen«, füge ich hinzu, weil mir nichts Besseres einfällt.

»Danke für die Neuigkeit.«

»Ich wollte nicht andeuten, dass du dick bist. Ich meine neulich.«

Sie kneift die Augen zusammen, sagt aber nichts. Nach einer langen Schweigepause sage ich: »Gibt es irgendwas, das du über mich wissen willst? Schließlich sind wir doch Nachbarn und so.«

Sie schlägt ihren Zeichenblock auf und schüttelt den Kopf. »Du bist Petes Neffe.« Die Art, wie sie das sagt, klingt so, als hätte sie Schlechtes über mich gehört. »Sie haben dich zu Hause rausgeworfen, und jetzt brauchst du eine Unterkunft, bis dein reicher Vater dich wieder nach Hause kommen lässt.«

»Woher weißt du das?«, frage ich.

»Weil Eddie der Cousin meines Vaters ist. Eddie hat es meinem Vater erzählt, und Dad hat es mir erzählt. Er hat gesagt, dass du so was wie ein jugendlicher Krimineller bist, der nirgendwo bleiben kann, wenn Pete dich nicht aufnimmt. Anscheinend finden sie, ich sollte eine gute Tat begehen und besonders nett zu dir sein, aber ich glaube nicht, dass das nötig ist.«

»Was?«, frage ich. »Warum? Und nur dass du es weißt: Ich bin kein jugendlicher Krimineller.« Ich überlege, ob ich ihr die ganze elende Story, warum ich hier gelandet bin, erzählen soll. Dann überlege ich es mir anders. »Es stimmt auch nicht, dass ich nirgendwo anders hin könnte. Ich habe selbst darum gebeten, bei T– Onkel Pete zu wohnen.«

Darleen zuckt die Achseln. »Ist doch egal.«

Sie zeichnet weiter. Jetzt fügt sie der Bleistiftzeichnung von Petes alten Stiefeln, die neben den Stufen stehen, Kohlestriche hinzu. Ich kann nicht umhin, ihr gebannt zuzusehen. Sie verwandelt die alten, ausgebeulten Stiefel in faszinierende Objekte.

»Sieht gut aus«, sage ich.

»Danke«, sagt sie, aber es klingt desinteressiert.

Ich warte eine ganze Weile ab, ohne noch etwas zu sagen. Irgendwann halte ich es nicht mehr aus.

»Es ist cool, dass wir ein paar Fächer zusammen haben – findest du nicht auch? Ich meine, heute ist es zwar nicht so gut gelaufen, aber …«

»Ich versuche, mich zu konzentrieren«, unterbricht sie mich scharf. »Wenn du hier sitzen bleiben willst, dann möchte ich dich nicht daran hindern. Aber beanspruche bitte nicht den ganzen Tisch für dich.«

Die Art, wie sie das äußert, erinnert mich an die Art, wie Dad sagt: »Ich habe keine Zeit, Liam.« Also denke ich: *Na schön, vergiss es.*

»Vielleicht sollte ich reingehen«, drohe ich ihr. In der Erwartung, dass sie ein schlechtes Gewissen bekommt und mich zurückruft, mache ich einen Schritt auf die Tür zu. Als sie nichts tut, drehe ich mich um und sehe sie wütend an. »Weißt du«, sage ich, »ich brauche keine gute Tat von dir, aber manchmal sind Leute zu anderen Leuten nett, die noch neu sind, einfach … na ja, einfach weil sie vielleicht ein paar Freunde gebrauchen könnten.«

Als Reaktion erwarte ich von ihr einen schuldbewussten Blick, aber stattdessen fängt sie an zu kichern. Dann lacht sie laut über meine zornigen Worte. Schließlich hört sie auf zu lachen und sieht mich an.

»Irgendwie«, sagt sie, »kann ich mir nicht vorstellen, dass du dich lange einsam fühlen wirst. Du siehst aus wie diese Typen, die Werbung für Unterwäsche machen.«

Sie sagt das, als sei es etwas Schlechtes.

»Und hab ich nicht gesehen, wie du dich heute mit Pinevilles Powerpaar Joe und Nikki auf dem Flur unterhalten hast? War es nicht Jen, die Leiterin der Cheerleader, die dir bei der Suche nach deinen Klassenzimmern geholfen hat? Und wenn ich mich nicht irre, hing auch eine Gruppe von Mädchen vor deinem Schließfach herum und nannte sich das Empfangskomitee von Pineville, oder? Ich habe noch eine Neuigkeit für dich: Pineville hat kein Empfangskomitee. Wenn ich also nett zu dir sein soll, weil du Freunde brauchst, dann halte ich das nicht für nötig.«

»Wie kann ... ich ... Ich bin ganz anders, als du denkst, und wenn du mir eine Chance geben würdest ...«

Aber sie redet einfach weiter.

»Tu bloß nicht so, als wärst du nicht nach acht Stunden in der Schule überall beliebt«, sagt sie. »Ich will ja nicht unhöflich sein – aber entweder spielen wir eine nette Gesellschaftsparodie und machen auf Freunde, weil wir Nachbarn sind, oder wir sparen uns die Zeit und Mühe. Du kannst tun und lassen, was du willst. Wenn ich richtig liege, bedeutet das, sich bei allen beliebt zu machen. Und ich werde machen, was ich will – und das ist, mich auf meine Kunst zu konzentrieren. In Ordnung?«

Sie wirft mir diesen herablassenden Blick zu, den ich schon tausend Mal gesehen habe. So als wollte sie damit ausdrücken: *Ich muss langsam und in einfachen Sätzen sprechen, weil Liam dabei ist.* Aber der einzige Gedanke, den ich habe, ist: *Ich bin nicht überall beliebt.*

Mehr als alles andere auf der Welt will ich ihr beweisen, dass sie sich irrt.

»Tatsächlich«, sage ich, »ist es überhaupt nicht in Ordnung, denn du bist gerade von allen möglichen falschen Vorstellungen ... und Vorurteilen ... ausgegangen und hast ein diskriminierendes Ritual durchgezogen, das auf falschen, äh, Tatsachen beruht. In Wirklichkeit bin ich überhaupt nicht beliebt. Im Grunde bin ich ein Außenseiter. Der totale Außenseiter. Eigentlich hatte ich gehofft, in der Schule Zeit mit dir verbringen zu können, aber jetzt werde ich meine Mittagspause neben der Mülltonne oder so was verbringen. Und außerdem«, füge ich hinzu, »gehe ich jetzt rein.« Ich stehe auf und greife nach meinem iPod.

Darleen seufzt. Ich warte darauf, dass sie Widerspruch einlegt, aber stattdessen zeichnet sie weiter.

»Ich gehe jetzt rein«, wiederhole ich.

»Mmhm.«

»Du könntest wenigstens Tschüss sagen.«

Sie legt ihren Stift hin und sieht mich aufgebracht an.

»Gut«, sagt sie schließlich.

»Gut?«

»Ja.«

»Gut.«

»Super.«

»Okay.«

»Tschüss.«

Diesmal gehe ich wirklich ins Haus. Ich stapfe mit festen Schritten ins Wohnzimmer und werfe mich auf die Couch, die zur Hälfte mit Sachen zugemüllt ist. Pete kommt rein, bleibt stehen, weicht zurück, bleibt erneut stehen, und kratzt sich am Kopf.

»Ist irgendwas nicht in Ordnung?«

»Nein«, sagte ich mit fester Stimme. »Alles bestens.«
Aber in Wirklichkeit ist gar nichts bestens.

17

»BITTE KOMM IN MEIN BÜRO. Mach die Tür hinter dir zu.«

Ich betrete den winzigen Raum des Schulberaters.

»Steck ich schon wieder in Schwierigkeiten?«

»Nein. Du steckst nicht in Schwierigkeiten. In diesem Schuljahr rede ich mit allen Schülern über ihre Zukunftspläne und wie sie sie umsetzen können. Sag mir: Was möchtest du mal werden?«

Vor meinen Augen taucht ein Bild vom Laufsteg in Paris auf, und ich erinnere mich wieder daran, wie sich die Farben und Lichter angefühlt haben, aber ich vergesse das Bild schnell wieder.

»Dieses Leben ist nichts für dich«, sagt Dad immer, und Mom hat es auch schon zu mir gesagt. »Ach, Li, das Modelgeschäft ist eine verrückte Sache. Wie wäre ein Beruf, bei dem du etwas mit den Händen machen kannst? Du baust doch so gern Sachen zusammen.«

Ich bemühe mich, mir etwas einfallen zu lassen, was ich später werden könnte. Vielleicht Astronaut?

»Was kannst du denn gut, Liam?«, fragt der Schulberater und beugt sich vor. »Welche Begabungen hast du?«

Mir fallen keine Begabungen ein, die ich habe. Also versetze ich dem Stuhlbein einen Tritt und sage unsicher: »Ich bin sehr beliebt.«

Der Schulberater gluckst.

»Beliebt sein ist keine Begabung«, sagt er. »Ich brauche etwas Greifbares. Machen dir Mathematik oder die Wissenschaften Spaß?«

»Nein«, sage ich mit gerunzelter Stirn. »Was meinen Sie denn mit ›etwas Greifbarem‹?«

»›Greifbar‹ bedeutet, dass etwas einen Zweck erfüllt. Eine Bedeutung hat. Beliebt zu sein bedeutet nichts anderes, als dass die Leute dich vielleicht mögen.«

Vielleicht? Aber sie mögen mich doch ... oder nicht? Könnte es sein, dass sie nur so tun?

»Du musst dir eine andere Fähigkeit aussuchen«, sagt der Schulberater. »Etwas, das dir dabei helfen kann, die Tür zu deiner Zukunft aufzumachen.«

Sobald er es ausgesprochen hat, begreife ich endlich, was Dad meint, wenn er sagt, ich würde meine Zukunft aufs Spiel setzen. Jetzt erkenne ich das Bild ganz deutlich ... meine Zukunft ist eine verschlossene Tür.

Nach dem Gespräch mit Darleen beschließe ich, nicht länger beliebt zu sein. Ich sehe mich in Petes Mobilheim um, das voller Glam-Rock-Platten, gestreifter Stoffe, Chipskrümel, leerer Bierdosen und langweiliger brauner Paneelen ist, und mir wird klar, dass es genau das ist, wovor Dad mich immer gewarnt hat.

Das hier ist meine Zukunft: aufs Spiel gesetzt.

Möglicherweise ist es schon zu spät, um das Ruder noch einmal herumzureißen. Aber vielleicht ist dieser Einzug in Tante Petes Mobilheim der Weckruf, den ich gebraucht habe, wie Dad es immer nannte. Meine letzte Chance, etwas aus meinem Leben zu machen.

Statt meines gewöhnlichen Morgenrituals stehe ich daher am Montagmorgen vor dem Spiegel und kämme mir die Haare, damit sie so platt wie möglich anliegen. Ich habe zwar keinen Haarwirbel, aber ich versuche, einen zu erzeugen. Das ist schwerer als es klingt, und man braucht dazu eine Menge Haargel und einen verrosteten alten Lockenstab. Tante Pete hat zufällig einen unter dem Waschbecken versteckt. Als ich den platten Wirbel auf dem Hinterkopf endlich perfekt hinbekommen habe, sehe ich, wie Pete mich mit zusammengekniffenen Augen aus der Küche beobachtet.

»Was machst du denn da?«, fragt er.

»Ich mache mir die Haare, was denn sonst?«

Er blinzelt noch angestrengter. Also lasse ich eine beiläufige Frage einfließen.

»Wäre es okay, wenn ich von jetzt an mit dem Schulbus fahre? Es kommt doch ein Bus hier vorbei, oder?«

Tante Pete runzelt die Stirn.

»Du willst den Bus nehmen, statt dich von mir zur Schule fahren zu lassen? Als ich noch jung war, haben sich die meisten Oberschüler nicht mehr in den Schulbus gesetzt.«

Ich zucke mit den Schultern.

Pete will gerade Cornflakes in seine Schüssel schütten, hält dann aber inne und verzieht nachdenklich das Gesicht.

»Ist … alles in Ordnung?«, fragt er schließlich. »Ich weiß, dass wir uns noch nicht so gut kennen, und ich will nicht den Eindruck vermitteln, als würde ich denken, dass du dich merkwürdig verhältst, wenn du dich in Wirklichkeit nicht merkwürdig verhältst, aber …« Er hat den Faden verloren. »Was ich damit sagen will, ist, äh …«

Er räuspert sich.

»Na ja, hast du neulich mit deinem Vater telefoniert? Ich habe nicht gelauscht oder so, aber als du nach Hause kamst, sah es nicht so aus, als wäre dein erster Schultag toll verlaufen. Und deswegen habe ich mir Sorgen gemacht und dachte, dass du vielleicht mit deinem Vater gesprochen hast, bevor du dich auf den Picknicktisch gelegt hast. Und am Wochenende warst du irgendwie so verändert. So, äh …«

Mein Körper verkrampft sich, und für einen Moment gerate ich richtig in Panik. Ich lasse das ganze Telefongespräch mit Dad in Gedanken noch einmal ablaufen. Wenn Pete weiß, dass mein Vater mich nicht nach Hause kommen lässt, könnte er mich rauswerfen, und wenn das geschieht, werde ich mit Sicherheit nach Nevada ziehen müssen. Was anderes bleibt mir dann gar nicht übrig.

»Das war nicht Dad«, sage ich hastig. »Klang es, als würde ich mit Dad telefonieren? Weil er es nicht war. Es war mein Freund Brad. Er ist ein guter Kumpel, aber manchmal streiten wir uns, und er war es, mit dem ich telefoniert habe.«

Ich bin ein furchtbar schlechter Lügner.

»Dein Freund Brad?«

»Ja.«

»Und dein Verhalten ist kein bisschen merkwürdig? Ich meine, verbringst du deine Wochenenden immer damit, das Wörterbuch zu lesen?«

»Ich will meinen Wortschatz erweitern.«

»Also gut«, sagt Tante Pete mit einem resignierten Seufzer. Erst jetzt schüttet er die Cornflakes in seine Schüssel. Danach sieht es so aus, als wolle er sie essen, aber er tut es nicht. »Ich hoffe bloß, du versuchst nicht, etwas zu sein, was du nicht bist. Ich habe mich immer bemüht, das zu vermeiden. Viele fragen mich: ›Hey, warum wohnst du in einem heruntergekommenen alten Mobilheim in einer gottverlassenen Kleinstadt?‹ Aber weißt du was? Das bin ich. Mir gefällt mein Job, ich mag meine Freunde, ich mag meine Band … und man muss zu dem stehen, was einem *selbst* gefällt. Nicht zu dem, was jemand anderem gefällt.«

Ich nicke, aber die ganze Zeit, während Tante Pete spricht, muss ich an das rote Kleid denken. Ich frage mich, warum er es nicht mehr anzieht, wenn er wirklich so frei und emanzipiert ist.

Wenn es etwas gibt, womit ich mich wirklich auskenne, dann sind es Kleider – und Tante Petes öde alte T-Shirts und Jeans sind nicht *er.*

»Du darfst dir von anderen nicht vorschreiben lassen, wie du über dich selber denken sollst«, sagt Pete gerade. »Es gab mal einen Moment –«

»Ist es okay, wenn ich mich jetzt anziehe?«

Er schweigt lange. »Klar«, sagt er schließlich. »Lass dich von mir nicht aufhalten.«

»Cool. Bin gleich fertig.«

Ich mache die Tür zu meinem Zimmer zu und stelle mich vor die Vorhangstange, die ich zu einem Kleiderständer umfunktioniert habe. Ich muss etwas echt Uncooles heraussuchen, aber keines meiner Kleidungsstücke ist von sich aus hässlich, und da ich nur Klamotten trage, die mit meinem Farbtyp harmonieren, passen sogar die seltsamsten Kombinationen immer irgendwie zusammen.

Verdammter Mist.

Der erste Tag – und schon tun sich Hürden auf.

Ich gehe in die Küche.

»Pete? Kann ich mir eins von deinen T-Shirts ausleihen?«

Er wirft mir einen ermatteten Blick zu, den ich als ›Ja‹ interpretiere.

»Danke«, sage ich und laufe über den Flur, um den Kleiderhaufen auf dem Boden seines Zimmers zu durchwühlen. Im Gegensatz zu meinem Zimmer steht in Tante Petes Zimmer ein Kleiderschrank, aber der ist so mit Musikzubehör vollgestopft, dass für Klamotten kein Platz mehr ist.

Pete hat hauptsächlich T-Shirts, die für meine Zwecke perfekt geeignet sind, denn solange es sich nicht gerade um ein richtiges Retro-T-Shirt handelt, drücken T-Shirts aus, dass man gar nicht erst versucht, sich gut anzuziehen. Keins von Tante Petes T-Shirts ist retro. Tatsache ist, er hat nur zwei Varianten. Eine ist schwarz mit weißen Buchstaben, und die andere ist weiß mit schwarzen Buchstaben. Auf allen steht *WXKJ*, weil er sie kostenlos vom Radiosender bekommt. Die einzige Ausnahme von dieser Regel ist, dass auf dem einen oder anderen T-Shirt ein roter Blitz die Buchstaben *WXKJ* durchkreuzt. Eines dieser T-Shirts suche ich mir aus.

»Pete?«, rufe ich.

»Ja?«

»Kann ich mir auch ein Paar Schuhe von dir borgen?«

Ich habe nämlich keine uncoolen Schuhe.

»Mhm-hmm? Also wirklich …«

»Danke.«

Ich wühle so lange unter einem Haufen aus silbernen und goldenen Trikotanzügen, bis ich einen verbeulten Turnschuh entdecke. Ich ziehe ihn heraus und suche nach dem zweiten, aber da guckt Tante Pete forschend durch die offene Tür.

»Was zum Teufel soll das?«

»Ich habe nichts anzuziehen.«

Es ist erstaunlich, wie schnell ein so alter Typ wie Pete sich rühren kann, wenn er nur will.

»Raus!«, schreit er. Er baut sich direkt vor mir auf und schubst mich in Richtung Tür.

»Aber …«

»RAUS!«

Ich habe zwar keine Zeit mehr, Schuhe zu finden, aber wenigstens habe ich das T-Shirt. Es erfüllt seinen Zweck. Sogar perfekt. Ich nehme es mit in mein Zimmer und probiere es mit meiner schlechtesten Hose an. Eine khakifarbene Hose von Gap. Und weil ich die Turnschuhe nicht bekommen habe, ziehe ich meine ältesten Schuhe an. Halbschuhe aus Wildleder.

Ich betrachte mich aus allen Winkeln und stelle fest, dass ich immer noch gut aussehe. Irgendwas muss ich an meinem Outfit noch ändern. Ich stopfe mir das Hemd in die Hose, und auch wenn es schmerzhaft ist, widerstehe ich der Versuchung, es so zurechtzuzupfen, dass es sich vorne und hinten aufbläht. Schon *viel* besser. Jetzt brauche ich nur noch irgendein Streber-Accessoire. Daran scheitere ich beinahe, aber dann entdecke ich eine Packung Stifte auf dem Fußboden. Jetzt werde ich unbeliebt sein *und* Stifte zum Mitschreiben haben!

Hervorragende Planung.

Ich stecke mir die Stifte in die hintere Hosentasche und gehe nach draußen, um auf den Bus zu warten. Seit der Grundschule bin ich nicht mehr mit dem Schulbus gefahren und habe vergessen, ob ich irgendwas tun muss, um ihn anzuhalten. Also tue ich nichts, und er fährt an mir vorbei. Doch dann hält er vor Darleens Mobilheim, also gehe ich dorthin. Als ich einsteige, starrt mich der Busfahrer misstrauisch an. Er ist klein und gedrungen und hat riesengroße Ohren.

»Du stehst nicht auf meiner Liste«, sagt er.

Soll ich darauf etwas antworten?

Der Fahrer nickt in Richtung von Petes Mobilheim.

»Da wohnt doch der Rockende Pete, oder?«

Ich nicke bejahend.

»Dann bist du also sein Nef-fää?«

Er spricht das Wort *Neffe* aus, als wäre es ein Synonym für Serienkiller. Ich nicke, diesmal etwas vorsichtiger, und der Busfahrer sieht aus, als würde er jetzt schon überlegen, ob er mich aus dem Bus werfen soll. Wie kann das sein? Ströme ich irgendeinen komischen Duft aus? Ein Eau de Loser?

»Schlechtes Benehmen toleriere ich nicht«, sagt er. »Haste verstanden? Mach bloß keine Faxen, sonst werfe ich dich eigenhändig raus. Kapiert?«

Ja, ich habe es kapiert. Ganz ehrlich, ich kann mir nicht vorstellen, was für Faxen man in einem Bus machen könnte, aber ich werde mir sicher nicht den Kopf zerbrechen, um mir etwas einfallen zu lassen. Alles, was ich will, ist ein ruhiges Plätzchen hinten im ... nein, warte. Sagen wir lieber vorne im Bus. Ich habe Glück. Neben Darleen ist noch ein Platz frei.

»Macht es dir was aus, wenn ich hier sitze?«

Sie nickt. »Ja«, sagt sie. »Das tut es.«

Ich sehe mich nach einem anderen Platz um, und zum Glück sagt das Mädchen, das hinter Darleen sitzt: »Hier ist noch ein Platz frei.« Sie räumt ihre Bücher weg, und dabei fällt die Hälfte auf den Boden. Ich registriere ihre knallroten Haare und die lila Zahnspange. Da sie gegen die Zahnspange nichts tun kann, sollte sie ihre Haare dunkelbraun tönen und sich eine Menge Klamotten zulegen, die hier und da ein bisschen Lila enthalten, wie die Tarnhose in Lilatönen, die ich mal im Internet gesehen habe. Kein kräftiges Lila, das wäre zu viel, aber ...

Ich merke, dass ich mich noch gar nicht gesetzt habe, also rutsche ich auf den Platz neben ihr.

»Hi«, sage ich. »Wie heißt du?«

»Rebecca«, antwortet sie. »Aber du kannst mich Becky nennen. Bist du Liam?«

Ich wundere mich, dass sie meinen Namen kennt, aber vielleicht hilft sie ja im Sekretariat aus oder so was.

»Der bin ich«, sage ich. Dann fällt mir auf, dass das wahrscheinlich zu cool geklungen hat. Also ändere ich meine Taktik. »Ich meine, äh, ja. Ich bin neu hier. Bin gerade von Westchester nach Pineville gezogen. Ich kenne hier noch niemanden.«

Das Mädchen kichert.

»Meine Mutter hat von Annette gehört, die es von Donna gehört hat, die es von Eddie gehört hat, dass man dich zu Hause rausgeschmissen hat, weil du mit einem Model geschlafen hast«, flüstert sie. »Ist das wahr?« Es ist ein lautes Flüstern, und ich merke, wie alle im Bus die Ohren spitzen.

»Was?!«, platze ich verblüfft heraus. »Nein, das stimmt nicht. Ich meine, ich habe zwar mit einem Mädchen geschlafen, aber es war kein Model.«

»Ach so«, sagt sie. »Dann war es nicht diese Vanessa, die auf dem Titelblatt von *Elle* war?«

Ich schnaube verächtlich. »Vanessa Hart? Mit der würde ich nie im Leben ins Bett gehen! Sie kam einmal mit ihrer Stylistin in die Boutique meiner Mutter, und sie ist eine echte Zicke, wenn sie nicht gerade PR macht.«

»Du kennst sie *persönlich*?«, fragt das Mädchen und beugt sich zu mir.

Shit.

»Nein – ich meine, ja. Aber ich habe nicht mit ihr geschlafen. Das würde ich nicht … oder vielmehr will ich sagen, sie würde nicht mit mir schlafen. Das habe ich gemeint.«

Jetzt beugen sich alle im ganzen Bus vor. Wir fahren über ein Schlagloch, und alle werden durchgeschüttelt.

»In Wirklichkeit«, sage ich in dem Versuch, mich aus der Grube zu befreien, die ich mir gerade selbst geschaufelt habe, »bin ich rausgeschmissen worden, weil ich mit einem total unbeliebten Mädchen geschlafen habe. Sie war noch nicht mal hübsch, aber sie war das Beste, was ich kriegen konnte …«

Oh Gott, das klang ja furchtbar.

»… und außerdem war ich betrunken, was überhaupt nicht zu mir passt, weil ich mich normalerweise ganz auf die Schule konzentriere. Ich weiß nicht, was du gehört hast, aber tatsächlich bin ich Tante Pete … ich meine natürlich, Onkel Pete sehr dankbar. Habe ich Tante Pete gesagt? Ich meinte Onkel. Onkel Pete.«

Jetzt fange ich richtig an zu schwitzen. Ich spüre, wie mir der Schweiß über den Rücken läuft, und kann es kaum erwarten, dass die Busfahrt endlich vorbei ist. Zum ersten Mal wird mir klar, dass unbeliebt sein schwerer sein könnte, als ich dachte.

18

ALS WIR VOR DER SCHULE ANKOMMEN, bin ich fest entschlossen, nichts mehr zu vermasseln.

Ich steige hinter Darleen aus dem Bus und versuche, mich auf dem Weg ins Schulgebäude mit ihr zu unterhalten, aber sie ist damit beschäftigt, an allen Schwarzen Brettern Flyer aufzuhängen, bevor es zur ersten Stunde klingelt. Das scheint mir eine gute Gelegenheit zu sein, meine Begeisterung zu zeigen, und deswegen warte ich vor dem Schwarzen Brett der Schulbücherei auf sie.

»Hi«, sage ich, als sie auftaucht.

Als Antwort seufzt sie und hängt einen Flyer auf.

RETTET DIE KUNST! SAGT NEIN ZUM SCHULFEST! FORDERT DIE SCHULVERWALTUNG AUF, FÖRDERMITTEL UMZUVERTEILEN!

»Nein« zum Schulfest? Wie kann man gegen ein Schulfest sein? Das verwirrt mich zwar, aber ich zwinge mich trotzdem zu einem Lächeln.

»Ein super Ziel«, sage ich und nicke in Richtung des Flyers. Schweigend beobachtet sie, wie ein Typ in einer Football-Trainingsjacke es liest. Er sieht aus, als warte er nur darauf, sich mit jemandem anzulegen – nämlich mit Darleen – und deswegen stelle ich mich schützend vor sie.

»Witzig«, sage ich laut. »Ein toller Witz.«

Der Footballspieler mustert mich. Ich hege die vage Hoffnung, dass er mir vielleicht einen Schlag versetzt, denn wenn ich von einem Footballspieler verprügelt werde, wäre das perfekt. Aber statt mich gegen die Reihe von Schließfächern zu schubsen, sagt er bloß: »Du bist neu hier, oder? Du solltest dem Footballteam beitreten. Trag dich einfach beim Coach ein, wenn du Interesse hast. Wir brauchen immer Spieler, es gibt also keine Probespiele oder so was.«

»Okay, danke«, sage ich.

»Keine Ursache.«

Er geht weg, und als ich mich umdrehe, starrt Darleen mich mit verschränkten Armen an.

»Genau das hab ich von dir auch erwartet«, sagt sie.

Dann dreht sie sich um und geht zu ihrem Klassenzimmer.

»Ist dir wenigstens mein Outfit aufgefallen?«, rufe ich ihr hinterher, doch ich weiß nicht, ob sie mich hört. Es hat jedenfalls nicht so ausgesehen, als hätte sie bemerkt, dass ich heute wie ein Streber angezogen bin.

Tatsächlich scheint das überhaupt niemanden in der Schule zu interessieren. Anscheinend ist die Pineville Highschool eine sehr tolerante Schule. Vor allem die Mädchen.

Das Mädchen Jen, das mich am ersten Tag willkommen geheißen hat, bietet mir an, mich beim Mittagessen an ihren Tisch zu setzen. Das würde ich sehr gerne tun, denn sie ist echt heiß, aber dann fällt mir wieder ein, dass Darleen gesagt hat, Jen sei die Anführerin der Cheerleader. Ich sollte mich also lieber nicht mit ihr einlassen. Aber als ich mit meinem Tablett aus der Schlange von Schülern heraustrete, passt sie mich ab, und ich weiß nicht, wo ich mich sonst hinsetzen soll.

»Hier drüben!«, ruft Jen und winkt mich zu sich.

Ich gehe mit langsamen Schritten zu ihr. »Das sollte ich eigentlich nicht tun«, sage ich und verlagere unsicher das Gewicht von einem Fuß auf den anderen.

Jen sieht mich verwirrt an. Sie hat ihr hellblondes Haar zu einem Pferdeschwanz gebunden. Dazu trägt sie auch noch ein Top, das zu ihren strahlend blauen Augen passt.

»Warum nicht?«, fragt sie.

Ich sehe mich in der Cafeteria um und entdecke Darleen, die ein Buch liest. Es könnte unser Chemiebuch sein.

»Na ja, so halt.«

»Wie – so halt?«

In diesem Augenblick schiebt Joe Banks sein Tablett zur Seite, um mir Platz zu machen.

»Komm schon«, sagt er. »Wir sind cool.«

Genau das befürchte ich ja. Joe Banks ist der Kapitän des Footballteams, und seine Freundin Nikki schmiegt sich an seine Schulter.

»Du heißt Liam, stimmt's?«, fragt sie.

»Ja ... aber ihr könnt mich ... äh ...« Es gibt einfach keine hässlichen Spitznamen für Liam. »..., na ja, Liam nennen.«

Plötzlich bin ich völlig erschöpft, deswegen setze ich mich für einen Moment hin. Mit einer Hand mache ich den Milchkarton auf und nehme einen großen Schluck, während Jen mein Tablett mustert.

»Warum hast du nur Hamburger-Brötchen?«

Ich schaue auf mein Tablett, weil ich schon nicht mehr weiß, was ich mir zu essen geholt habe.

»Ach so, ja. Ich bin Vegetarier.«

Jen starrt mich mit offenem Mund an. Dann klatscht sie. Sie klatscht mir tatsächlich *Beifall.*

»Ist das cool«, sagt sie kichernd. »Jungs sind sonst nie Vegetarier.« Sie beugt sich zu mir. »Ich denke daran, Veganerin zu werden. Ist die Umstellung schwer?«

Ihre Frage ist lächerlich. Es ist überhaupt nicht schwer, wenn man bedenkt, was in den heutigen Fleischprodukten alles enthalten ist.

»Meine Mutter ist Veganerin«, sage ich. »Mein Vater ist Vegetarier, aber nur wegen Mom. Er isst heimlich Fleisch, so oft er kann. Ich habe erst mit zwölf zum ersten Mal Fleisch gegessen, und das war aus Versehen, weil ich zu Besuch bei Leuten war, bei denen es Lasagne mit Hackfleischsoße gab. Ich hielt das Fleisch damals für Tofu, deswegen habe ich es gegessen, und hinterher ist mir schlecht geworden. Fleisch ist ekelhaft.«

Joe zieht eine Grimasse. »Ekelhaft?«, wiederholt er. »Ich lebe, um Fleisch zu essen.« Er spannt den Bizeps an. »Ich muss meine Muckis trainieren.«

»Hey«, sage ich, »jedem das seine. Wenn mir Fleisch schmecken würde, dann würde ich es wahrscheinlich auch essen, aber ...«

Ich merke plötzlich, dass ich mich viel zu locker mit den anderen unterhalte. Als ich einen Blick über die Schulter werfe, sehe ich, wie Darleen mich über ihr aufgeschlagenes Buch hinweg beobachtet.

»Wisst ihr, ich sollte jetzt gehen«, sage ich. »Ich muss noch, äh ... ein bisschen lernen. Ich will dieses Jahr die volle Punktzahl erreichen. Muss noch viel büffeln.«

Jen wirkt enttäuscht.

»Okay«, sagt sie. »Vielleicht sehen wir uns später.«

Ich zögere. Weil ich nicht will, dass sie traurig ist, lächle ich sie an. »Ja«, sage ich. »Das wäre toll.«

Natürlich muss ich in Wirklichkeit nicht lernen. Deswegen gehe ich aufs Jungsklo und schlage die Zeit tot, bis die Pause vorbei ist. Das ist irgendwie blöd. Als es endlich klingelt, stoße ich beim Verlassen der Toilette auf dem Flur mit Darleen zusammen. Und das gleich zwei Mal.

Eigentlich ist sie es, die mit mir zusammenstößt. Sie stolpert über ihren langen Rocksaum, und ihre Bücher fliegen auf den Boden. Ich helfe ihr, sie wieder einzusammeln, auch wenn sie so tut, als sei es meine Schuld, dass sie gestolpert ist. Als sie ihre Bücher wieder zusammen hat, geht sie weiter und stolpert schon wieder, weil ihr Rock viel zu lang ist *und* sie Clogs trägt, die das Laufen erschweren. In Gedanken mache ich mir eine Notiz, öfter zu stolpern.

»Jetzt reicht's«, sagt Darleen, als ich versuche, ihr aufzuhelfen. Dann geht sie mit festen Schritten weiter, als sei ich dafür verantwortlich, dass sie hingefallen ist.

Es nervt, wenn einem Sachen in die Schuhe geschoben werden, die man gar nicht gemacht hat. Noch schlimmer ist nur, wenn einem Sachen in die Schuhe geschoben werden, die man gemacht *hat*. In der Englischstunde gibt Orlando mir den Aufsatz zurück, den er mich beim Nachsitzen hat schreiben lassen. Am oberen Rand steht eine Drei Minus mit der Bemerkung: »Noch detaillierter schreiben!«

Na toll.

Und das ist erst der Anfang. Zuerst heißt es: »Setz dich aufrecht hin, Liam«, und dann: »Die Tafel ist vorne, nicht draußen vor dem Fenster« und schließlich: »Wo ist dein Schreibzeug?« Er hat dauernd was an mir auszusetzen und zwingt mich sogar, laut vorzulesen. Was den Unterricht betrifft, hatte ich eigentlich vorgehabt, den Mund zu halten, weil andere immer davon ausgehen, stille Menschen wären klug und fleißig, aber Orlando ruft mich dreimal auf, und jedes Mal ist meine Antwort falsch.

Was die Sache noch schlimmer macht: Jen fängt mich nach der Stunde ab.

»Mr DeSoto ist total streng«, sagt sie, »aber wenn du in seinem Unterricht mitkommst, wirst du ihn mögen.« Es ist zwar nett gemeint, aber gerade, als sie es sagt, läuft Darleen vorbei. Jen beugt sich gerade zu mir und sieht mich mitfühlend an, und Darleen grinst wissend. Ich weiß genau, was sie denkt.

Tu bloß nicht so, als seist du nicht bei allen beliebt.

Mein Schicksal ist besiegelt.

19

ALS AM NÄCHSTEN MORGEN DER WECKER KLINGELT, zwinge ich mich, nicht auf ›Snooze‹ zu drücken. Ich krieche aus dem Bett, gehe mit dem Handtuch ins Bad und bereite mich auf das Duschen vor. Ich drehe das Wasser so heiß, dass der Dampf den ganzen Raum füllt, aber bevor ich mich unter die Dusche stelle, wische ich mit der Hand über den Spiegel und betrachte mein Spiegelbild. Ich will, dass irgendein Gesichtszug meines Vaters zurückstarrt, aber ich sehe nur meine Ähnlichkeit zu Mom.

Der Spiegel beschlägt wieder, und für einen Augenblick wird mir so übel, dass ich mich übergeben könnte. Doch stattdessen gehe ich unter die Dusche und lasse den heißen Wasserstrahl alles wegschwemmen.

Während ich unter der Dusche stehe, mache ich mir mit einer anfeuernden Selbstrede Mut. Sie lautet:

Verdammt noch mal, Liam, so schwer kann das doch gar nicht sein! Hör verflucht noch mal endlich auf, immer alles zu vermasseln.

Sie wirft einen zwar nicht gerade vom Hocker, aber als ich aus der Dusche komme, habe ich beschlossen, dass die anderen heute wirklich erkennen werden, wie uncool ich bin.

Wieder einmal fängt alles ganz gut an. Als Pete gerade nicht hinsieht, schleiche ich mich an seinen Kleiderschrank und wühle darin herum, bis ich Klamotten entdecke, die sogar noch schlimmer sind als mein Outfit von gestern. Ich habe Glück: Er hat eine echte Fransenweste und eine uralte Schlaghose. Die ist fast zu gut, um wahr zu sein, und als ich sie anprobiere, ist sie mir zu kurz und viel zu groß, was sogar noch besser ist, denn jetzt kann ich auch noch einen hässlichen Gürtel anziehen. Ich mache mir wieder eine platte Frisur, forme mit Gel den Wirbel, stecke die Stifte sichtbar in die Westentasche und warte auf den Schulbus.

Der Busfahrer fährt an Petes Mobilheim vorbei und hält vor Darleens Zuhause an, also renne ich hinüber und stolpere beim Einsteigen. Zur Sicherheit stolpere ich noch mal, als sich die Türen schließen. Der Fahrer funkelt mich wütend an, als hätte mein Stolpern ihn persönlich beleidigt.

»Keine Faxen«, ermahnt er mich, und ich nicke, während ich mich auf den Platz neben Becky sinken lasse. Es ist seltsam: Gestern saßen alle hinten im Bus, als ich einstieg. Aber heute sitzen sie alle vorne – fast, als hätten sie auf mich gewartet.

Ein Typ in einer Footballjacke nickt mir zu und legt die Füße auf den Sitz.

Hinter mir sitzt ein Mädchen, das ganz in Schwarz gekleidet ist und sich perfekt gothicmäßig geschminkt hat. Sie mustert mich von oben bis unten und starrt dann wieder aus dem Fenster.

»He, Liam, ich hab gehört, du bist in Jen Van Sants Englischklasse«, sagt ein Junge, der einen Filzhut trägt. »Die ist echt heiß, stimmt's?«

»Ja, der Unterricht ist toll«, versuche ich dem heiklen Thema auszuweichen. »Dieses Jahr werde ich in Englisch topp sein.«

»Bist du sicher?«, fragt Becky. »Weil ich dir Nachhilfe geben könnte, falls du welche brauchst.«

Darleen dreht sich zu mir um und grinst verächtlich.

»Das ist schon okay, ich brauche keine Hilfe«, lüge ich, aber der Junge mit dem Filzhut unterbricht mich.

»Ich habe gehört, dass Mr DeSoto mit deinem Onkel in einer Band spielt. Warst du schon mal dabei?«

Jetzt gibt es zwei Möglichkeiten, meine Karten auszuspielen. Ich kann entweder so tun, als würde ich Petes Band schrecklich finden, in der Hoffnung, dass mich das unbeliebt macht, weil ich dann mit etwas Schrecklichem in Verbindung gebracht werde. Oder ich kann so tun, als würde ich Petes Band toll finden, in der Hoffnung, dass mich mein schlechter Geschmack uncool wirken lässt. Ich wähle den schlechten Geschmack.

»Ja, ich hab sie schon gehört«, schwindle ich. »Supermusik. Ich liebe die Musik aus den Siebzigern. Sachen wie ABBA und Bowie…« Mir fallen keine anderen Musiker aus den Siebzigern ein. »Und wie Bowie… und ABBA.«

»Ist es echt eine Transvestitenband?«

Ich erinnere mich an das, was Mom mir erzählt hat, als sie von der Band schwärmte. »Nee«, sage ich. »Es ist eine Glam-Rock-Cover-Band, keine Transvestitenband.«

Alle starren mich verständnislos an, und deswegen bemühe ich mich, ihre Erklärung zu wiederholen.

»Eine Transvestitenband zieht sich Frauenkleider an, aber eine Glam-Rock-Band zieht sich bloß Glitzerklamotten an. Ihr wisst schon, durchgeknallte Sachen. Lederhosen. Paillettenjacken. Federboas. Geschlechterübergreifend. Manhattan-Nostalgie pur.«

Wieder starren mich alle an, und deswegen kämme ich mir mit den Händen durch die Haare, wie ich es immer mache, wenn sie zerzaust aussehen sollen. Es ist ein nervöser Tick von mir, aber dann fällt mir ein, dass ich ja gar nicht will, dass sie zerzaust aussehen, und drücke sie wieder platt.

»Das sind trotzdem lauter Schwuchteln«, murmelt eine Stimme gerade laut genug, um gehört zu werden. Spontan wundere ich mich, welcher Teenie immer noch so denkt, obwohl wir im einundzwanzigsten Jahrhundert leben. Aber dann wird es mir klar. Der Busfahrer starrt mich durch den Rückspiegel an. Er tut so, als hätte er die Bemerkung nicht gemacht, und gleichzeitig fordert er mich heraus, etwas dagegen zu sagen.

Ich spüre, wie mir das Blut zu Kopf steigt.

Keiner vergreift sich an Tante Pete.

»Es gibt wohl ein paar Leute, die sich über sie lustig machen«, sage ich laut, als würde ich immer noch mit dem Jungen reden, der die ursprüngliche Frage gestellt hat, »aber das ist ziemlich dumm. Schließlich ziehen sich alle Rock'n'roller abgefahrene Klamotten an. Mein Onkel ist härter im Nehmen als die meisten Männer in dieser Kleinstadt. Glaube ich jedenfalls.«

Das Mädchen mit dem Gothic-Make-up setzt sich auf und ballt die Hand zur Faust. »Yeah!«, ruft sie. Sie sieht mich an, als hätte sie plötzlich Respekt vor mir, und dann reicht sie mir cool eine Zigarette herüber, als seien wir jetzt Freunde. Das hätte sich gut anfühlen können, nur berührt die Zigarette kaum meine Hand, bevor der Bus auch schon mit quietschenden Reifen anhält.

Mist.

Der Busfahrer steht auf. »Rauchen ist im Bus verboten«, sagt er knurrend. »Ich will, dass du aussteigst.«

»Was? Ich habe doch gar nicht geraucht!«

»Raus!«

»Aber ich kenne den Weg zur Schule nicht.«

Jetzt grinst der Fahrer schadenfroh. »Ich habe dich gewarnt«, sagt er.

»Verstößt das nicht gegen die Vorschriften?«

Der Fahrer kommt ein paar Schritte näher und sieht mich zornig an. »Drohst du mir etwa?«, fragt er mit tiefer, leiser Stimme. »Denn wenn du mir drohst, wirst du noch merken, wozu ich fähig bin. Außerdem stehst du sowieso nicht auf meiner Liste.«

Ich bin vielleicht nicht unbedingt der schlauste Typ der Welt, aber ich weiß, wann ich lieber den Mund halten sollte. Also steige ich aus und bleibe am Straßenrand stehen. Der Bus fährt mit quietschenden Reifen ab, und mein perfekt gestyltes Äußeres wird in eine Staubwolke gehüllt.

Schlimmer hätte ich die Situation gar nicht vermasseln können.

20

»NICHT HIER ABBIEGEN! Fahr langsamer. Achtest du überhaupt auf die Straße?«

Ich bin vierzehn, und Mom, Dad und ich sind auf dem Weg zu ein paar Freunden meiner Mutter, die auf dem Land leben. Mom fährt, und ich sitze vorne auf dem Beifahrersitz, weil Mom zu Dad gesagt hat: »Ach, Allan, lass doch Liam vorne sitzen«, als er sich beim Einsteigen auf den Beifahrersitz setzen wollte.

Also hockt Dad auf dem Rücksitz und ist seitdem schlecht gelaunt. Aber Mom und ich amüsieren uns prächtig. Die Landstraßen sind leer, und meine Mutter fährt sehr schnell, und jedes Mal, wenn sie eine Kurve nimmt, kann sie sich vor Lachen kaum halten.

»Das ist so wie damals, als wir Mrs Arnauld das Abendkleid nach Tremont brachten und uns verspätet hatten, stimmt's, Li? Kannst du dich noch an das wunderschöne Kleid erinnern?«

Das kann ich. Es war praktisch Haute Couture. Braunes Wildleder mit Pelzbesatz und extra für die Käuferin entworfen.

»Ja. Weißt du noch, wie sie es in den Schrank geworfen hat, als hätten wir ihre Wäsche aus der Reinigung gebracht?«

Mom lacht so sehr, dass sie röchelt, und ich merke, dass Dad sie vom Rücksitz aus beobachtet. Sein Gesichtsausdruck wirkt, als sei er irgendwie ganz weit weg, und für einen Moment tut mein Vater mir leid.

»Es war ein tolles Kleid, Dad«, sage ich und drehe mich zu ihm

um. »Mrs Arnauld ist eine reiche alte Dame, die überzeugt ist, sich in Modefragen auszukennen, aber in Wirklichkeit keine Ahnung hat, und deswegen tut Mom immer …«

Der Ausdruck in Dads Gesicht verschwindet.

»Fahr rechts ran«, sagt er zu Mom. »Du hast dich verfahren, Sarah. Du fährst viel zu schnell und hast keine Ahnung, wo du hinfährst.«

Meine Mutter hört auf zu lachen und wirkt erstaunt.

»Aber Allan, wir …«

»Halte an. Am Straßenrand. Wirklich, wenn ihr beiden nur mal für zwei Minuten aufhören würdet zu quatschen und stattdessen aufpassen würdet, dann würden wir nicht immer im Kreis fahren.«

Mom sieht sich nach einer Stelle um, an der sie anhalten kann, aber die Landstraßen sind schmal, und es gibt keine Haltebuchten. Sie drosselt die Geschwindigkeit und fährt ganz langsam, aber Dad beugt sich trotzdem ungeduldig vor.

»Liam«, sagt er, »sag deiner Mutter, sie soll rechts ranfahren!«

»Ma…«

»Ich versuche es ja. Ich versuche es ja!«

»Da. Da hättest du ranfahren können.« Dad zeigt über Moms Schulter auf eine Stelle, und Mom umklammert das Lenkrad so heftig, dass ihre Knöchel ganz weiß werden.

»Ich habe sie nicht gesehen«, sagt sie, und ich schreie: »Da ist eine Stelle, Mom!« Und so schwenkt sie den Wagen erst nach rechts und dann nach links, und keiner von uns sieht den Kleinbus, der aus der entgegengesetzten Richtung kommt, bis Mom in ihn reinfährt. Ein lautes metallenes Knirschen ertönt, gleich darauf ein Zischen, und aus unserer Motorhaube steigt Dampf auf. Dad schlägt mit der Faust gegen die Polsterung, als der Fahrer des Kleinbusses aussteigt und sich unserem Wagen nähert.

»Sieh nur, was du angerichtet hast! Warum konntest du nicht auf-

passen, wo du hinfährst? Wäre das so schwer gewesen?« Dad steigt aus, um den anderen Fahrer zu beruhigen, und schlägt heftig die Tür zu.

Eigentlich sollte ich aufpassen, in welche Richtung der Bus fährt, aber stattdessen stehe ich am Straßenrand und betrachte meine Schuhe. Ich spüre, dass mein Haarwirbel herunterhängt, und so kämme ich mir die Haare noch einmal mit der Hand, aber diesmal mache ich mir nicht die Mühe, sie platt zu drücken. Ich ziehe Petes Weste aus, hänge sie mir über die Schulter und ziehe das T-Shirt aus dem Hosenbund. Ich bin mir ziemlich sicher, dass ich nicht mehr rechtzeitig zu Beginn der ersten Stunde die Schule erreichen kann, und im besten Fall bedeutet das, dass ich zu spät kommen werde und nachsitzen muss. Und wenn ich nachsitzen muss, wird das kein bisschen nach Streber aussehen. Die ganzen schlechten Sachen, die alle über mich denken, werden sich bestätigen.

Also kann ich auch gleich aufgeben.

Weiter oben an der Straße gibt es ein Einkaufszentrum. Ich kann genauso gut dort hingehen. Das Einkaufszentrum hat ein Tierfuttergeschäft (langweilig), einen Schnapsladen (verlockend, aber ich widerstehe) und einen Friseursalon (normalerweise eine feine Sache, aber der hier wirbt mit Haarschnitten für zehn Dollar, und außerdem hängen alte Werbefotos von Vidal Sassoon in den Fenstern – also eindeutig Provinz). Ich habe das Zentrum schon fast aufgegeben, als mein Blick auf den vierten Laden fällt.

MODE FÜR SIE UND IHN.

Als ich die Eingangstür öffne, werde ich von dem Klimpern eines Windspiels begrüßt. An einer Wand hängt eine Reihe beeindruckender Wäsche und eine ganze Stange Boxershorts für Männer –

sogar gute Marken. Tommy Hilfiger. Ralph Lauren. Nautica. Ich greife nach schwarzen Seidenshorts ohne Knöpfe im Schlitz und begutachte gerade den Gummizug, als eine Stimme am anderen Ende des Geschäfts sagt: »Wir öffnen eigentlich erst in einer Stunde …«

Ich lasse die Boxershorts fallen und hebe sie hastig wieder auf.

»Liam?«

»Ach – äh, hi, Eddie.«

Ich bemühe mich, locker zu wirken, aber das ist nicht einfach, wenn man mitten am Vormittag eines Schultags ein Paar schwarze Seidenboxershorts in der Hand hält. Eddie wirkt überrascht. Er wirft einen Blick auf meine zu kurze Hose mit den ausgestellten Beinen und runzelt die Stirn.

»Was machst du denn hier?«, fragt er. »Solltest du nicht in der Schule sein?«

Hmmm. Stimmt ja, die Schule.

»Ja schon, aber heute früh ist im Schulbus was vorgefallen …«

In dem Augenblick, in dem ich ›vorgefallen‹ sage, lässt Eddie einen ganzen Stapel bunter Tangas auf die Theke fallen.

»Oh nein«, sagt er. »Sag bloß nicht, sie haben dich aus dem Bus geworfen.«

»Na ja, das wäre nicht passiert, wenn nicht …«

»Warum? Was hast du angestellt? Oh Gott! Petey wird ausrasten, und dann wird dein Vater durchdrehen!«

Das ist nicht gerade hilfreich.

»Mein Vater braucht es nicht zu erfahren«, sage ich hastig. »Und außerdem war es nicht meine Schuld. Das schwöre ich! Ich bin wegen Rauchens rausgeworfen worden, aber ich habe gar nicht geraucht. Ich wäre auch schnurstracks zur Schule gegangen, wenn ich mich nicht verlaufen hätte.«

Als Beweis, dass ich die Wahrheit sage, greife ich in die Tasche. Eine Zigarette. Nicht angezündet. Eddie nimmt sie, lässt sie zwischen zwei Fingern baumeln und wirft sie dann in einen Papierkorb, der unter der Kasse steht.

»Ekelhaftes Zeug. Du solltest sie gar nicht haben.« Er schüttelt seine Hände aus, als wären sie verseucht. Dann setzt er sich auf einen Hocker an der Kasse.

»Was sollen wir denn jetzt machen?« Er sieht aus, als wäre er einem epileptischen Anfall nahe, und als sei ich daran schuld.

»Vielleicht könntest du mich zur Schule fahren?«

Eddie überlegt. »Nein. Das geht nicht«, sagt er unglücklich. »Mabel Merriman lässt sich heute die Haare machen, und vorher schaut sie immer vorbei und gibt einen knisternden Hunderter aus. Ich kann es nicht riskieren, sie zu verpassen.« Er wedelt sich frische Luft zu. »Ich könnte Petey anrufen.«

Jetzt bin ich derjenige, der unglücklich ist. »Nein, tu das nicht. Schließlich schläft er, und da sollten wir ihn doch nicht stören, stimmt's?«

Wenn Tante Pete diese Geschichte erfährt, fliege ich mit Sicherheit raus.

»Ich könnte die Schule anrufen. Vielleicht kommt jemand dich abholen?«

Ich denke über den Vorschlag nach, aber er passt mir nicht.

»Ich glaube nicht, dass jemand das machen würde«, sage ich zu ihm. »Vielleicht sollte ich hier einfach ein paar Stunden schlafen. Du könntest mich mittags nach Hause fahren, und dann werde ich allen sagen, dass es mir heute nicht gut ging.«

Es ist zwar kein toller Plan, aber ich weiß nicht, was ich sonst tun soll. Eddie seufzt laut. Er sieht sich suchend im Laden um, als ließe sich in der Abteilung Damenbadeanzüge eine bessere Idee finden.

»Also gut«, gibt er schließlich nach. »Aber wenn Petey ausflippt, ist es allein deine Schuld.«

Davon muss ich sowieso ausgehen.

Eddie und ich lehnen missmutig am Kassentisch. Ich fühle mich elend, weil ich ihn in die Sache reingezogen habe. Daher versuche ich, mich mit ihm zu unterhalten.

»Gehört dir das Geschäft?«, frage ich und sehe mich um. Eddie nickt.

»Es ist cool. Es gefällt mir, wie du die Damenwäsche mit den Schlafanzügen und Badeanzügen kombinierst. Ich wette, auf diese Weise erweiterst du deinen Markt.«

Eddie richtet sich kurz auf, aber gleich darauf sinkt er wieder matt gegen die Theke.

»In Wahrheit«, flüstert er, »kauft hier kaum jemand ein, außer ein paar von den Frauen, die sich in Mavis's Beauty Shop die Haare schneiden lassen.« Er hält inne. Dann nickt er, obwohl ich noch gar nichts erwidert habe. »Ich weiß«, sagt er. »Der Laden ist eine Schande. Vidal-Sassoon-Poster von Neunzehnhundertfünfundneunzig? Hallo? Was denken die sich dabei?«

»Und ein Schnitt für zehn Dollar?«, füge ich hinzu. »Nichts drückt schlecht so deutlich aus wie billig.«

Eddie nickt mit sehr ernster Miene. »Ach, Schätzchen«, sagt er. »Du kennst ja noch nicht mal die halbe Wahrheit. Die Kundinnen lassen sich dort eine Dauerwelle für zwanzig Dollar machen, und dann stolzieren sie hier herein und erwarten, ein anständiges BH-und-Höschen-Set für unter fünfzehn Mäuse zu finden. Ich sage ihnen – ich sage: Schätzchen, das da zwischen Ihren Fingern ist Seide. Reine Seide mit zartem Spitzenbesatz und Glitzerpailletten. Das da ist Spitze mit Satin, das darf nur von Hand gewaschen werden, ein importiertes Korsett und Strapse mit passendem Tanga. Diese Sachen sind nicht billig! Und dann fragen sie mich, wann sie die Ware um fünfzig Prozent reduziert bekommen können. Kannst du dir das vorstellen?«

»Aber das ... tust du doch nicht, oder?« Ich bemühe mich, die Frage taktvoll zu formulieren. Mom sagt immer, gute Stoffe werden nie reduziert.

»Ganz selten«, sagt Eddie. Dann senkt er den Blick. »Die Sache ist nur, dass ich in manchen Monaten nicht genug Ware verkaufe. Ich habe es zwar mit Werbung versucht, aber nach Pineville kommen kaum Auswärtige, und ich glaube, viele der Einwohner bestellen ihre Sachen übers Internet.« Er klingt, als hätte er gerade zugegeben, dass die ganze Stadt Crack kauft. »Sie bestellen entweder bei JCPenney oder bei den Versandhäusern für die Landbevölkerung, die Oma-Unterwäsche mit gehäkelten roten, weißen und blauen Herzen verkaufen. Du weißt schon, was ich meine.«

Ja. Die Ikonen des Kitsches.

»Es ist nicht deine Schuld«, tröste ich ihn. »Manche Leute kann man eben nicht erreichen.«

Er seufzt. »Ich bin sicher, es war auch nicht deine Schuld, dass du aus dem Bus geflogen bist«, sagt er. »Schließlich hast du die Zigarette ja nicht geraucht. Also hätte der Busfahrer wenigstens warten müssen, bis du sie anzündest.«

»Die Sache ist die«, erkläre ich Eddie und beuge mich vor, »der Fahrer hat mich von Anfang an nicht leiden können. Er hat nicht vor Petes Mobilheim gehalten, und sobald ich dann eingestiegen war, hat er mir einen Vortrag gehalten, ich sollte ja keine Faxen machen. Dann hat er eine Bemerkung über die Band gemacht ...«

An Eddies Gesichtsausdruck sehe ich, dass er sich vorstellen kann, was für eine Bemerkung das war.

»Heißt der Fahrer zufällig Bernie?«

Ich zucke die Achseln. »Weiß ich nicht. Es ist ein kleiner, gedrungener Typ mit riesigen Ohren.«

»Ja, das ist Bernie.«

»Kennst du ihn?«

Eddie verzieht das Gesicht. »Ja.« Er legt seine Füße in den weißen Schlangenlederstiefeln auf der Theke ab und lehnt sich mit der Stuhllehne zurück. »Ich gebe es ja nicht gern zu, Süßer, aber das hier ist eine seeehr kleine Stadt. Jeder kennt hier jeden, und die meisten Leute kennen sich schon viel zu lange, wenn du weißt, was ich meine. Früher, als Orlando und ich noch zur Schule gingen, hat unser Freund Bernie uns grün und blau geschlagen. Aber dann sind wir gewachsen, und er ist klein geblieben, und als Petey während der Highschool hergezogen ist, haben wir die Band gegründet. Dafür hat er uns jahrelang gehasst. Es überrascht mich, dass er dich überhaupt in den Bus gelassen hat.«

Ich trommle mit den Fingern auf die Theke.

»Es war also gar nicht meine Schuld, dass er mich nicht mag?«

»Ich fürchte, so ist es.«

»Und wahrscheinlich hätte er mich sowieso aus dem Bus geworfen?«

»Wahrscheinlich.«

Das ist die beste Nachricht des Tages. Ich stehe auf und spüre, dass ich neue Energie schöpfe. »Ich hole uns jetzt was zum Frühstück«, sage ich, weil mein Magen laut knurrt. Dann fällt mir ein, dass ich gar kein Geld dabei habe.

»Äh … oder vielmehr schenke ich jetzt jedem von uns ein großes Glas Wasser ein.«

Eddie öffnet die Kasse und gibt mir einen Zehn-Dollar-Schein.

»Verprass ihn«, sagt er. »Am Ende der Straße ist Mae's Pit Stop. Geh bis zur Post vor und dann rechts. Auf dem Rückweg geh wieder bis zur Post und dann links. Und verlauf dich bloß nicht!«

21

»WIE WÄRE ES MIT DIESEM KLEID IM SCHAUFENSTER?«

Mom hält ein Kleid hoch, das aus Italien importiert wurde. Es ist lang und eng, hat einen tiefen Ausschnitt und hinten eine Schnalle. Der Stoff hat die Farbe von Espresso mit einem Extraschuss Sahne.

Ich rümpfe die Nase.

»Was ist?«, fragt Mom. »Gefällt es dir nicht?«

»Nicht im Schaufenster.«

»Warum nicht? Ich liebe dieses Kleid. Ich würde es am liebsten selber tragen. Sieh nur, wie es in der Taille schmaler wird, und fühl mal den …«

Sie reicht mir eine Ecke Stoff, und sie hat recht. Er ist fast so weich, als wäre er flüssig.

»Ich weiß, aber die Schnalle hinten ist das Beste am Kleid, und im Fenster wird keiner sie sehen.«

»Hmm …« Meine Mutter überlegt, als die Glocke am Eingang klimpert und Ms Brock eintritt. Sie ist eine unserer Lieblingskundinnen. Jung und unglaublich chic. Sie ist die persönliche Einkäuferin für ein paar der reichsten Leute von Westchester.

»Ms B.«, sage ich, »würden Sie dieses Kleid kaufen?«

Mom hält es so hoch, dass nur die Vorderseite des Kleids zu sehen ist. Ms. Brock prüft den Stoff und fährt mit der perfekt manikürten Fingerspitze den Ausschnitt entlang. Sie sieht mich an, und ich schüttle ganz leicht den Kopf. Dann mache ich mit einem Finger eine kreisende Bewegung. Ms Brock unterdrückt ein Lachen.

»Lassen Sie es mich mal von hinten sehen«, sagt sie. Als Mom das Kleid umdreht, ruft sie begeistert aus: »Ach, das ist ja toll! Die Schnalle setzt einen ganz besonderen Akzent. Das erwartet man gar nicht!«

Mom sieht mich wütend an und schüttelt den Kopf. Aber dann muss sie doch lachen.

»Verzogenes Gör«, sagt sie, und hängt das Kleid wieder an seinen Platz.

Ich sehe sie unschuldig an.

»Was kann ich dafür, dass ich immer recht habe?«

Ich muss dauernd an Mom denken. Ich würde ihr gern sagen, wie sehr ich ihre Boutique und die Stammkunden vermisse, und auch, dass sich alles immer so richtig anfühlte, wenn ich dort war. Aber sie ruft mich nie an. Es ist, als würde ich nicht mehr auf der Erde leben. Ich seufze und schaue mich in Eddies Geschäft um.

»Mom würde der Laden gefallen.«

Er blickt auf und wird rot.

»Echt? Aber Sarahs Boutique ist doch so elegant! Ich war bei der Eröffnung, weißt du. Sicher erinnerst du dich nicht mehr daran …«

»Ich hatte damals Hausarrest.«

Eddie stockt. »Ach, das tut mir leid«, sagt er dann. »Die Eröffnung hatte ein ganz besonderes Ambiente. Alles war so minimalistisch; jedes Stück war handverlesen. Ich wünschte, das könnte ich hier auch so machen, aber …«

»Klar kannst du das nicht. Das hier ist eine Kleinstadt, also müssen deine Kunden das Gefühl haben, alles in einem Geschäft bekommen zu können.«

Eddie überlegt. »Ja«, sagt er. »Stimmt genau.«

»Außerdem denke ich, dass du von Spontankäufen abhängig bist, während in Moms Boutique niemand etwas spontan kauft. Höchstens Millionäre.«

Eddie lächelt. »Wie wahr!«

»Das hier würde Mom nehmen«, sage ich und zeige auf ein Spitzentop. »Sie ist eine sehr gute Geschäftsfrau.«

»Klingt, als wärst du auch nicht gerade schlecht. Hier ... sieh doch mal die Kataloge mit mir durch. Ich möchte aussuchen, was ich für den Winter bestellen soll, und hätte dazu gern eine zweite Meinung.«

Eine geschlagene Stunde stehen wir da und blättern alle neuen Kataloge durch, und ich muss sagen, das hier ist EINDEUTIG besser als Schule. Tatsächlich vergessen wir völlig, dass Eddie mich mittags nach Hause fahren wollte. Es wird Nachmittag, und wir haben so viel Spaß, dass ich schließlich sogar den Mut aufbringe, ihm zu sagen, was mich stört, seit ich sein Geschäft betreten habe.

»Hast du schon mal daran gedacht, dir neue Schaufensterpuppen zuzulegen?«

Eddie hat uns Sandwichs bestellt und isst gerade sein Thunfisch-auf-Pita-Sandwich, als ich das sage. Er wirft einen Blick auf die beiden Holzfiguren im Schaufenster.

»Was stört dich an den Schaufensterpuppen?«

Die Sache erfordert Feingefühl. Als ich Mom einmal sagte, ihre Schmuckkästen seien altmodisch, brach sie in Tränen aus. Trotzdem hörte sie auf meinen Rat. Daraufhin konnten wir den Schmuckverkauf von fast null auf mehrere teure Stücke im Monat steigern.

»Na ja«, sage ich bedächtig, »erstens sind sie offensichtlich uralt. Die Farbe blättert schon ab. Und außerdem sind sie ganz weiß, und die meisten Wäschestücke und Badesachen wirken am besten auf gebräunten oder dunklen Hauttönen.« Um es zu demonstrieren, hole ich das gleiche BH-Modell, das auch die Puppe im Schaufenster trägt, und halte es mir an den Arm.

»Außerdem fallen die Kleidungsstücke nicht so, wie sie sollten. Siehst du, wie die Boxershorts sich an der Seite der männlichen Schaufensterpuppe in Falten legen? Sie hängen nicht so, wie sie sollten. Und da die Puppe kein Gesicht hat, sagt sie nichts über das Produkt aus. Sie sagt nicht, das Kleidungsstück ist ›sexy‹ oder ›cool‹. Die Puppen haben keine wirklichen Makel, du erreichst durch sie nur nicht das, was du erreichen könntest.«

Eddie starrt mich an, und ganz kurz denke ich, ich hätte zu viel gesagt. Aber dann lächelt er.

»Hat Sarah dir das alles beigebracht?«

Ich nicke. »Ja. Ich bin früher mit Mom auf Modenschauen gegangen, und sie hat vor den Probeauftritten eine Menge recherchiert, um herauszufinden, welchen Look der Modeschöpfer zeigen wollte. Und während der Aufträge hat sie dafür gesorgt, dass die Kleider in genau den richtigen Silhouetten vorgeführt wurden. Sie hat immer gesagt: ›Es geht nicht um das Model, sondern um die Kleider.‹ Ich glaube, das stimmt, nicht wahr? Ich meine, es geht nicht darum, wie man aussieht, sondern wie man die Kleidung aussehen lässt, stimmt's? Das gilt sogar für eine … äh … Schaufensterpuppe.«

Wenn Dad mich hören könnte, würde er jetzt sagen: »Es sind nur Klamotten, Liam. Gut auszusehen rettet kein Leben«, aber Eddie steht trotzdem auf und betrachtet seine Schaufensterdekoration. Er fasst die Boxershorts an der Stelle an, an der sie Falten werfen. Dann streicht er eine Falte im Seidenslip glatt. Danach geht er hinaus, stellt sich vor sein Schaufenster und mustert die Dekoration von außen. Und schließlich kommt er wieder rein und wendet sich mir zu.

»Ich will dir die Wahrheit sagen«, erklärt er. »Ich habe mir diese schicken Schaufensterpuppen schon mal angesehen, aber sie sind *sehr* teuer. Lieber würde ich einen echten Menschen einstellen, der die Leute auf mein Geschäft aufmerksam macht – der etwas Leben in die Bude bringt –, aber ich weiß nicht, wo ich in dieser Stadt jemanden finden soll, dem es nichts ausmacht, sich in ein Schaufenster zu stellen.«

»Ja«, stimme ich ihm zu. »Es dürfte nicht leicht sein, den Richtigen zu finden …«

Eddie grinst. »Es wäre zwar nur ein Mindestgehalt, und zusätzlich zum Modeln müsstest du noch ein paar Aufgaben im Laden übernehmen, aber ich könnte dich jeden Samstag für den ganzen Tag bezahlen. Du könntest gutes Geld dabei verdienen.«

Hat Eddie mir gerade einen Job angeboten?

Ich starre ihn mit offenem Mund an.

»Ich würde wahnsinnig gern für dich arbeiten«, stammle ich. »Ich werde auch wirklich hart arbeiten, das verspreche ich. Ich werde nichts vermasseln. Du wirst es nicht bereuen.«

Eddie lacht. »Darüber mache ich mir keine Sorgen«, sagt er. »Ich habe ein gutes Gefühl.«

Ich schwöre: Das ist das erste Mal, dass mir jemand etwas zutraut.

22

NIEMAND SOLLTE JEMALS EIN GUTES GEFÜHL HABEN, WENN DIE SACHE MIT MIR ZU TUN HAT.

Ein wachsames. Ein argwöhnisches. Vielleicht auch ein ängstliches. Aber kein gutes.

Alles fängt gut an. Aber das tut es ja meistens.

Eddie und ich überlegen uns alles Mögliche für die Schaufensterdekoration und beschließen, einen Testlauf zu machen. Ich probiere Boxershorts an, weil das wahrscheinlich das Gewagteste ist, das ich in einer Kleinstadt wie dieser bringen kann. Wenn es uns gelingt, eine Dekoration rund um die Boxershorts zu kreieren, dann können wir das Ganze wahrscheinlich erfolgreich durchziehen.

Es ist schwerer als es aussieht. Im Geschäft gibt es keine große Auswahl, aber dann finden wir im Lager einen alten Korbstuhl, den wir ins Schaufenster stellen. Ich nehme einen Herrenbademantel von der Stange.

»Der Flanellstoff hat ein hübsches rot-goldenes Muster, das einen Kontrast zu den roten Boxershorts bildet. Wenn ich den Mantel offen lasse, können die Leute immer noch die Shorts sehen, aber gleichzeitig sehen sie auch den Bademantel. Wir könnten die Bademäntel vorne drapieren, damit die Kunden sie schon beim Hereinkommen sehen.«

Eddie grinst. »Liam, du bist ein Genie«, schwärmt er. »Du bist ein Einstein der Modewelt.« Er hängt die Shorts wieder auf ihre Bügel und kneift die Augen zusammen. »Aber eines muss ich unbedingt wissen«, sagt er. »Bist du schwul?«

Leider habe ich diese Frage schon oft gehört. »Nein«, antworte ich. »Definitiv nicht.«

Eddie legt mir die Hand auf den Arm. »Ich weiß, es ist ein Klischee«, sagt er, »aber ich musste es einfach wissen. Du machst das so ... so super! Und manchmal können Klischees ja auch zutreffen. Sieh mich an.« Theatralisch wirbelt er einmal um die eigene Achse, dann zwinkert er mir zu.

»Ja«, sage ich. »Aber ich bin nicht schwul. Ich mag bloß Mode. Und Mädchen.«

Eddie seufzt. »Ist okay«, sagt er. »Gut, dass du du selbst bist.« Ich erröte, als ich an meine grauenhafte Aufmachung denke, und fast hätte ich etwas gesagt, aber bevor ich den Mund aufmachen kann, redet Eddie weiter. »Ich bin sicher, du wirst irgendeine junge Dame sehr glücklich machen. Ein griechischer Gott und dazu noch ein Modeexperte? Ein besserer heterosexueller Mann als dich lässt sich nicht finden, Liam.« Er merkt, dass mein Gesicht knallrot geworden ist, und lacht. »Ich hole jetzt das Tischchen aus dem Hinterzimmer, damit wir es aufstellen können. Neben deinem Stuhl.«

Er geht, und ich denke über das nach, was er gerade gesagt hat. Ich wünschte, es wäre wahr. In meinem ganzen Leben hat mich noch niemand ein Genie genannt, und ich bin mir hundertprozentig sicher, dass es eine Menge heterosexueller Männer gibt, die besser sind als ich. Ich komme mir vor wie ein Heuchler.

Trotzdem fühlt es sich gut an.

Das heißt ... es fühlt sich so lange gut an, bis Tante Pete gegen die Parkuhr vor dem Geschäft kracht.

Oh Shit, ist mein erster Gedanke. Ich springe aus dem Schaufenster und renne quer durch den Laden auf die Umkleidekabine zu, während Eddie wegen der vielen Kleidungsständer schreit, die ich umgeworfen habe.

»Was machst du denn da … warum rennst du durch … den … äh … Petey …«

Seine Worte verstummen, und dann höre ich nur noch Schritte, die näher kommen. Schwere Schritte.

»Ich kann alles erklären«, brülle ich, aber dafür ist keine Zeit mehr.

»Komm da raus, zum Teufel.«

Ich mache den Reißverschluss meiner Hose zu und reiße die Tür auf.

»Ich weiß, wie das jetzt aussieht, aber es gibt einen guten …«

»Halt den Mund.«

Oh je.

Tante Pete hält mir sein Handgelenk unter die Nase. »Wie viel Uhr ist es, Liam?«

»Zwei Uhr?«

»Um wie viel Uhr stehe ich auf?«

»Um drei?«

»Um wie viel Uhr ist die Schule aus?«

»Um Viertel vor drei?«

»Also sollte ich um zwei Uhr – *zwei Uhr* – schlafen und du in der Schule sein, stimmt's?«

»Ja?«

»Warum ist dann keiner von uns beiden da, wo er sein sollte?«

Das ist eine gute Frage. Eine wirklich gute Frage.

Eddie steht direkt hinter Tante Pete und macht unverständliche Gesten. *Will er andeuten, dass ich wegrennen soll?* »Ich könnte es dir vielleicht erklären«, sagt er, bemüht, mir zu helfen, doch Pete dreht sich auf dem Absatz um.

»Halt den Mund, Eddie.«

»Gut«, sagt Eddie. »Ich halte den Mund.«

Pete dreht sich wieder zu mir um.

»Lass mich erklären, warum *ich* nicht dort bin, wo ich jetzt sein sollte«, sagt er. »*Ich* bin nicht dort, wo ich sein sollte, weil die Schule mich heute Vormittag um halb zehn angerufen hat, um mir mitzuteilen, dass mein Neffe wegen Rauchens aus dem Schulbus geworfen wurde und nicht in der Schule angekommen ist. Um halb zehn, verdammt noch mal! Um halb zehn, Liam. Weißt du, was ich in den letzten *viereinhalb Stunden* gemacht habe? *Kannst du dir das vorstellen*?

Ich will dir sagen, was ich gemacht habe. Ich habe jede Seitenstraße in Pineville abgefahren und mir dabei überlegt, wie ich meinem Bruder, der mich sowieso für einen verantwortungslosen Versager hält, am besten beibringe, dass mir sein einziger Sohn abhandengekommen ist. Das ist es, was ich gemacht habe. Und als ich gerade wieder nach Hause fahren will, um den Horroranruf bei deinen Eltern zu erledigen, fahre ich an diesem … diesem –« für einen Augenblick kann Pete nur noch stottern »– Laden vorbei und sehe meinen Neffen in Unterhosen im Schaufenster sitzen.« Er hält inne und wirft dann eine ganze Stange voller Schlafanzüge um. »Aaaarrrggghhh!«

Ich winde mich vor Unbehagen. Das hier ist schlimm. Richtig schlimm. Eddie ringt die Hände, und wir machen beide den Mund auf, um etwas zu sagen, aber Pete will nichts hören. Er hebt beide Hände, um uns zum Schweigen zu bringen.

»Seid still«, sagt er. »Redet nicht mit mir, bis ich mich wieder beruhigt habe. Liam, steig ins Auto.«

Ich gebe Eddie die Boxershorts, und er winkt mir unter dem Stoff verstohlen zum Abschied zu. Ich würde zwar gern zurückwinken, aber unter den gegebenen Umständen halte ich das für keine gute Idee. Deshalb folge ich Tante Pete hinaus zu seinem Nissan und steige vorne ein.

»Pete, ich …«

»Sei. Still.«

»Gut.«

Schweigend fahren wir zurück, und ich spüre, wie ich immer tiefer in Verzweiflung versinke. Ich habe eindeutig meine Zukunft versaut. Wieder einmal.

Wir kommen vor dem Mobilheim an, und Tante Pete hält mir die Autotür auf. Er fährt sich mit den Händen durchs Haar, und als er im Haus ist, lehnt er sich an die Küchentheke. Ich warte auf seine Standpauke. Auf das Schreien und das Mit-dem-Finger-auf-mich-zeigen. Ich warte darauf, dass er mir sagt, er weiß jetzt, wie wertlos ich bin, und dass er sich fragt, warum er mich hier hat wohnen lassen. Er blickt auf.

»Ich dachte, dir sei etwas zugestoßen«, sagt er. Die Worte klingen verärgert – wütend –, aber auch irgendwie den Tränen nahe. Er schließt die Augen.

»Deswegen sollte ich keine Kinder haben. Die Leute warnen einen immer vor solchen Sachen, aber man glaubt es erst dann, wenn es eintritt.« Er spricht nicht mehr mit mir. Er redet mit sich selbst. »Nur so kurze Zeit, und ich hätte dich fast verloren.«

Er fährt sich mit den Händen über das Gesicht und holt mehrmals tief Luft.

»Mach so was nie wieder«, sagt er schließlich. »Mach so was *nie wieder*.«

23

ICH BIN ZEHN JAHRE ALT und begleite Dad heute zur Arbeit. Ich freue mich schon seit Wochen darauf, aber er telefoniert die ganze Zeit. Wir wollten in einem Restaurant in der Nähe von Dads Büro zusammen Mittag essen, aber jetzt ist es schon lange nach zwölf, und jedes Mal, wenn ich frage, ob wir jetzt gehen können, sagt Dad: »Noch nicht.« Also wandere ich zum Snackautomaten am Ende des Flurs, weil ich ein paar Münzen in der Tasche und Hunger habe. Doch als ich dort ankomme, ist der Automat kaputt.

Ich gehe in ein anderes Stockwerk und suche einen anderen Automaten, aber ich finde keinen, also gehe ich wieder in ein anderes Stockwerk und dann noch eins. Als ich endlich einen Automaten gefunden habe, der nicht kaputt ist, und wieder zum Aufzug zurückgehe, habe ich vergessen, in welchem Stock das Büro meines Vaters ist.

Ich irre umher und suche nach irgendetwas Vertrautem, doch alle Stockwerke sehen gleich aus, und in Dads Gebäude gibt es vierzig Stockwerke. Mein Herz klopft heftig, und ich schaue immer wieder auf meine Digitaluhr. Bald sind fast zwei Stunden vergangen. Ich stelle mir vor, wie wütend Dad sein muss und wie er alle anderen nach mir suchen lässt.

Ich bemühe mich so verzweifelt, sein Büro zu finden, dass ich buchstäblich durch jeden Stock renne, in dem ich aussteige. Irgendwann wird eine Sekretärin endlich auf mich aufmerksam und fragt, ob ich mich verlaufen habe. Ich sage ihr, wer mein Vater ist, und sie bringt mich zurück in Dads Büro. Als ich verschwitzt und verheult eintrete, blickt Dad auf.

»Hast du dir einen Snack geholt?«

Da wird mir klar, dass er gar nicht gemerkt hat, wie lange ich weg war.

»Du hast mich nicht mal gesucht!«, schreie ich. »Ich hab mich verlaufen, und du hast mich nicht mal gesucht! Ich hasse dich!«

Dad sieht die Sekretärin an. Sein Gesicht wird knallrot. Er steht ganz langsam auf, begleitet sie aus dem Zimmer, macht die Tür zu und kommt auf mich zu.

»Mach so etwas nie wieder«, sagt er.

An diesem Abend gehe ich Tante Pete aus dem Weg, was nicht einfach ist, weil er aufräumt. Na ja, nicht wirklich. Er trägt einen Haufen Zeug von einem Ende des Mobilheims zum anderen. Dabei trampelt er laut herum, lässt gelegentlich etwas fallen und murmelt in seinen Bart, dass er sich nicht dazu eignet, auf andere aufzupassen.

Ich warte auf die Mitteilung, dass ich nach Nevada geschickt werde. Mein Magen rumort, und ich bekomme kaum Luft. Gegen sechs Uhr reißt Pete schließlich die Tür zu meinem Zimmer auf.

»Ich will mit dir reden«, sagt er.

Mein Herz fängt an zu hämmern, und ich frage mich, ob man im Alter von siebzehn Jahren einen Herzinfarkt kriegen kann.

Er räuspert sich.

»Die Jungs kommen heute Abend zum Proben vorbei. Seit du hier bist, haben wir keine Musik mehr gemacht, aber normalerweise proben wir jeden zweiten Dienstag. Ich achte ziemlich streng darauf, dass das eingehalten wird, also wirst du es erdulden müssen.«

Er funkelt mich wütend an. »Ich weiß zwar nicht, was du von

unserer Art von Rock'n'roll hältst, aber ich will keine dummen Witze über unsere Musik hören. Keine Kommentare über Oldies. Kein Kichern. Wenn wir uns für einen Gig verkleiden, möchte ich keine ausgeleierten Sprüche über unsere Aufmachung – oder über Männer mit Make-up hören. Das gehört zum Glam Rock dazu, und ich liebe das ganze Drumherum. Hast du verstanden?«

Ich starre ihn mit offenem Mund an. Ist das alles?

»Keine Beschwerden«, sagt Pete, als ich nichts erwidere. »Wenn ich mich schon mit deinem Mist rumärgern muss, dann musst du auch meinen ertragen.«

Ich liege auf meinem Bett und höre zu, wie die Jungs eintreffen, und weil ich nicht zur Ruhe komme, rufe ich schließlich meine Eltern an und hinterlasse eine Nachricht auf ihrem Anrufbeantworter. Das meiste davon ist zwar gelogen, aber schließlich muss ich sie daran erinnern, dass es mich gibt.

»Hi, ich bin's. Ich wollte euch bloß sagen, dass ich mich hier gut mache. Was ich meine ... ich mache mich *gut*. Und ... äh ... ich habe heute einen Job gefunden. Jedenfalls beinahe. Ich habe ein Jobangebot bekommen. In der Schule mache ich fleißig mit. Dad, du wärst stolz auf mich. Ich bin auch nicht mehr so beliebt. Ich bin dabei, neue Freunde zu finden ... na ja, einige wenige ... und ich mache keinen Ärger, und bald –«

Der Anrufbeantworter fängt an, laut zu pfeifen.

Bescheuert. Das klang total bescheuert.

Ich lasse mich wieder aufs Bett fallen. Im Wohnzimmer kreischt eine Gitarre und das Schlagzeug klirrt. Eigentlich sollte ich hineingehen und Pete demonstrieren, wie cool ich die Sache mit der Band finde, aber ich muss ständig daran denken, dass Orlando dabei ist. Nicht Orlando. Mr DeSoto. Mein Englischlehrer.

Das sollte eigentlich kein großes Problem sein. Ich meine: Warum sollte es mir etwas ausmachen, dass mein Englischlehrer in einer Glam-Rock-Band spielt, wenn es mir nichts ausmacht, dass mein eigener Onkel mitspielt?

Aber es macht mir was aus. Was ist, wenn Orlando eine hautenge Lederhose anhat? Oder eine mit Glitzersteinchen? Mir fällt das Bild in Tante Petes Wohnzimmer ein, auf dem der Typ im Stretchanzug mit Leopardenmuster zu sehen ist. Niemand will seinen Englischlehrer in einem Stretchanzug mit Leopardenmuster sehen.

Eine Melodie ertönt, und plötzlich wird die Musik laut. *Richtig laut.* Und weil die Tür zu meinem Zimmer so dünn ist, macht es überhaupt keinen Unterschied, dass ich sie geschlossen habe. Ich überlege, ob ich aus dem Fenster klettern soll, aber dann beschließe ich, mich der Sache zu stellen. Also mache ich die Tür auf, blinzle ins Wohnzimmer und …

Wie? Alle tragen Jeans und T-Shirts. Tante Pete hat sich noch nicht einmal umgezogen. Also, jetzt bin ich fast enttäuscht. Ich setze mich auf die Couch, um ihnen beim Proben zuzusehen. Dino ist am Schlagzeug, Eddie und Orlando spielen Gitarre, und Pete macht den Leadsänger.

»Lasst uns den einen Song von den Dolls spielen«, schlägt Eddie vor, als sie mit dem ersten Lied fertig sind. Aber Pete schüttelt den Kopf.

»Nee, das spielen wir doch immer. Das will Liam sicher nicht hören.«

»Liam bezahlt uns auch nicht für unseren Auftritt am Wochenende«, erwidert Orlando, aber Pete bleibt dabei.

»Lasst uns einen Klassiker von Bowie spielen. Deine Mutter ist doch immer noch ein Bowie-Fan, oder?«, fragt er mich.

Ich nicke.

»Also, dann lasst uns ›Space Oddity‹ spielen …«

»Mit schnellerem Tempo«, schlägt Eddie vor. Erregt widersprechen die anderen.

»Das kann man doch nicht in schnellerem Tempo spielen!«

»Warum denn nicht? Damit kreieren wir unsere ganz eigene Cover-Version!«

»Weil man nicht einfach ...«

So geht das eine ganze Weile. Ziemlich bald merke ich, dass sich die Jungs gern streiten. Eddie hat eindeutig zu viel Espresso intus, was Tante Pete nutzt, um sich noch mehr aufzuregen. Orlando schlichtet den Streit, während Dino alle anderen ignoriert und zu meiner Unterhaltung hinter dem Schlagzeug verrückte Grimassen zieht.

Und trotzdem – als sie endlich loslegen, klingen sie richtig gut. Ich hätte nie gedacht, dass ich je irgendwo hocken würde, um mir Glam-Rock-Hits aus den Siebzigern anzuhören. Und meinem Englischlehrer bei einer Bandprobe zuzuhören. Aber mir wird plötzlich klar, dass es genau das ist, was ein Außenseiter machen würde.

Vielleicht wird ja doch noch alles gut.

Der Abend verläuft ruhig, bis das Telefon klingelt. Ich habe mir zum Spaß ein Lied von Fergie gewünscht, und Pete singt es genüsslich mit Falsettstimme. Die Jungs drehen dazu richtig auf. Als das Telefon klingelt, laufe ich in Socken über den Küchenboden, um sie nicht zu stören.

»Hallo?«

»Ist da Liam?«

»Ja.«

»Hier ist Jen. Aus der Schule. Was machst du so?«

Hä?

»Also«, sage ich. »Ich hänge nur gerade mit Mr DeSoto rum.«

Eine lange Schweigepause.

»Ach ja. Er ist doch in der Band deines Onkels, stimmt's?«

Verdammt. Weiß in dieser Stadt jeder alles über jeden? Trotzdem ist es ziemlich uncool von mir, mit der Band rumzuhängen.

»Ja«, sage ich. »Sie sind genial. Glam ist echt cool.«

Eine weitere lange Pause.

»Äh, genau.«

»Also was gibt's?«, frage ich, während ich mich angenehm uncool fühle. Jen hustet.

»Hör zu, ich hoffe, es stört dich nicht, dass ich dich anrufe. Ich hab die Nummer deines Onkels aus dem Telefonbuch. Ich hab von der Sache im Bus heute gehört und …«

Oh je.

»… na ja, und ich wollte wissen, ob du vielleicht mit mir und Nikki und Joe zur Schule fahren willst. Ich könnte dich morgens abholen.«

Verflucht. Jetzt will mich auch noch ein sexy Cheerleader mit einem Wahnsinnskörper zur Schule fahren. Was kann denn noch alles schiefgehen?

»Oh, wow«, sage ich, um Zeit herauszuschinden. »Das ist wirklich ein nettes Angebot. Du musst das nicht machen. Sicher liegt unser Haus abseits von deinem Schulweg.«

»Tut es nicht«, sagt sie. »Ich hol dich gerne ab.«

Ich wickle mir die Telefonschnur um den Finger.

»Na ja, weißt du, die Sache ist die… meine Tante Pete – ich meine, mein Onkel Pete möchte nicht, dass ich mit fremden Leuten mitfahre.«

Die Ausrede klingt zwar richtig gut, aber leider ist Pete aufgetaucht und steht jetzt in Hörweite. Er verzieht das Gesicht, und deshalb füge ich hinzu: »Er hat ja vollkommen recht, also sollte ich es lieber nicht riskieren.« Ich winde mich verlegen, weil ich merke, dass Pete argwöhnisch zuhört.

Er duckt sich unter der Schnur hindurch.

»Du kannst ruhig mit jemandem mitfahren«, sagt er, während er die Kühlschranktür aufmacht. »Wenn man deine Probleme mit dem Schulbus bedenkt, würde ich das sogar vorziehen.« Das sagt er so laut direkt neben dem Telefon, dass Jen es hört. Dann geht er mit drei Bierflaschen durch die Küche, und ich versuche, mit dem Hörer in mein Zimmer zu gehen, um dort weiterzureden, aber die Schnur reicht nicht so weit.

»Das war er, stimmt's?«, fragt Jen. »Er hat gesagt, es sei okay?«

»Ja«, sage ich unglücklich.

Jen lacht. »Na super! Dann hol ich dich morgen gegen halb neun ab.«

»Gut. Um halb neun.«

Ich bin geliefert.

24

VON JEN ABGEHOLT ZU WERDEN wäre gar nicht so schlimm, wenn ich nicht direkt neben Darleen wohnen würde. Am nächsten Morgen stopfe ich mir gerade ein T-Shirt mit dem Aufdruck *WXKJ* in eine Designerhose, die ich mit einem von Petes Glitzersteingürteln verunstaltet habe, als ich höre, wie Jen in unsere Auffahrt fährt. Ich renne hinaus zum Auto, aber ich bin nicht bei der Sache. Also vergesse ich meine Stifte und muss noch einmal ins Haus rennen, um sie zu holen. Dann – auf halber Strecke zum Auto – merke ich, dass ich meine Hefte vergessen habe. Jen hupt immer wieder, deswegen renne ich und vergesse für einen kurzen Moment, dass Darleen nicht mitkriegen soll, dass ich abgeholt werde.

Dann sehe ich sie vor ihrem Mobilheim stehen.

Ich steige ins Auto und ducke mich möglichst tief in den Sitz. Aber eigentlich können sie kaum jemand anderen hier abholen, und deswegen richte ich mich auf, während Jen rückwärts aus der Auffahrt fährt, denn mir ist klar geworden, dass es besser ist, wenn ich mich ganz anders benehme.

»Warte kurz«, sage ich. Nikki seufzt.

»Was hast du jetzt schon wieder vergessen?«

Ich kurble das Fenster herunter. »Sollen wir dich mitnehmen?«, rufe ich. Es nieselt, und jetzt, da Darleen mich sowieso gesehen hat, ist es eh egal.

Vor Staunen quellen Joes Augen über.

»Was zum Teufel machst du da?«, platzt er heraus, doch ich beachte ihn nicht.

Darleen verzieht das Gesicht. Obwohl sie zwei riesige Taschen voller Gott-weiß-was trägt, wirkt sie nicht so, als sei sie über das Angebot dankbar.

»Nein. *Ich* darf im Schulbus mitfahren«, sagt sie.

»Okay dann«, sage ich und kurble das Fenster wieder hoch. Jen fährt los, und Joe schreit »Freak« aus dem Fenster. Kein Wunder, dass Darleen die Beliebten nicht ausstehen kann.

»Mit der willst du dich doch nicht anfreunden, oder?«, fragt Joe, nachdem er sich wieder zurückgelehnt hat. »Die Tussi ist total gestört. Die sollte mal zum Psychologen gehen!«

Nikki lacht. »Jedenfalls sollte sie dringend zu einem Modeberater gehen. Habt ihr gesehen, was sie heute anhat? Das Hemd hat sie bestimmt aus der Kleiderkammer.«

Ich zucke zusammen, denn das ist nicht ganz fair. Die Kleiderkammern sind gar nicht so schlecht. Man kann da coole Klamotten erstehen, die man nirgendwo sonst finden würde. Was macht es schon, wenn Darleen dort ihre Sachen kauft?

Plötzlich wird mir über das Beliebtsein etwas klar. Bisher war es mir noch nicht aufgefallen, aber jetzt macht es ›klick‹. Wenn man beliebt ist, sind die anderen einem selbst gegenüber toleranter. Hier sitze ich in Jens Auto, und keiner schert sich darum, dass ich eines der idiotischsten Outfits aller Zeiten trage.

»Darleen ist gar nicht so verkehrt«, sage ich. »Ich bin sogar mit ihr befreundet.«

Joe runzelt die Stirn, als wäre er nicht sicher, ob ich es ernst meine.

»Darleen ist eine Freundin von dir?«

»Ja«, sage ich. »Wir teilen uns den Picknicktisch.«

»Liam hat recht«, sagt Jen. »Du solltest sie nicht so schlecht behandeln. Nur weil sie nicht besonders gesellig ist ...«

»Nicht besonders gesellig?«, wiederholt Nikki entsetzt. »Die Tussi wird als Klassenzicke ins Jahrbuch eingehen. Ich glaube, sie legt es darauf an, von allen gehasst zu werden.«

»Im Ernst«, sagt Joe. »Letztes Jahr wollte sie das Schulfest der Unterstufe streichen, damit die Schule stattdessen eine Kunstausstellung machen könnte. Sie hat ein Riesentheater bei der Schulverwaltung gemacht und gesagt, dass es doch schon ein Schulfest der Abschlussklasse gebe, warum sollten also die Schulgelder für einen zweiten Ball ausgegeben werden, während Kunst und wissenschaftliche Studien äußerst mangelhaft gefördert würden. Genau das hat sie gesagt: ›äußerst mangelhaft gefördert‹.« Joe lacht, und Nikki, die auf dem Rücksitz sitzt, nickt zustimmend.

»Im Jahr davor wollte sie, dass alle das größte Footballspiel der Saison boykottieren, und das nur wegen irgendeines dummen Kommentars, den der Coach über Frauen gemacht hatte. Keiner hat sich darüber aufgeregt, aber *Darleen* hat einen Riesenaufstand gemacht.«

Jen sieht erst mich und dann wieder Joe und Nikki an.

»Ich glaube, sie ist einfach sehr feindselig, seit ihre Mutter weggegangen ist«, sagt sie. »Es ist nicht ihre Schuld ...«

Aber Nikki lässt das nicht gelten.

»Das ist doch keine Ausrede dafür, dass man eine absolute Zicke ist. Klar ist es schlimm, dass ihre Mutter so versagt hat, aber das heißt doch noch lange nicht, dass man alle anderen wie Dreck behandeln kann.«

»Genau«, pflichtet Joe ihr bei. »Glaub mir, Liam. Darleen Martinek ist keine Person, mit der du befreundet sein willst.«

25

DAD STEHT IN DER KÜCHE und redet mit Mom. Er beugt sich über die Küchentheke und liest den Rundbrief, den meine Schule verschickt hat.

»Unglaublich«, sagt er und stellt seinen Kaffeebecher ab. »Das Orchester verliert einen Teil seines Fonds, damit das Basketballteam eine Kursfahrt machen kann!«

Er meint unsere Reise nach Washington, D.C., um die Washington Nationals zu sehen.

»Das ist eine Schande. Unsere Gesellschaft legt viel zu viel Wert auf Sport. Was wollen wir unseren Kindern eigentlich beibringen? Dass ein durchtrainierter Körper wichtiger ist als sonstige Begabungen? Dass an den Künsten gespart werden soll zugunsten eines –«, er lacht verächtlich, »– eines Basketballteams?!«

Mom sieht mich an. Ihr Blick sagt: ›Lass es‹. Dad weiß nicht einmal mehr, dass ich im Basketballteam bin.

Der Einzige aus der Neunten, der es direkt in die Schulmannschaft geschafft hat.

Darleen Martinek ist genau die Art von Mensch, mit der ich mich anfreunden muss. Wenn es jemanden gibt, der Dad beeindrucken kann, dann ist das Darleen. Daher mache ich es mir für den Rest der Woche zur Priorität, mit ihr zu reden, aber da sie mich ignoriert, ergibt sich erst am Freitag eine Gelegenheit dazu.

Die tut sich auf, als ich es am wenigsten erwarte. Ich sitze gerade in Physik und zähle die grünen Autos auf dem Parkplatz vor dem Fenster, als Direktor Mallek die Laborteams verkündet.

»Duane Allen und Cynthia Caroll. Liam Geller und Darleen Martinek. Robert Blake und Tyrone Watson …«

Ich stutze. Dann hebe ich die Hand.

»Ich habe nicht gehört, wie Sie meinen Namen aufgerufen haben. Könnten Sie ihn noch mal vorlesen?« Darleen sieht mich böse an und Direktor Mallek seufzt, aber ich muss sichergehen.

»Liam Geller und Darleen Martinek. Tisch vier.«

Mein Herz schlägt schneller. *Zu schön, um wahr zu sein.* Ich sammle meine Schulbücher ein und warte an Tisch vier, während Darleen nach vorne geht und sich in ein langes, lebhaftes Gespräch mit dem Direktor vertieft. Ich halte es für klug, mich im Voraus im Buch über den Stoff zu informieren, damit ich weiß, was wir machen sollen.

»Material: zwei gleich lange Flächen, die einen Neigungswinkel bilden. Ein Pingpongball. Ein Holzauto. Eine Stoppuhr.«

Nicht schlecht. Wie schwer kann die Aufgabe sein, wenn man dafür nur vier Gegenstände braucht? Ich überspringe den Rest und lese mir die Anleitung durch.

»Die beiden Flächen werden jeweils in einem Neigungswinkel von 45 Grad aufgestellt. Ein Teilnehmer hält die Stoppuhr, während der andere die Gegenstände oben auf die Flächen setzt. Wenn der Teilnehmer mit der Stoppuhr das Zeichen gibt, lässt der andere die Gegenstände los. Die Messung der Zeit erfolgt von dem Moment, an dem die Gegenstände losgelassen werden, bis zu dem Moment, an dem sie den Boden erreichen. Die Übung wird bei verschieden starken Neigungswinkeln der Flächen wiederholt.«

Hmm. Das klingt überhaupt nicht schwer. Ich hebe den Kopf,

als Darleen sich mir gegenüber hinsetzt. Sie verengt die Augen, aber ich grinse.

»Ich hole schon mal unsere Sachen.«

»Kein Herumalbern, Mr Geller«, ermahnt mich Direktor Mallek, während er mir zwei Bretter, einen Pingpongball und eine Stoppuhr überreicht. »Ich habe Sie meiner besten Schülerin zugewiesen, damit Sie eine gute Chance haben, den Laborteil des Kurses zu bestehen.«

Ich nicke. Beinahe hätte ich die Stoppuhr fallen lassen, aber in letzter Sekunde fange ich sie auf. Dann gehe ich zu unserem Tisch zurück und lege die Sachen hin. Darleen seufzt.

»Gut«, sagt sie. »Wenn wir schon als Team zusammenarbeiten müssen, dann pass bitte auf. Ich habe mir die Anleitung durchgelesen, und ich finde, du solltest die Stoppuhr bedienen.« Sie gibt mir die Uhr. »Ich werde die Flächen aufstellen, die Gegenstände loslassen und die Neigung messen.« Sie nimmt die beiden Bretter und befestigt sie an der Tischkante, während ich die Stoppuhr betrachte.

»Weißt du«, sage ich, »ich habe mich neulich nicht über deinen Flyer lustig gemacht. Ich weiß, dass du das denkst, aber in Wirklichkeit …«

Wieder seufzt Darleen. Sie hält das Auto und den Pingpongball an den oberen Rand der beiden Flächen.

»Bist du so weit?«, fragt sie.

»Ich finde, du hast vollkommen recht mit dem Schulfest. Wer braucht schon Spaß? Das hier ist schließlich die Schule, und wir sind nicht hier, um Spaß zu haben. Die Leute sollten sich echt zusammenreißen und –«

Sie beißt die Zähne zusammen. »Würdest du dich bitte bereit machen, die Zeit zu stoppen?«

Ich schaue auf die Uhr in meiner Hand. »Ach so. Ja. Okay, fang an. Also, du solltest wissen, wenn du irgendwie Hilfe brauchst …«

Darleen ignoriert mich komplett, während sie das Auto und den Pingpongball loslässt.

»Wie war die Zeit?«, fragt sie. Ich blicke herunter, aber die Stoppuhr läuft immer noch.

»Ach, Entschuldigung. Ich hab vergessen, zu stoppen. Machen wir es noch einmal.«

Darleen stöhnt. Wieder hält sie das Auto und den Pingpongball an die obere Kante der beiden Bretter.

»Los«, sagt sie. Ich sage nichts, sondern sehe nur aufmerksam zu, während die beiden Gegenstände je ein Brett hinunterrollen. Dann drücke ich auf den Stoppknopf.

»Zeit?«, fragt Darleen.

»Drei Komma fünf Sekunden.«

»Für welchen Gegenstand?«

»Wie – für welchen Gegenstand?«

Darleen reißt mir die Stoppuhr aus der Hand und zeigt auf das Diagramm in unserem Laborübungsbuch. »Du musst sie getrennt stoppen«, sagt sie. »Getrennt!«

Ich betrachte das Bild. Wie soll ich das tun, wenn ich bloß eine Stoppuhr habe? Die Antwort ist wahrscheinlich so simpel, dass ich lieber nicht frage.

»Ach so, klar. Entschuldige.« Ich stelle die Stoppuhr wieder auf Start. »Okay, ich bin bereit.«

Darleen hebt beide Gegenstände auf und hält sie wieder an den oberen Rand der Bretter. Ich sehe mich im Raum um und stelle fest, dass alle anderen schon neue Neigungswinkel einstellen. Ich hole tief Luft.

Darleen lässt die Gegenstände los, und ich drücke auf ›Stopp‹. Dann drücke ich noch einmal auf Stopp. Die Zahlen verschwinden, und mir bleibt die Luft weg.

»Ich weiß nicht, warum das passiert ist«, sage ich. »Ich habe bloß auf ›Stopp‹ gedrückt. Vielleicht – äh – ist sie kaputt?«

Erneut reißt Darleen mir die Stoppuhr aus der Hand. Sie drückt erst auf einen Knopf und dann auf einen anderen.

»Einwandfrei«, sagt sie langsam. »Sie funktioniert einwandfrei. Wie wäre es, wenn *du* die Gegenstände loslässt?«

Das halte ich für eine gute Idee, auch wenn Darleen nicht besonders nett zu mir ist. Ich bin sicher, dass ich ein Auto und einen Pingpongball ein Brett hinunterrollen lassen kann.

»Ja, gute Idee.«

Ich positioniere beide Gegenstände am oberen Rand der Bretter und warte auf Darleens Signal.

»Zeit«, sagt sie. Ich lasse beide Gegenstände los und sehe zu, wie sie Richtung Boden rollen. Als ich wieder aufsehe, schaut mich Darleen schon wieder wütend an.

»Was ist denn?«

»Du hast sie falsch losgelassen.«

»Was?!«

»Du hast den Pingpongball schneller als das Auto losgelassen.«

Ich bin sicher, das *nicht* getan zu haben.

»Kannst du nicht einfach die Zeiten trotzdem aufschreiben? Was für einen Unterschied macht das schon?«

Darleen starrt mich entsetzt an. »Das ist der Sinn und Zweck des ganzen Experiments. Festzustellen, welcher Gegenstand sich im geringsten Neigungswinkel am meisten beschleunigt. Wenn man sie nicht gleichzeitig loslässt, werden die Ergebnisse verfälscht!«

Ich verstehe zwar nicht, warum das so ein Riesenproblem sein soll, aber ich nicke trotzdem. Also hebe ich das Auto und den Pingpongball auf und halte sie wieder an den oberen Rand. Nur bin ich jetzt nervös. Als Darleen ›Zeit‹ sagt, will ich zwar beide loslassen, aber ich werde durch den Stress, den ich mir mache, sie *genau* im selben Moment loszulassen, abgelenkt. Am Ende halte ich das Auto aus Versehen fest. Der Pingpongball hüpft unter einen der anderen Labortische.

»Ich hole ihn«, sage ich hastig. Ich krieche unter den Tisch, aber ich kriege ihn nicht zu fassen.

»Hier«. Die Blonde von Tisch Nummer Sechs bückt sich und reicht mir einen Pingpongball. »Wir sind fertig, deswegen kannst du den hier haben.« Am liebsten würde ich sie dafür küssen.

»Äh, danke.«

Darleen wartet ungeduldig und beantwortet dabei die Fragen in ihrem Laborübungsbuch. Ich bin sicher, wir sollen die Fragen gemeinsam beantworten, wenn wir mit dem Labortest fertig sind, aber Darleen wartet nicht auf mich. Sie schweigt, während ich mich erneut für das Experiment bereit mache. Stattdessen hält sie bloß die Stoppuhr in der Hand und sagt, ohne mich anzusehen: »Zeit«.

Ich lasse das Auto und den Pingpongball genau gleichzeitig los. Ich bin mir absolut sicher. Darleen runzelt nur die Stirn.

Mein achter Versuch klappt. Darleen notiert zwei Zahlen in ihrem Laborübungsbuch, und ich muss mich darüber beugen, um zu sehen, wie die Messwerte lauten. Dann schreibe ich sie schnell in mein Buch, bevor ich sie vergesse.

»Was sagen sie aus?«, frage ich. Das klingt zwar wie eine gute Frage – eine Streberfrage –, aber Darleen wirft mir wieder diesen Blick zu. »Ich meine, was sagen diese, äh, Geschwindigkeiten über die Sachen aus?«

»Das wissen wir erst, wenn wir das Experiment beendet haben. Wir müssen es noch mit mindestens zwei weiteren Neigungswinkeln durchführen.«

»Noch mal?!«

Darleen nickt. Dann wirft sie einen Blick auf die Wanduhr.

»Oh Gott!«, sagt sie, und ich drehe mich um, weil ich fürchte, das irgendwas brennt.

»Was ist denn?!«

»Wir haben nur noch drei Minuten Zeit. Du hast die ganze Laborstunde verplempert! Ich fasse es nicht. Ich habe noch nie ein Laborexperiment nicht abgeschlossen.«

Sie wirkt sehr aufgebracht.

»Wir können es schnell beenden«, sage ich. »Wir brauchen nur abzuschreiben, was im Buch steht …«

In diesem Augenblick merke ich, dass Direktor Mallek hinter mir steht.

»Das nennt man Betrug, Mr Geller.«

Verflucht.

26

DIREKTOR MALLEK SCHICKT MICH ins Büro des Schulberaters. Außerdem gibt er Darleen und mir eine Fünf für das Laborexperiment.

»Ich kann dich echt nicht ausstehen«, sagt Darleen laut, während ich meine Bücher einsammle, und ich weiß, dass sie es auch so meint. Alle starren uns an, als ich den Raum verlasse. Mir ist ein bisschen übel.

Die ganze zweite Stunde über muss ich im Sekretariat warten. Aber sie sind so beschäftigt, dass sie mir schließlich einen Termin in der siebten Stunde geben. Dann muss ich noch einmal zwanzig Minuten warten, bevor ich endlich meinen Schulberater zu sprechen bekomme, der meinen Namen sofort wieder vergisst.

»Ja, Leroy. Erzählst du mir bitte etwas über deinen schulischen Werdegang? Sieht so aus, als wärst du eine Menge herumgekommen. Verrätst du mir noch einmal, wie das passieren konnte?«

Als ich schließlich in den Englischunterricht gehen kann, bin ich spät dran und gefrustet. Orlando liest der Klasse gerade etwas vor. Sobald ich das Klassenzimmer betrete, hält er inne und seufzt.

»Du kommst zu spät«, sagt er. (Als wüsste ich das nicht selbst.) Ich suche in meiner Tasche nach der schriftlichen Unterrichtsbefreiung, bevor mir klar wird, dass ich vergessen habe, mir eine zu besorgen.

»Shit«, murmle ich.

Orlando lässt das Buch sinken. »Wie bitte?«

Ich blicke auf. »Was? Ach, nichts. Ich meine, ich habe vergessen, mir eine Unterrichtsbefreiung geben zu lassen.«

»Wo warst du?«

»Beim Schulberater.«

Orlando zögert. »Dieses Mal mache ich eine Ausnahme, aber wenn es noch einmal vorkommt ...«

Ich nicke und gehe die erste Reihe des Klassenzimmers entlang, um mich an meinen Tisch zu setzen. Orlando fängt wieder an vorzulesen, aber ich kann mich nicht konzentrieren. Darleen kann mich jetzt noch weniger ausstehen als vorher, und wenn ich Darleen nicht beeindrucken kann, dann werde ich meinen Vater nie beeindrucken können. Und weil ich es mir mit Tante Pete schon einmal verdorben habe, heißt das, dass er mich beim nächsten Mal mit Sicherheit vor die Tür setzt und ...

»Liam! Wo ist dein Buch?«

Orlando steht direkt vor meinem Tisch.

Buch? Oh, verdammt ...

»Ich habe es vergessen.«

»Es scheint mir, als hättest du es auch gestern, vorgestern und an jedem anderen Tag dieser Woche vergessen. Hallo?«

Die ganze Klasse kichert.

»Sag mir eines, Liam«, fragt Orlando und klopft mit einem Finger auf meine Tischplatte. »Wie heißt das Buch, das wir gerade lesen?«

Ich erstarre. Was soll diese Fangfrage? Natürlich weiß ich, wie das Buch heißt, das wir gerade lesen. Irgendwas von Shakespeare. Etwas, das sich schwer liest, und deswegen werde ich es am Abend vor der Prüfung von Anfang bis Ende lesen.

»Keine Erinnerung daran?«, erkundigt sich Orlando. »Wie wäre es mit der Titelseite? Irgendeine Vorstellung davon, wie sie aussehen könnte?«

In meinem Kopf herrscht gähnende Leere. Ich bin mir sicher, dass ich die Antwort weiß, aber der Nebel in meinem Hirn löst sich nicht auf. Deswegen sehe ich meine Nachbarin an, und die hält mir den Buchdeckel hin, damit ich die Titelseite sehen kann.

»Weiß?«, rate ich.

»Ich habe eine Idee«, sagt Orlando und klopft auf meine Tischplatte. »Warum gehst du nicht zurück ins Sekretariat der Schulberatung und lässt dich erst dann wieder in meinem Unterricht blicken, wenn du das Buch, das wir gerade lesen – *Hamlet* – sowie den Grammatikführer von Strunk und White, den ich in eurem Unterrichtsplan empfohlen habe, und ein Heft mitbringst. Wie wäre das?«

Das ist zwar keine richtige Frage, aber wenigstens erwartet Orlando auch keine Antwort.

27

ALS ICH NACH HAUSE KOMME, sitzt Pete auf der Couch und sieht fern.

»Wie war dein Tag?«, ruft er aus dem Wohnzimmer, als das Fliegengitter der Haustür mit einem Knall zuschlägt. Ich zucke die Achseln. Ich gehe zum Kühlschrank, um mir eine Diätcola zu holen, aber es gibt nur Bier, also nehme ich Orangensaft.

»Es ist Freitagabend«, sagt Pete und stößt einen Heuler aus, der wie ›Juhu‹ klingen soll. »Hast du schon irgendwelche Pläne?«

Ich schüttele den Kopf.

»Ich habe heute Nacht frei«, sagt er. »Der Sender bringt eine Wunschsendung mit Musik der Achtziger. Die Jungs und ich haben uns gedacht, dass wir vielleicht ins Einkaufszentrum von Hillsborough fahren, um ein bisschen shoppen zu gehen. Hast du Lust?«

Das ist eindeutig irgendeine Falle, aber jede Faser meines Seins fiebert danach, Ja zu sagen. Eine Chance, aus dem Mobilheim herauszukommen, ist zu gut, als dass ich sie vertun dürfte. Es gibt da nur ein Problem.

»Kommt Orlando auch mit?«, frage ich.

»Ja. Stimmt irgendwas nicht?«

Ich schüttele den Kopf. »Natürlich nicht. Ich dachte nur ... du weißt schon, vielleicht hat er ja was anderes vor oder so.«

Tante Pete sieht mich misstrauisch an. »Nein. Er kommt definitiv mit. Hast du damit ein Problem?«

Ich verschütte etwas Orangensaft auf mein Hemd. Es ist eins von Ralph Lauren, weil ich heute auf meiner Kleiderstange nichts Schlimmeres finden konnte. Fluchend renne ich zur Spüle, um die Stelle auszuwaschen, bevor sich der Fleck festsetzt, aber irgendwann höre ich auf zu rubbeln und finde mich mit der großen verfärbten Stelle ab. Ich ziehe das Hemd aus und werfe es in den Mülleimer. Man kann schließlich kein Designerhemd mit einem Fleck darauf tragen.

»Nein, kein Problem«, sage ich. »Ich glaube nur, dass Orlando mich nicht mag. Er hat mich heute Nachmittag aus der Klasse verwiesen.«

Tante Pete reißt vor Überraschung die Augen auf. »Orlando hat dich in Englisch rausgeworfen?«

Ich nicke. »Ja. Weil ich mein Buch vergessen hatte. Als könnte das nicht jedem mal passieren.« Ich nehme mir meine Hemden vor, bis ich einen passenden Ersatz finde. Ich bin gerade dabei, ein elegantes schwarzes T-Shirt mit V-Ausschnitt in Erwägung zu ziehen, als die Haustür aufgeht und Eddie und Dino eintreten.

»Ich bin sicher, alles wird gut laufen«, sagt Pete und wirft mir einen kurzen Blick zu. »Konzentriere du dich darauf, das perfekteste Hemd im Universum herauszusuchen, und ich sorge dafür, dass mein Freund dein vollkommen unschuldiges kleines Ich nicht belästigt, okay?«

Ich nicke. Was Pete jedoch nicht weiß, ist, dass mein Problem nicht ist, das perfekteste Hemd rauszusuchen, sondern das schlimmstmögliche – und ehrlich gesagt habe ich davon keine. Tatsächlich ist meine ganze Garderobe viel zu chic für einen Außenseiter. Shoppen ist eindeutig angesagt.

Aus der Küche ertönt ein Pfeifen, und als ich hinsehe, schaut Eddie mich an und schüttelt den Kopf.

»Zuckerpüppchen, woher hast du denn die Bauchmuskeln?«,

fragt er. Eddie hat sich heute ganz in Silber gekleidet. Ohne Witz. Seine Schuhe, die Hose, das Hemd, die Sonnenbrille … alles silbern.

»Ich habe auch ganz gute Bauchmuskeln«, sagt Dino beiläufig.

Pete schnaubt verächtlich.

»Das ist wahr«, beharrt Dino. »Man sieht sie bloß nicht unter dem Bierbauch, aber ich mache jeden Abend an die zehn Sit-ups.«

»Du hast noch nie einen einzigen Sit-up gemacht!«, behauptet Eddie und lässt seine Sonnenbrille auf dem Nasenrücken herunterrutschen.

»Ach ja? Komm, Liam. Ich besiege dich hier und jetzt. Ich bin eine Sit-up-Maschine.«

Dino spannt seine Armmuskeln an, die beeindruckend umfangreich sind, auch wenn das mit Sit-ups rein gar nichts zu tun hat. Als Orlando schließlich eintrifft, keuchen Dino und ich auf dem Boden, während Eddie und Pete unsere Sit-ups zählen.

»… fünf … sechs … siebeneinhalb … sieben … siebeneinviertel …«

»… vierunddreißig … fünfunddreißig … sechsunddreißig …«

Orlando kommt rein und lässt sich auf das Sofa fallen.

»Ich möchte gar nicht wissen, was hier läuft.« Er lehnt sich zurück und schließt die Augen. Er wirkt, als hätte er einen harten Tag hinter sich, und für einen Moment habe ich ein schlechtes Gewissen. Dino bleibt erschöpft auf dem Boden liegen.

»Wir müssen das später fortsetzen«, sagt er. »Orlando ist da, also sollten wir aufbrechen.«

»Genau. Schließlich wollen wir nicht zu spät zum Einkaufszentrum kommen«, sagt Pete voller Sarkasmus. »Wir haben nur noch viereinhalb Stunden Zeit zum Shoppen.«

Ich stehe auf, ziehe ein Hemd an und folge den Jungs nach

draußen. Ich bemühe mich, Orlandos Blick auszuweichen, doch der pufft mich in den Arm und sagt: »Ich hatte alles auf dich gewettet.«

Dann zwängen sich alle in den Nissan. Ich kann es nicht glauben. Wir können doch nicht alle im selben Auto fahren! Schlimm genug, dass der betreffende Wagen ein 1990er Modell mit Zebrastreifen ist – er hat auch nicht genug Platz für vier große Männer und Eddie.

Pete hupt laut.

»Quetscht euch rein«, ruft er, während ich noch mit offenem Mund dastehe. Dann dreht er sich um und schreit: »Macht dahinten Platz!«

Ich hole tief Luft und zwänge mich neben Dino ins Auto. Ich bete zu Gott, dass Darleen in diesem Augenblick zur Tür herauskommt, aber das tut sie natürlich nicht. Stattdessen halte ich auf der ganzen Fahrt den Atem an, während die Jungs bei offenen Fenstern schallend singen.

»Sing mit«, fordert Dino mich auf, als wir schon fast angekommen sind. Dann sagt er: »Lasst uns ein Lied singen, das Liam kennt.«

Am liebsten würde ich in der Ritze des Rücksitzes verschwinden. Zum Glück haben wir zu dem Zeitpunkt, als sie sich endlich auf ein Lied geeinigt haben, dessen Wortlaut ich kennen könnte, den Parkplatz erreicht.

»Hebt es euch für die Heimfahrt auf«, sagt Pete und fährt diagonal in eine Parklücke. Ich öffne die Tür und springe raus, als würde mein Leben davon abhängen.

Das Einkaufszentrum ist eine dieser alten Malls, in denen alles auf einer Etage liegt und die Hälfte der Geschäfte seit Jahren leer steht. Im Gebäude ist es ziemlich dunkel, und in einem riesigen ausgetrockneten Brunnen schimmern Münzen. Ich blicke nach links und rechts, während Eddie mir tröstend die Hand auf die Schulter legt.

»Tut mir leid«, sagt er. »Mehr gibt es hier nicht.«

Mein erster Gedanke ist: *Ich kann nicht glauben, dass es Einkaufszentren wie dieses wirklich gibt.* Aber als ich mir die Läden näher ansehe – JCPenney, Sears, Karl's Shirt Emporium, Payless –, dämmert mir, dass ich hier genau richtig bin.

»Im Gegenteil«, sage ich. »Es ist perfekt.«

Pete runzelt die Stirn, sagt aber nichts, während ich Eddie und Dino von einem Geschäft zum anderen folge. Ich habe kein Vertrauen in meine eigene Fähigkeit, grauenhafte Klamotten auszusuchen, aber ich sage mir, dass ich mit den Jungs nichts falsch machen kann.

Im Shirt Emporium zieht Eddie ein Hemd von der Stange.

»Wenn ich du wäre, Liam«, sagt er, »dann würde ich meine Garderobe ein bisschen aufpeppen. Natürlich hast du einen sehr guten Geschmack, und deswegen versuche ich erst gar nicht, dir vorzuschreiben, was du tun sollst, aber dieses Hemd würde dir wirklich stehen …«

Er hält ein Hemd mit Knöpfen hoch. Es ist grellpink mit schwarzen Streifen.

»Findest du?«, frage ich und tue so, als müsste ich es mir noch überlegen. »Also gut – ich nehme es.«

»Und was ist mit dem hier?« Dino hält ein T-Shirt hoch, auf dessen Vorderseite ein Totenkopf prangt.

»Au ja, das ist krass!« Ich lege es auf meinen Stapel.

Pete steht im Abseits und beobachtet mich. Immer mal wieder sagt er: »Ich bin nicht sicher, ob das zu dir passt«, und bevor ich meine Sachen an die Kasse bringe, fragt er: »Bist du dir wirklich sicher, dass du das alles haben willst?«

Ich nicke und gehe an die Kasse, um meinen Riesenstapel an

schrecklichen Hemden zu bezahlen. Zum Glück ist das Zeug lächerlich billig. Sie haben gerade Ausverkauf – fünf Hemden für zwanzig Dollar.

»Wer möchte sich Schuhe ansehen?«, frage ich, nachdem ich bezahlt habe. Eddie hebt die Hand, doch Pete und Orlando tauschen einen Blick.

»Vielleicht sollten wir uns trennen«, sagt Orlando. »Eddie, Dino und ich können uns die Staubsauger bei Sears ansehen. Hast du nicht gesagt, du brauchst einen neuen, Ed?«

Eddie schüttelt zwar den Kopf, doch Pete und Orlando übersehen es.

»Liam und ich gehen rüber ins Schuhgeschäft«, sagt Pete. »Wir treffen uns später bei Friendly's.«

Orlando küsst Pete zum Abschied, dann gehen die Jungs los. Eddie wirft noch einen Blick zurück. Für einen Moment bleiben Tante Pete und ich draußen stehen. Das Einkaufszentrum wirkt plötzlich wie ausgestorben.

»Das Schuhgeschäft ist da drüben«, sagt Pete und zeigt in die andere Richtung.

Wir gehen eine Weile, ohne etwas zu sagen. Als wir den Laden erreicht haben, hustet er nervös. Er bleibt vor einem Tisch voller Damenpumps stehen und streichelt sehnsüchtig einen Schuh. Dann geht er weiter, aber er kehrt immer wieder zu diesem Schuh zurück. Schließlich holt er tief Luft.

»Hör mal«, sagt er. »Du musst die Jungs nicht beeindrucken. Ich meine, indem du diese Sachen kaufst. Falls sie es sind, die du damit beeindrucken willst. Es ist nur ... na ja ... wir mögen dich so, wie du bist. Ich weiß, das klingt kitschig, aber manchmal sprechen Menschen es nicht aus und dann ...« Er stockt. »Ach, verdammt.«

Das ist so ziemlich das Netteste, das man mir jemals gesagt hat. Ich bin zwar nicht sicher, ob ich es glauben kann, aber wenigstens hat Pete sich angestrengt, um zu schwindeln. Ich muss schwer schlucken und wende mich für eine Sekunde ab. Als ich mich wieder umdrehe, mache ich eine nickende Kopfbewegung in Richtung der Schuhe.

»Die sehen gut aus.«

Pete sieht auf und runzelt die Stirn. Sein Gesichtsausdruck ist mir irgendwie vertraut, und zuerst weiß ich nicht warum, aber dann merke ich, dass ich das Gesicht genauso verziehe, wenn ich nicht sicher bin, ob sich jemand über mich lustig macht oder nicht.

»Sie gefallen mir echt. Ich meine, sie sind zwar eine billige Nachahmung des Originals, aber ich könnte wetten, dass sie den Modellen nachempfunden sind, die vor ein paar Jahren in der Frühlingsmodenschau in Paris gezeigt wurden. In dem Jahr war Glamour das Thema. Im Stil von Liberace. Der totale Glitzerchic.«

Ich bleibe einen Augenblick stehen, als die Erinnerungen wiederkommen. Mom und ich waren zurück nach Paris geflogen, um ein paar Freunde von ihr zu besuchen, und ich ging mit ihr auf fast alle Modeschauen. Ich erinnere mich wieder an die Farben und die Geräusche. Die Lichter auf dem Laufsteg. Tante Pete hätte total hineingepasst.

Plötzlich spüre ich den Drang, genau das Richtige zu sagen.

»Willst du wissen, was diesen Schuh so besonders macht?«, frage ich und nehme ihn in die Hand.

Pete sieht mich an, als wäre ich verrückt. Er hat lauter cooles Zeug gesagt, und jetzt will ich über Schuhe reden? Doch dann nickt er.

»Sicher«, sagt er. »Sag es mir.«

Ich drehe den Schuh um, damit Pete ihn sich genau ansehen kann.

»Es sind nicht nur die Strasssteine, auch wenn die toll aussehen. Es ist die Tatsache, dass ein ganz gewöhnlicher Pump mit Strass besetzt ist. Sie peppen etwas Alltägliches auf. Darum ging es bei den Modenschauen dieser Saison. Etwas Gewöhnliches mit etwas Außergewöhnlichem aufzupeppen.«

Ich reiche Tante Pete den Schuh.

»Ich finde, du solltest sie kaufen. Sie passen zu deinem roten Kleid.«

Er nimmt den Schuh und hält ihn in seiner rauen Hand, als sei er etwas ganz Besonderes. Zum ersten Mal sieht er mich nicht so an, als wäre ich eine Art Parasit, der sich über Nacht in seinem Leben ausgebreitet hat.

»Danke«, sagt er. »Ich glaube, ich nehme sie.«

28

AUF DER HEIMFAHRT lassen wir wieder die Fenster offen, und die laue Nachtluft strömt ins Auto. Wir haben uns bei Friendly's alle mit fettigem Essen vollgestopft, und Pete hat das Radio voll aufgedreht. Er lässt WXKJ laufen, wo die Marathonsendung mit Songs aus den Achtzigern läuft, und die Musik ist furchtbar, aber die Jungs singen trotzdem mit. Dann furzt Dino ganz laut, und wir alle lachen, bis wir Bauchschmerzen haben.

Als wir zu Petes Mobilheim zurückkommen, quellen wir aus dem Nissan, der mit Tüten voller Kleidungsstücken und Schuhkartons beladen ist. Pete trägt schon seine neuen roten Stöckelschuhe und hält die Fliegengittertür mit einem strassbesetzten Fuß auf, während alle ins Haus stolpern. Das Telefon klingelt, und alle versuchen, es rechtzeitig zu erreichen, ohne überall Einkaufstüten fallen zu lassen.

Eddie hebt den Hörer ab und gibt ihn mir.

»Es ist für dich.«

Immer noch grinsend und bemüht, nicht zu stolpern, nehme ich ihn entgegen.

»Hallo?«, sage ich ein bisschen zu laut.

»Liam?«

»Dad?«

Pete blickt auf, und von einer Sekunde auf die andere erstirbt die ganze fröhliche Stimmung.

»Dad?«, wiederhole ich. »Ich bin so froh, dass du endlich anrufst. Ich wollte mit dir reden.«

»Lass das.«

Dads Stimme klingt scharf, und ich stocke.

»Was soll ich lassen? Ich hab bloß gesagt, dass ich froh bin, dass du –«

»Was zum Teufel machst du?«

»Ich ... Was meinst du damit, was ich mache? Ich mache mich gut, im Großen und Ganzen. Hast du meine Nachricht erhalten?«

»Ist dir klar, wie demütigend das für mich ist?«

»Was denn? Warte mal.« Ich verstehe kein Wort. »Was ist demütigend für dich? Ich sagte, ich –«

»Dein Schulberater hat angerufen. Er wollte mit deinem Vater sprechen, weil du Anpassungsschwierigkeiten hast. Er hat gesagt, du wärst am ersten Schultag nicht erschienen, dann wäre dir das Recht entzogen worden, den Schulbus zu benutzen, und heute hätte er eine lange Unterredung mit dir gehabt, nachdem du vom Unterricht ausgeschlossen worden bist.« Dad macht eine Pause. »Anpassungsschwierigkeiten, Liam?«, fragt er. »Waren die letzten siebzehn Jahre etwa Anpassungsschwierigkeiten?«

Ich hole tief Luft. *Erwartet er darauf wirklich eine Antwort?*

»Soll ich dir auch sagen, wann dein Schulberater mich angerufen hat?«, fragt Dad. »Er hat während einer wichtigen Besprechung angerufen. Ich sitze gerade mit meinen Kollegen am Konferenztisch, als die Sekretärin das Meeting unterbricht, um mir zu sagen, dass die Schule meines Sohnes am Telefon ist. Nachdem sie das gesagt hatte, konnte ich wohl schwerlich das Gespräch ablehnen, oder?«

Ich schüttele den Kopf, auch wenn ich weiß, dass er es nicht sehen kann.

»Wie dein Schulberater gesagt hat, bist du auch wegen Abschreiben ermahnt worden, und jetzt haben sie deine Akte durchgesehen und glauben, dass du vielleicht eine Therapie machen solltest. Kannst du dir vorstellen, wie ich mich jetzt fühle?«

Ich bemühe mich redlich, eine ernste Miene zu wahren.

»Ich weiß nicht. Beschämt? Dad, bitte –«

»Du weißt es nicht? Ich habe dir alles gegeben. Ich habe deine vielen Partys ertragen, und die zahlreichen Mädchen, mit denen du schläfst, und dass du betrunken Auto fährst ...«

Ich halte den Hörer auf Distanz. Diesen Teil kenne ich schon, und deswegen denke ich ihn mir, bis ich ziemlich sicher bin, dass Dad am Ende seiner Standpauke angekommen ist. Dann lege ich den Hörer wieder ans Ohr.

»Du hast recht«, sage ich. »Ich weiß, dass du recht hast. Es tut mir leid, dass sie dich im Büro angerufen haben, aber wenn du mir nur eine Chance gibst, werde ich mich bessern. Ich habe hier lauter neue Freunde. Intelligente Freunde. Und ich werde mich für irgendeinen Zusatzkurs in der Schule anmelden. Vielleicht einer AG beitreten.«

Dad seufzt. »Ich glaube kaum, dass du in eine AG aufgenommen wirst.«

Die Bemerkung tut zwar weh, aber ich ignoriere sie.

»Ich verspreche es, Dad. Ich bin dabei, mich zu bessern.«

Eine lange Schweigepause entsteht. Dann atmet Dad hörbar langsam aus.

»Sag mir eines. Hat deine Mutter dir gesagt, du sollst Peter anrufen?«, fragt er.

Die Frage kommt völlig unerwartet, und ich würde ihn gerne fragen, was das mit dem anderen zu tun hat, aber ich lasse es.

»Nein«, sage ich. »Mom wusste gar nichts davon. Ich war derjenige, der Pete anrufen wollte.«

Dad lacht müde. »Du verteidigst sie immer«, sagt er und macht eine Pause. »Nun ja, ganz offensichtlich hat sich das Ganze als ein Desaster entpuppt, und wenn du mich gefragt hättest, dann hätte ich dir das vorher sagen können.«

Ich wickle mir die Telefonschnur um die Finger, bis sie fast völlig abgeschnürt sind. Ich wage nicht zu atmen und warte darauf, was Dad als Nächstes sagen wird.

»Irgendwann wirst du eine Entscheidung treffen, aus der du dich nicht mehr herauswinden kannst«, sagt er. »Du bist egoistisch, unzuverlässig und verzogen, und wenn du dich nicht änderst, wird aus dir nichts werden. Hast du das verstanden?«

Ich nicke ins Telefon.

»Ich habe dich etwas gefragt.«

»Ja. Ich habe es verstanden.«

»Gut.«

Für einen Moment schweigt er.

»Liam«, sagt Dad schließlich mit ruhiger, kalter Stimme, »ich habe nicht vor zuzulassen, dass mein Bruder, der in seinem ganzen Leben noch nie etwas Vernünftiges getan hat, einen Schwulen aus dir macht, der in einer verdammten Wohnwagensiedlung mitten in der Pampa lebt. Du brauchst strenge Regeln. Basta. Und *Pete* kann dir das mit Sicherheit nicht geben. Noch ein Fehler, und du landest in Nevada.«

Voller Unbehagen winde ich mich und werfe Tante Pete einen Blick zu. Ich weiß zwar, dass er nicht hören konnte, was Dad gerade gesagt hat, aber meine Wangen brennen trotzdem vor Scham. Wie es aussieht, muss Dino ihn festhalten, damit er mir nicht den Hörer aus der Hand reißt.

Ich drehe mich wieder um. »Das wird nicht passieren.«

Dad räuspert sich laut.

»Ich weiß, dass ich es später bereuen werde«, sagt er schließlich, »und ich warne dich – wenn du in deinen Fächern durchfällst und wenn dein Onkel nicht endlich aufhört mich zu ärgern, indem er diese albernen Spielchen spielt ... Wenn ihm klar wird, dass es gar nicht so leicht ist, Vater zu sein ...«

Dad spricht den Rest seiner Drohung zwar nicht aus, aber ich nicke trotzdem.

»Ich habe verstanden«, sage ich. »Danke für ...« Eigentlich müsste ich mich jetzt bei Dad für irgendwas bedanken, da bin ich sicher, aber mir fällt nichts ein. »Danke für deinen Anruf«, sage ich schließlich.

Dad schnaubt verächtlich. Seine Antenne für Ausreden hat die hier im Nu aufgespürt, aber er hat die Schnauze voll von mir, also legt er nur noch auf. Für eine Sekunde mache ich die Augen zu und lege dann sachte den Hörer auf. Als ich die Augen wieder aufmache, steht Pete direkt neben mir.

»Was zum Teufel hat er gesagt?«, fragt er.

Ich zucke die Achseln. »Mein Schulberater hat ihn angerufen. Das hat ihm nicht gefallen.«

Pete kneift die Augen zusammen und sieht mich prüfend an. »Hat er dir das Hirn mit einem Haufen Schwachsinn zugemüllt?«, will er wissen. »Hat er dir gesagt, du wärst nicht gut genug oder nicht schlau genug ...«

Ich weiß zwar, dass Pete es nur gut meint, aber Dad hat bloß die Wahrheit gesagt.

»Es ist nicht weiter wichtig«, sage ich, und in diesem Moment lüge ich noch nicht mal. Es fühlt sich nicht wichtig an.

»Ich gehe ins Bett«, sage ich. »Danke, dass ihr mich ins Einkaufszentrum mitgenommen habt.«

Pete trommelt mit den Fingern auf die Küchentheke, und die Jungs werfen sich vielsagende Blicke zu.

»Liam –«, setzt Pete an, aber ich bin schon weg.

29

AM MONTAG BEKOMME ICH DIE CHANCE, meinen guten Ruf zu tilgen. Vielleicht meine letzte Chance. Ausgerüstet mit meinen neuen Klamotten gehe ich in die Schule wie Rocky, der sich auf den großen Kampf vorbereitet. Es gibt da nur ein Problem. Ich habe Dad erzählt, ich würde einer AG beitreten, und bisher ist mir keine eingefallen, die mich aufnehmen würde. Ich spiele kein Schach, debattiere nicht gerne, verstehe nichts von Politik und werde es mit Sicherheit nicht in die Ehrenverbindung der Schule schaffen.

Zum Glück findet sich bei Schulbeginn in meinem eigenen Klassenzimmer eine Lösung.

Als die Schulnachrichten anfangen, döse ich ein, und deswegen hätte ich beinahe verpasst, dass etwas schiefläuft. Als ich schließlich merke, dass die ganze Klasse vor Lachen brüllt, muss ich mich zu dem Typ neben mir beugen, um ihn zu fragen, was los ist.

Er schnaubt verächtlich. »Romer hat gerade sein Mikro fallenlassen und musste unter den Tisch kriechen, um es zu holen. Und dann hat die Kamera mit dem Zoom eine Großaufnahme von seinem Hintern gemacht. Was für ein Idiot!«

Trotz meines vernebelten Zustands spitze ich die Ohren.

»Wer ist eigentlich für die Schulnachrichten zuständig?«

Der Junge lacht. »Die Technikeridioten«, sagt er verächtlich. »Ich meine, die Nachrichten-AG.« Er knüllt ein Blatt Papier zusammen und zielt damit auf die Leinwand, während ein anderer Typ in die Hand hustet. »Loser.«

Jetzt wache ich richtig auf. *Dad* war Mitglied in der Nachrichten-AG seiner Schule. Ich weiß noch, dass er mal erwähnt hat, wie gut die AG ihn auf seine Karriere als öffentlicher Redner vorbereitet hat.

Ich sehe in die vorderste Reihe. Dort sieht sich Darleen mit verschränkten Armen die Schulnachrichten an. Von Zeit zu Zeit dreht sie sich um und wirft den Schülern, die sich darüber lustig machen, erboste Blicke zu. Ich bemühe mich, absolut harmlos zu wirken und aufmerksam auf die Leinwand zu schauen. Ich möchte diese Kids gernhaben, ganz ehrlich, aber sie sind wirklich ziemlich dämlich. Zum einen sitzt der Typ, der das Mikro fallen gelassen hat, nie still. Er rutscht auf seinem Sitz hin und her, als müsste er dringend pinkeln, und blickt kein einziges Mal von seinem Blatt auf. Als er schließlich doch aufsieht, sehe ich, dass er Glubschaugen hat. Er trägt Schlips und Jackett, obwohl es draußen heiß ist, und was noch schlimmer ist: Seine Jacke ist dunkelgrau – eine Winterfarbe, keine Herbstfarbe.

»Schwachköpfe«, sagt ein Mädchen gähnend.

Dann fängt ein dürrer Junge mit Sommersprossen und Zahnspange an, die Sportnachrichten vorzulesen. Er ist noch schlimmer als sein Vorgänger – wenn das überhaupt möglich ist. Er sagt ›Probe‹, wenn er ›Training‹ meint, und liest ›Variante‹ statt ›Variable‹ vor. Ich schüttele den Kopf und frage mich, warum ich vorher noch nicht darauf gekommen bin …

Dann halte ich inne und gehe alles sehr sorgfältig durch, nur um sicherzugehen. *Könnte diese Idee auf irgendeine Weise zu Anpassungsschwierigkeiten führen?* Nein, ich bin sicher, dass das unmöglich ist. *Könnte diese Idee auf irgendeine Weise dazu führen, dass ich zu spät in den Unterricht komme, eine Schulstunde versäume oder den Unterricht störe?* Nein. Ich bin sogar ziemlich sicher, dass ich dafür früher kommen müsste, und dass die Lehrer das für ein Zeichen von Verantwortungsbewusstsein halten werden. Letzte Frage: *Ist es möglich, dass die Sache irgendwie danebengeht?*

Wohl kaum. Wenn ich meine Idee umsetze, werden alle in mir den fleißigen Streber sehen, und ich werde lauter neue unbeliebte Freunde gewinnen.

Die Sache ist entschieden.

Ich werde der Nachrichten-AG beitreten.

Aber zuerst muss ich Romer finden.

Den restlichen Vormittag über suche ich ihn auf allen Korridoren, aber ich finde ihn erst beim Mittagessen. Er sitzt neben dem dünnen Jungen an einem langen Tisch, an dem sonst niemand sitzt. Ich zwänge mich durch die Schlange, die für das Essen ansteht, und habe vor, mich an ihren Tisch zu setzen. Doch als ich aus der Schlange trete, winken mich Joe und Nikki zu sich. Jen sitzt mit ein paar Cheerleadern am anderen Ende des Tischs. Heute findet irgendeine Cheerleader-Veranstaltung statt, deswegen tragen alle ihre Uniformen.

Ich starre auf den Platz, den sie für mich geräumt haben.

»Hey, sorry, ich würde mich ja gern setzen, aber …«

»Aber was?«, fragt Jen.

»Ach, nichts. Ich meine, ich habe schon meinen Kumpels da drüben versprochen, dass ich mich zu ihnen setze. Tut mir leid.« Ich hebe entschuldigend die Schultern, und alle sehen mich verwirrt an.

»Welche Kumpels?«, fragt Nikki und sieht sich suchend in der Cafeteria um. Ich zeige mit dem Kopf auf die beiden Typen, die vorhin die Schulnachrichten vorgelesen haben.

»Du weißt schon … die da.« Ich lächle. »Also, bis dann!«

Alle starren mich an, als hätte ich gerade angekündigt, mein Mittagessen im Lehrerzimmer einzunehmen, aber ich trage mein Tablett gelassen quer durch den Raum und setze mich neben die beiden Jungen.

»Macht es euch was aus, wenn ich mich zu euch setze?«, frage ich. Keiner von beiden antwortet. Romer wirkt wieder, als müsste er dringend pinkeln, und beide rücken ihre Tabletts von meinem weg.

Ich atme tief aus. »Cool«, sage ich und strecke ihnen die Hand hin. »Liam Geller.« Keiner von beiden rührt sich, also fange ich mit der mühsamen Aufgabe an, jedes Fitzelchen Fleisch von meinem Hackbrötchen runterzukratzen. Ich hatte zwar um ein Brötchen ohne Fleisch gebeten, aber die Bedienung in der Cafeteria hat mich nur wütend angesehen.

»Ich bin neu hier«, sage ich. »Ich hab euch heute Vormittag die Schulnachrichten vorlesen sehen und mir gedacht: *Liam, du solltest dich mit den beiden zusammentun.* Deswegen hab ich jetzt, als ich euch hier sitzen sah ...«

Der Dünne starrt wie gebannt auf irgendwas.

Ich weiß nicht, was er anstarrt, aber ich bekomme das Gefühl, dass mein Essen ihn verwirrt. Ich habe nicht nur das ganze Hackfleisch von meinem Hackbrötchen entfernt, sondern auch die Sahne von meinem Schokopudding gekratzt.

»Ich bin Vegetarier«, erkläre ich. »Und die Schlagsahne besteht nur aus Fettkalorien und künstlichen Geschmacksaromen.« Ich werfe einen Blick auf Romers Tablett. »Cholesterin«, sage ich, während ich auf das Fleisch zeige und den Kopf schüttele. »Außerdem weiß man nie, womit sie heutzutage die Tiere füttern. Hormone, Antibiotika ...« Ich unterbreche mich, weil mir plötzlich bewusst wird, dass meine neuen Freunde in den letzten fünf Minuten noch nicht mal geblinzelt haben.

»Und wie heißt ihr?«

Romer stottert: »R… r… Raymond Romer.«

Der zweite Junge bekommt Schluckauf und lässt seinen Blick wieder verzweifelt in der Cafeteria umherschweifen.

»Simon. Simon.«

Simon Simon?, wundere ich mich. Oder hat er nur seinen Vornamen wiederholt?

»Super«, sage ich und leere meinen Milchkarton. »Also, wie kann ich bei eurer AG mitmachen?«

Raymond sieht Simon an, und Simon sieht Raymond an.

»Wir sind schon voll«, sagt Raymond.

»Wie – voll?«, frage ich. »Wie könnt ihr voll sein? Wer ist denn sonst noch Mitglied der AG?«

Raymond hustet und rückt sein Tablett noch zwei Zentimeter weiter von meinem weg.

»Simon und ich.«

Zwei Mitglieder? *Machen sich die beiden etwa über mich lustig*? Ich betrachte mein Tablett und denke nach. Wenn sie das tun, dann bleiben mir mehrere Möglichkeiten: 1. Ich lasse zu, dass sie damit durchkommen. Dann werde ich meine glänzende Idee nie umsetzen können. 2. Ich vertrimme sie gründlich, aber das ist nicht mein Stil. Mir bleibt also nur eins übrig, und auch wenn ich diese dritte Möglichkeit nur sehr ungern anwende …

Ich stehe auf und recke mich zu meiner vollen Größe, während ich so tue, als würde ich gähnen. Als ich mich wieder hinsetze, setze ich mich so nahe wie möglich neben Raymond. Dann klopfe ich mit einem Finger gegen sein Tablett.

»Wollt ihr mich etwa nicht in eurer AG haben?«, frage ich und klopfe ein wenig schneller.

»Nein. Das haben wir nicht gesagt«, sagt Raymond.

»Das hat er nicht gesagt«, wiederholt Simon.

Ich bemühe mich, so zu tun, als würde ich darüber nachdenken. »Denn wenn ich du wäre«, sage ich schließlich, »und wenn es von uns nur zwei in meiner kleinen AG gäbe und ein Dritter beitreten wollte, dann würde ich ihn beitreten lassen.«

Raymond und Simon nicken hastig und wiederholt.

»Wir haben das nur gesagt, weil der Schulberater gesagt hat …«

»… man muss die Geräte bedienen können …«

Ich nehme Simons Milchkarton von seinem Tablett, öffne ihn und trinke die ganze Milch in einem Zug aus. Dann stelle ich den leeren Karton ab und fange an, Raymonds Pudding zu essen.

»Ich glaube nicht, dass ich die Geräte bedienen muss, wenn ich die Nachrichten vorlese, oder?«

»Nein. Nein. Hab ich das gesagt?«

»Wir haben nicht gemeint, dass *du* die Geräte bedienen müsstest.«

Grinsend lehne ich mich zurück.

»Klingt gut«, sage ich. »Das dachte ich mir. Also, wann soll ich da sein?«

Raymond senkt den Blick.

»Morgens. Halb neun. Ich stelle die Kamera auf, und Simon bearbeitet die Nachrichten. Wir filmen es live.«

»Super«, sage ich. »Um halb neun fange ich an.«

30

RAYMOND UND SIMON lassen mich anfangs nicht die Nachrichten vorlesen. Ich soll erst einmal jeden Tag in den Technikraum kommen, um ›Unterricht‹ zu nehmen, auch wenn ich nur die Nachrichten von einem Blatt Papier ablesen werde. Zum Glück nimmt mich Eddie morgens im Auto mit, da er zur gleichen Zeit zu seinem Laden fährt, um noch die Bestände zu prüfen, bevor er öffnet.

»Willst du dieses Nachrichtenzeugs wirklich machen?«, fragt er eines Morgens auf der Fahrt. »In deinem Alter hätte ich einen ziemlich starken Anreiz gebraucht, um so früh morgens den Hintern aus dem Bett zu kriegen.«

Ich zucke die Achseln. »Das macht mir nichts aus.«

»Also – wer macht da sonst noch mit? Gibt es da irgendein heißes Mädel oder so was?«

»Nein.« Ich muss lachen. »Es sind nur zwei Jungs, die das Ganze ziemlich schlecht machen. Sie wollen, dass ich erst mal lerne, wie die Geräte bedient werden, und Raymond hat sogar einen Test für mich ausgearbeitet. Man könnte fast glauben, sie würden mich auf den Arm nehmen, stimmt's? Aber das tun sie gar nicht. Raymond ist einfach total ehrgeizig, und Simon ist so was wie sein Handlanger und Bewunderer. Der will Raymond *sein*. Eigentlich sollte man nicht glauben, dass ein Typ wie Raymond einen Handlanger hat, aber beide lieben den ganzen technischen Schickschnack.«

»Und was ist mit dir?«, will Eddie wissen. »Findest du es auch toll?«

Ich zucke mit den Schultern. »Vielleicht«, sage ich, »wenn sie mich je die Ansage machen lassen.«

Eddie hält vor der Schule. »Bestimmt kriegst du bald deine Chance«, meint er, aber dabei sieht er mich so prüfend an, als wollte er etwas ganz anderes sagen.

»Liam«, fragt er schließlich, als ich aussteigen will, »bist du sicher, dass du weißt, was du tust?«

Das ist eine gute Frage, denn meistens würde die Antwort darauf ›Nein‹ lauten. Doch diesmal nicke ich lächelnd.

»Absolut. Ich habe alles im Griff.« Dann springe ich aus dem Auto und mache die Tür hinter mir zu.

Am nächsten Montagmorgen findet mein Debüt statt. Ich habe mir viele Gedanken gemacht und weiß jetzt genau, was Raymond und Simon falsch machen. Es sind nicht die Schulnachrichten, die von sich aus schlecht wären. Es ist eher die Tatsache, dass die beiden sie viel zu ernst nehmen. Okay, es sind Schulnachrichten – aber Raymond und Simon bemühen sich zu krampfhaft und wirken deshalb lächerlich.

Also lasse ich zum ersten Mal seit meiner Verwandlung Tante Petes T-Shirts und die Klamotten aus dem Einkaufszentrum auf meiner Kleiderstange hängen und ziehe mir stattdessen meine schönste faltenlose Gabardinehose aus gekämmter Baumwolle an, und dazu ein echt umwerfendes, eng anliegendes Jackett aus Moms Boutique – ein Einzelstück von einem jungen italienischen Designer –, darunter ein geknöpftes Nadelstreifenhemd von Burberry und einen schmalen schwarzen Schlips, der den Schnitt des Jacketts betont. Außerdem trage ich mein Lieblingsmodell von Cole Haan – italienische Schuhe, natürlich auf Hochglanz poliert –

und kämme mir nicht die Haare. Das Ensemble ist so overdressed für die Pineville High, dass es schon lächerlich ist. Jeder, der auch nur die geringste Ahnung von Mode hat, wird aus einer Meile Entfernung erkennen, dass meine Aufmachung übertrieben ist.

»Dieses Outfit passt schon eher zu dir«, bemerkt Eddie, als ich morgens das Haus verlasse. Er pfeift anerkennend und zieht die Augenbrauen so hoch, dass sie fast verschwinden.

»Heute ist mein Debüt vor der Kamera«, erkläre ich.

Eddie grinst. »Also, du bist mit Sicherheit … äh … gut vorbereitet.« Er lacht. »Ich bezweifle, dass je ein Burberry-Hemd in Pineville getragen worden ist. Und erst das Jackett …« Er pfeift noch einmal. »Bist du sicher, dass der Auftritt eine so perfekte Aufmachung verdient?«

Natürlich soll das ein Witz sein, aber es macht mir nichts aus. Schließlich weiß er nicht, dass diese ›perfekte Aufmachung‹ mein Eintritt in die Gruppe der Loser sein wird.

»Hals- und Beinbruch«, ruft Eddie mir nach und fährt weiter.

Ich winke ihm über die Schulter zu und gehe dann direkt zum Technikraum. Ich bin noch vor Raymond und Simon da. Als sie schließlich eintreffen, bin ich gut vorbereitet.

Ich setze mich neben Raymond an den Nachrichtentisch und warte darauf, dass Simon die Kamera einstellt. Da es mein erstes Mal vor der Kamera ist, ist unsere Fachberaterin dabei. Sie ist jung und trägt schicke Stricksachen. Sie lässt sich nur ganz selten blicken, weil der Technikraum Raymonds Reich ist, aber heute muss sie mein Debüt überwachen.

»Ich freue mich, dass du dich entschlossen hast, der Nachrichten-AG beizutreten«, sagt sie und mustert mein Jackett. »Raymond hat mir erzählt, dass du gern die Nachrichten vorlesen würdest. Du siehst gut aus.« Sie lächelt und fummelt an einem Stapel Papier herum.

»Ich bin voll und ganz für Nachrichten zu haben«, sage ich. »Nachrichten sind wichtig. Ohne sie geht gar nichts.«

Die Beraterin streicht sich eine Haarsträhne hinters Ohr und fasst sich an den Hals. »Ja, genau«, sagt sie. »Das finde ich auch.«

Ich grinse.

»Du solltest sie ein paar Mal lesen, bevor wir anfangen«, unterbricht uns Raymond. Er reicht mir mehrere Blätter. »Vergewissere dich, dass du alle Wörter verstehst. Ich kann dir helfen, falls du über irgendein Wort stolperst. Lies einfach langsam und sieh direkt in die Kamera. Es ist wichtig, dass du die Wörter deutlich aussprichst. Finden Sie nicht auch, Ms Peterson?«

Die Fachberaterin starrt mich an. »Was?«, fragt sie. »Ach so, ja natürlich – deutlich ist wichtig.«

Ich nicke und grinse Simon und Raymond an. »Keine Angst«, beruhige ich sie. »Ich habe alles im Griff.«

Doch Raymond bleibt skeptisch.

»Simon wird die Kamera bedienen«, sagt er, »und ich werde die Sportnachrichten vorlesen. Wenn du dich also verfranst, kann ich dir die richtige Stelle zeigen.« Er versucht, mir das Mikrofon ans Revers zu klemmen. »Wenn du willst, dass ich deinen Teil übernehme, gib mir unter dem Tisch einen Tritt. Aber bitte sanft. Kein Grund, nervös zu werden.« Schon zum vierten Mal hintereinander gleitet ihm das Mikro aus der schweißnassen Hand. Ich hebe es auf und klemme es mir sauber *unter* das Revers. Dann lasse ich das Kabel im Jackett verschwinden.

»Fertig.«

Die Beraterin lächelt mich schmachtend an, und Raymond nickt.

»Vergiss nicht, sorgfältig zu lesen«, ermahnt er mich noch einmal. »Bist du nervös? Du wirkst nervös.«

Ich schüttele den Kopf. Ich bin nicht nervös. Ich konzentriere mich darauf, welchen Gesichtsausdruck ich beim Vorlesen der Schulnachrichten rüberbringen will. Dramatisch? Aufrichtig? Sinnlich? Ja, *das* ist es.

»Okay. Das Licht kann jede Minute aufleuchten. Jeeeede Minute ... jeeeede ... ach, es ist schon an ...«

Raymond versetzt mir unter dem Tisch einen Tritt, und ich mache eine dramatische Pause. Dann beuge ich mich zur Kamera.

»Guten Morgen, Pineville High«, sage ich in meinem sinnlichsten Tonfall.

Raymond windet sich. Ich hätte »Guten Morgen, Pineville High*school*«, sagen sollen. Aber ich ignoriere ihn und fange an, aus dem Stehgreif zu sprechen.

»Es ist acht Uhr fünfundvierzig an einem Montagmorgen. Ich bin Liam Geller, und hier sind die Nachrichten.« Ich verändere leicht meine Position. »Zu den Meldungen des Tages. Vielversprechende Schüler der Abschlussklasse haben sich zum allerersten Modell-NATO-Ausschuss der Pineville Highschool zusammengeschlossen. Das Team wird Uganda repräsentieren.« Ich mache eine Pause, wie um die Wichtigkeit zu unterstreichen. »Es wird nach Washington, D. C. reisen, um diese so überaus wichtige Rolle zu spielen. Dies wird eine wahrhaft historische Mission.«

Ich ziehe den Augenblick in die Länge. Dann schaue ich wieder konzentriert und mit durchdringendem Blick in die Kamera.

»Weitere Meldungen sind, dass als warmes Mittagessen heute (bedeutungsvolle Pause) Rindergulasch, ein Brötchen, Götterspeise und (Pause) Milch serviert wird. Der Tütenlunch besteht heute aus (Pause) einem Schinkenbrot, einem Apfel, Chips und (Pause) Milch. Es gibt zwar kein vegetarisches Menü, aber wenn man ein warmes Mittagessen *und* einen Tütenlunch kauft, lässt sich daraus eine Mahlzeit zusammenstellen, die aus einem Brötchen, einem Apfel, Chips, Götterspeise und (Pause) Milch besteht.«

Ich lehne mich im Stuhl zurück.

»Und zu guter Letzt«, sage ich in gespieltem Ernst, »sollte sich jeder Schüler, der noch keine jährliche medizinische Untersuchung hatte, *bitte* heute vor Schulschluss im Büro der Krankenschwester melden. Heute ist der letzte Tag der Untersuchung.« Ich setze einen aufrichtig besorgten Gesichtsausdruck auf. »Denkt daran: Die Schuluntersuchung ist äußerst wichtig.«

Ich blicke zwar in die Kamera, passe aber auf, dass ich keinen starren Blick habe. Stattdessen sehe ich hinter sie und stelle mir meine Zuschauer vor.

»Damit sind die Schulnachrichten beendet«, sage ich. Dann halte ich inne, denn jetzt ist der Zeitpunkt für die Pointe gekommen. Ich werfe einen kurzen Blick auf die Fachberaterin, doch die hat das Kinn in die Hände gestützt, also gehe ich davon aus, mir einen letzten Höhepunkt leisten zu können, solange ich es rasch tue.

»Im Interesse der Vielfalt werden die Nachrichten jetzt auf Französisch wiederholt.« Ich hole tief Luft und stelle mir vor, in die *Hall of Fame* der Loser aufgenommen zu werden. Wer hätte gedacht, dass das Leben in Paris sich irgendwann auszahlen würde?

»*Bonjour, Pineville High.*«

Ich wiederhole den gesamten Text und sehe dann Raymond bedeutungsvoll an.

»Und jetzt zu Rambo Romer mit den Sportnachrichten, Rambo?«

Raymond rührt keinen Muskel. Er starrt mich an. Seine Froschaugen quellen aus den Höhlen, und seine schweißnassen Hände umklammern die Blätter, die vor ihm liegen. Abwartend lächle ich in die Kamera.

»*Pardonne-moi*«, sage ich schließlich. »*Et maintenant, Rambo Romer avec les sports.*«

Mit einer langsamen Bewegung wendet sich Raymond der Kamera zu.

»Die Probevorführung der Anwärter für die Ch… Ch… Cheerleadermannschaft der Elften ist heute von fünfzehn Uhr bis fünfzehn Uhr dreißig…«

Ich lehne mich zurück und warte, bis Raymond fertig ist. *Ausgezeichnet*, denke ich. *Perfekt gelaufen*. Ich warte, bis das kleine rote Licht ausgeht, klopfe Raymond auf den Rücken und stehe auf.

»Das war super«, sage ich und nehme mir das Mikrofon ab. Die Beraterin schmachtet mich immer noch an, und Simon kriegt den Mund nicht mehr zu. Raymond sieht aus, als würde er gleich in Ohnmacht fallen. »Wir sehen uns später, okay?«, sage ich. Es klingelt zum Unterricht, und ich beschließe, nicht länger hier rumzuhängen. Also gehe ich auf den Flur. Aus den Klassenzimmern schallt Gelächter, und die Schüler kommen auf die Korridore hinaus. Grinsend warte ich darauf, dass sie sich über mich lustig machen.

Je mehr Schüler auf den Flur strömen, desto lauter wird der Stimmenwirrwarr. Eine Gruppe Mädchen läuft kichernd an mir vorbei. Und dann höre ich es.

»Super gemacht, Liam!«

Ich bleibe auf der Stelle stehen, als ein Typ, den ich noch nicht mal kenne, mir auf den Rücken klopft.

»Das war cool, Mann.«

Einen Moment lang bin ich vollkommen verdattert. *Was*?, denke ich. *Das gibt's doch nicht*! Verdammt, ich habe die Schulnachrichten auf Französisch gebracht. Und ich habe sie *viel* zu ernst vorgetragen.

Joe Banks wirft einen Football quer durch den Flur, und ohne zu überlegen, fange ich ihn.

»Liam, du warst unglaublich!«, brüllt er. »Ich hab mir vor Lachen fast in die Hose gemacht.«

Endlich kapiere ich es. Ich gehe auf mein Schließfach zu, laufe immer schneller, bis ich den Flur fast hinunterrenne und remple alle möglichen Leute an. Kurz vor meinem Schließfach läuft mir Darleen über den Weg.

»Vollidiot«, murmelt sie.

Ich schlage mit der Faust gegen mein Schließfach und rutsche an der Wand entlang auf den Boden. Unmöglich, denke ich. Wie konnte ich das Vermasseln so vermasseln?

Das schafft nur einer: Liam Geller, König der Vollidioten.

31

ALS WÄRE ES NICHT SCHON SCHLIMM GENUG, dass die ganze Schule – ausgenommen Darleen – von meiner Nachrichtensendung begeistert ist, beschließe ich an diesem Tag, mich beim Mittagessen wieder zu Raymond und Simon zu setzen – und Joe Banks gesamte Lunchmeute kommt und setzt sich zu uns.

Zuerst sind es nur meine Kumpels von der Nachrichten-AG und ich, die allein und verlassen in der Cafeteria sitzen – und in der nächsten Minute stehen überall Tabletts und Milchkartons. Das halbe Footballteam setzt sich ans eine Ende des Tischs, und mindestens die Hälfte der Cheerleader macht es sich am anderen Ende bequem. Nikki hockt auf dem Tisch, während Joe ein blaues Footballtrikot der *Pineville Devils* herausholt und dramatisch hochhält.

»Wir haben abgestimmt, Rambo«, sagt er, »und wir finden, du solltest dieses Devils-Shirt tragen, wenn du die Sportnachrichten vorliest. Ab sofort bist du Ehrenmitglied des Teams.«

Raymond sieht aus, als würde er sich gleich in die Hose machen, und ich kann nicht umhin, mich zu fragen, wer ›wir‹ ist. Hält mich denn niemand sonst für einen Vollidioten?

»Die auch«, fügt Nikki hinzu und holt eine Sonnenbrille heraus. Mit einer verführerischen Geste setzt sie sie Raymond auf und beugt sich dabei so weit vor, dass er ihr in den Ausschnitt sehen kann. Raymond Romer strahlt. Ich stöhne.

»Mann, wart ihr cool«, wirft Joe ein, der gerade seine Milch schlürft. »Als Liam anfing, die Meldungen auf Französisch zu bringen, hab ich vor Lachen kaum noch Luft gekriegt.«

»Ich war in Madame Gorkas Klassenzimmer, und die hat vor Entzücken fast gesabbert!« Eine kurvenreiche Rothaarige in einem knappen Top mit Spaghettiträgern lehnt sich üppig über den Tisch. »Die ist total in dich verknallt, Liam.«

Na toll, denke ich. Das Letzte, was ich brauchen kann, ist eine Lehrerin mit Speichelfluss.

Ich will gerade heftig leugnen, dass eine Lehrerin in mich verknallt sein könnte, als Darleen die Cafeteria betritt. Ich habe sie nicht mehr gesehen, seit sie mich heute Vormittag einen Vollidioten nannte, aber ich glaube, wenn wir nur einen Moment allein wären, könnte ich ihr alles erklären.

Darleen schlängelt sich durch die Reihe und taucht mit einem Tablett wieder auf. Dann bleibt sie stehen und betrachtet staunend das Spektakel eines Raymond Romer mit Sonnenbrille und Footballtrikot der Devils, umgeben von sämtlichen beliebten Schülern der Zwölften. Ich beobachte sie und wünschte, sie würde sich zu uns setzen, doch Joe folgt meinem Blick und muht laut. Er greift nach einem schmierigen Orangenkern und schnippt ihn gegen Darleens Rücken. Raymond nimmt die Sonnenbrille ab, und ich mache den Mund auf, um etwas zu sagen, aber Joe ist in Gedanken schon wieder woanders.

»Simon sollte hin und wieder einen Gastauftritt bekommen, findest du nicht?«, fragt er mich.

»Hä? Ach so, ja, warum nicht.«

»Hey, Dougie, denk dir einen Look für den Simonator aus!«

Um mich herum passiert alles Mögliche, und ich sollte es irgendwie abwenden, aber meine Gedanken drehen sich nur darum, dass Darleen jetzt überzeugt ist, dass ich aus den Schulnachrichten eine Satire gemacht habe. Und vielleicht habe ich das auch.

Mr. Superbeliebt hat wieder eine Runde gewonnen.

Unter den gegebenen Umständen ist es erstaunlich, dass ich es überhaupt in die Englischstunde schaffe, doch als ich nur eine halbe Sekunde zu spät komme, sieht Orlando mich mit scharfem Blick an. Er teilt unsere Aufsätze aus, für meinen letzten habe ich eine Vier Minus bekommen.

Was soll's.

»Wir werden noch einen Aufsatz schreiben«, kündigt Orlando an. »Ich möchte, dass euch dieser Spaß macht.«

Wie könnte man je Spaß daran haben, einen Aufsatz zu schreiben? Ich schließe die Augen und konzentriere mich darauf, ihn mental dazu zu bringen, ein anständiges Thema zu wählen.

Die zehn besten Wellen aller Zeiten.

Warum Tommy Hilfiger immer bekannter wird.

Wie man wirklich alles vermasseln kann.

Orlando steht in seiner blauen Jeans und der Weste an der Tafel und schreibt: »Schildere, was du am besten kannst.«

»Also gut, ihr kennt das Spiel. Zwei Seiten. Mindestens. Und zwar von allen.« Dabei sieht er mich bedeutungsvoll an. »Ihr habt bis zum Ende der Stunde Zeit. Wenn ihr vorher fertig seid, reicht euren Aufsatz bei mir ein und lest *Hamlet* weiter. Falls ihr mehr Zeit braucht, bleibe ich, bis ihr fertig seid. Der hier soll gut werden, Leute. College-Standard. Ich möchte wissen, was ihr besonders gut könnt, also beeindruckt mich.« Er setzt sich an sein Pult, und ich schaue aus dem Fenster.

Na ja, denke ich, *das Thema könnte eindeutig schlimmer sein*. Ich bin ziemlich sicher, dass ich zwei Seiten mit dem, was ich am besten kann, füllen kann. Tatsache ist, ich bin ziemlich sicher, dass ich mit diesem Thema sogar noch mehr Seiten füllen kann. Also hole ich einen meiner Stifte heraus, und meine Nachbarin schiebt mir unaufgefordert ein paar Zettel rüber. Orlando seufzt.

»Papier, Liam. Zubehör für die Schule. Bring es mit.«

Eine halbe Stunde später habe ich die fünfte Seite vollgeschrieben. Ich lese die Seiten noch einmal durch. Dann grinse ich zufrieden, während ich sie nach vorne ans Lehrerpult bringe. Wenigstens ist dieser Teil des Tages ein Erfolg. Ich lege die Blätter auf den Stapel, der schon auf Orlandos Pult liegt und setze mich wieder. Die letzten zehn Minuten der Englischstunde starre ich auf die erste Seite von *Hamlet*. Als es klingelt, springe ich auf, um zu gehen.

»Liam, bleibst du bitte noch einen Moment?«

Ich zögere. Vielleicht möchte Orlando mich für die dramatische Besserung meiner Leistungen loben. Er zeigt auf einen Stuhl, und ich setze mich. Dann holt er tief Luft.

»Das hier kann nicht deine Bestleistung sein«, sagt er.

Für einen Moment glaube ich, mich verhört zu haben. Ich werfe einen Blick auf die Blätter auf seinem Pult, um mich zu vergewissern, dass sie wirklich mein Aufsatz sind.

»Ich habe fünf Seiten geschrieben«, sage ich schließlich. »Du hast zwei gesagt, und ich habe fünf geschrieben. Ich hätte den Aufsatz zwar noch kürzen können, aber –«

Orlando unterbricht mich mitten im Satz. Er hebt meine Blätter hoch.

»Was ich am besten kann. Von Liam Geller.« Er macht eine Pause und wirft mir über den Rand der Blätter einen Blick zu. Dann liest er weiter. »Ich würde sagen, was ich am besten kann, ist, alles zu vermasseln. Darin bin ich sehr, sehr gut. Es gibt viele Wege, wie ich besser als ein Durchschnittsmensch etwas vermasseln kann. Während die meisten Leute nur hin und wieder etwas vermasseln, bin ich darin sehr beständig und vermassle sogar das Vermasseln, wenn ich etwas vermasseln will.«

Orlando stockt. »Ist das dein Aufsatz? Fünf Seiten darüber, warum du so gut darin bist, Dinge zu vermasseln?«

»Ich habe viele Details aufgeführt, die meine These bestätigen«, stammle ich. »Die Geschichte, wie ich in Dads Arbeitszimmer erwischt wurde – das ist doch ziemlich stark, findest du nicht?«

Orlando legt die Blätter hin

»Nein«, sagt er, »›finde‹ ich nicht. Würde ein College so etwas akzeptieren? Nein, würde es nicht. Und deswegen will ich, dass du den Aufsatz noch einmal schreibst.«

Enttäuscht sehe ich ihn an. Ich habe eine halbe Stunde damit verbracht, diesen Aufsatz zu schreiben. Meine Hand tut mir immer noch weh. Ich habe seine Anweisungen genau befolgt und verdiene eine Eins.

»Es ist ein guter Aufsatz«, sage ich, »und wenn du ihn noch einmal durchlesen würdest ...«

Orlando schweigt für einen Augenblick.

»Ich beurteile in diesem Klassenraum, welcher Aufsatz gut ist«, sagt er. »Und egal, wie oft ich ihn durchlesen würde – er wäre immer noch kein College-Standard. Alle anderen Schüler haben es geschafft, etwas Positives über sich zu schreiben, und ich weiß, das kannst du auch. Ich möchte, dass du ihn noch einmal schreibst.«

Mir steigt das Blut ins Gesicht. Ich greife nach meinen Blättern und lege sie wieder hin.

»Ich hab alles getan, was du gesagt hast, und es ist nicht fair, dass ich ihn noch einmal schreiben soll, nur weil er dir nicht gefällt.«

Orlando steht vor meinem Tisch. Langsam sieht er aus wie Dad kurz vor seiner Standpauke. Fleckig im Gesicht.

»Erstens«, sagt Orlando und beugt sich zu mir vor, »ist es egal, ob du es für fair hältst oder nicht. Zweitens hast du *nicht* getan, was ich gesagt habe. Ich habe deutlich gemacht, dass der Zweck der Übung ist, etwas Positives über sich zu schreiben, und du bist ein toller Junge, und deswegen weiß ich, dass du es besser machen kannst. Nenne mir etwas, in dem du gut bist.«

»Ich bin gut darin, alles zu vermasseln.«

»Jeder ist in irgendwas gut«, kontert Orlando. »Erzähl mir nicht, es gäbe keinen einzigen positiven Aspekt an dir, den du aufschreiben könntest!«

Ich starre wütend vor mich hin und wünsche mir, dass ein Feuer ausbricht.

»Du hast danach gefragt, was ich *am besten* kann. Ich habe die Frage beantwortet, und das ist die ehrliche Antwort. Jetzt hast du es dir anders überlegt, und das ist ungerecht.«

Orlando holt tief Luft.

»Ich gebe dir eine zweite Chance«, sagt er, »weil ich möchte, dass du es schaffst. Ich werde dir keine Sechs für diesen Aufsatz geben. Ich gebe dir die Chance, ihn noch einmal zu schreiben und dir ein anderes Thema zu suchen. Etwas, das den Geist der Aufgabe widerspiegelt. Ich will, dass du dir was anderes einfallen lässt.«

»Es gibt aber nichts anderes!« Ich klatsche meinen Stift auf die Tischplatte, und Orlando holt langsam noch einmal tief Luft. Wie bewusstes Atmen bei einer Zen-Übung.

»Liam«, sagt er, »du sprichst fließend Französisch, verflucht noch mal. Alle fanden deine Nachrichten großartig. Du warst schon überall auf der Welt. Eddie sagt, dass du alles über Mode weißt …«

Ich sehe ihn wütend an. »Diese Sachen zählen nicht.«

»Sagt wer?«

»Sage *ich*. Französisch zu sprechen ist genauso wie Englisch zu sprechen. Wenn man in irgendeinem Land lebt, lernt man ganz einfach seine Sprache. Und die Schulnachrichten habe ich total vermasselt, weil ich sie eigentlich vermasseln wollte und stattdessen jeder sie toll fand. Das ist der Beweis für meine These.«

Orlando schließt die Augen.

»Warum um alles auf der Welt hast du versucht, die Schulnachrichten zu vermasseln?«

Ich seufze. »Das geht dich nichts an. Ich wollte es halt. Und selbst wenn ich es nicht gewollt hätte, wäre es immer noch nicht das gewesen, was ich am besten kann. Ich schreibe gar nichts noch mal, also kannst du mir auch gleich die Note geben, die ich verdient habe.«

Jetzt verschränkt Orlando die Arme. »Ich lasse dich nachsitzen – das werde ich dir geben. Von nun an darfst du jeden Tag nach der Schule hier sitzen, bis der Aufsatz fertig ist.«

»Nachsitzen? Ich habe dafür, dass ich einen verdammt guten Aufsatz geschrieben habe, auf keinen Fall Nachsitzen verdient!« Ich nehme mir wieder meine Zettel. »Also gut. Was willst du haben?«

»Es geht nicht darum, was ich haben will«, sagt Orlando. »Es geht darum, was du schreiben willst.«

Vor Wut knirsche ich mit den Zähnen. »Ich habe geschrieben, was ich schreiben wollte, und das hat dir nicht gefallen. Woher soll ich also jetzt wissen, was ich schreiben soll?«

Orlando stößt einen Seufzer aus.

»Darauf musst du wohl oder übel selber kommen.«

32

DAS ERSTE, WAS ICH HÖRE, als ich die Tür des Mobilheims aufmache, ist Tante Petes knurriger Ton.

»Du bist spät dran!«

Ich folge der Stimme über den Flur zu seinem Zimmer. Pete steht vor dem Spiegel und legt Lidschatten auf. Er trägt eine schwarze Stretchhose, einen langen silbernen Smoking mit Rockschößen, Plateaustiefel und eine weiße Federboa.

»Du bist spät dran«, wiederholt er, als ich im Türrahmen auftauche. Ich runzle die Stirn.

»Und du trägst ... das da.«

Tante Pete sieht mich giftig an.

»Glitter tritt heute Abend auf. Auf einer Privatparty draußen in Stonykill. Die Party ist im Stil der Siebziger. Lenk nicht vom Thema ab. Wo warst du?«

Ich setze mich auf sein Bett. Ich überlege, ob ich lügen soll, aber dazu bin ich zu müde.

»Nachsitzen.«

»Wegen was?!«

»Orlando hat mich nachsitzen lassen, weil ihm mein Aufsatz nicht gefallen hat.«

»*Orlando* hat dich nachsitzen lassen?«

Ich nicke. »Es war ungerecht. Ich habe einen guten Aufsatz geschrieben – er ist sogar viel länger, als Orlando verlangt hat –, und dann hat er mir gesagt, ich solle ihn noch mal neu schreiben. Völlig grundlos.«

Tante Pete unterbricht das, was er gerade tut, und kratzt sich am Kinn.

»Grundlos, was? Hast du ihm gesagt, dass du es ungerecht findest?«

Ich verziehe das Gesicht. »Ja. Aber das hat auch nichts genützt. Es ist egal, was ich finde. Ich soll tun, was er will, egal was es ist. Ich hasse Orlando.«

Tante Pete wirft mir einen Blick zu.

»Sei vorsichtig«, sagt er bissig. »Immerhin ist es mein Freund, über den du dich gerade auslässt.«

Da hat er wohl nicht ganz unrecht. Ich lasse mich nach hinten aufs Bett fallen. »Okay. Vielleicht hasse ich ihn nicht gerade, aber es war trotzdem nicht fair. Ich sag dir, ich habe fünf Seiten geschrieben. Er hat gesagt, wir bräuchten bloß zwei zu schreiben, aber ich hab fünf abgeliefert.«

Tante Pete gluckst. »Ist ja gut. Ich glaube dir. Ich sage nicht, dass Orlando vollkommen ist. Es war bestimmt ein großartiger Aufsatz, und deine Schreibfähigkeiten wurden zu Unrecht niedergemacht. Und da ich ein liebevoller Onkel bin, werde ich morgen in eben dieser Aufmachung in die Schule gehen und in deinem Interesse so lange protestieren, bis …«

Ich versuche, ernst zu bleiben, aber ich muss lachen. Dann starre ich an die Decke.

»Das ist genau das, was Mom auch tun würde«, sage ich nach einer Weile. »Ich meine nicht das Protestieren«, füge ich hinzu. »Sondern dass sie mich zum Lachen bringen würde, genau wie du.«

Tante Pete legt den Lippenstift hin, den er soeben aus der Schublade geholt hat.

»Tatsächlich? Das würde Sarah tun?«

Ich nicke.

»Ja«, sage ich. »Du bist als Elternteil gar nicht so schlecht, wie du glaubst.«

Tante Pete grinst, und ich setze mich auf. Eigentlich wollte ich nichts sagen, aber ich kann es einfach nicht länger mitansehen.

»Aber im Schminken bist du gar nicht gut.« Ich nehme ihm den Lippenstift aus der Hand. »Ich dachte, du machst das schon ewig.«

Er zuckt bloß die Achseln.

»Ja«, sagt er. »Ich mache das schon ewig schlecht. Schließlich gibt es nicht unbedingt Schminkkurse für Männer.«

Prüfend sehe ich mir sein Make-up an.

»Na ja«, sage ich, »offensichtlich versuchst du … äh … grell zu wirken.« Ich halte inne. »Trotzdem ist weniger mehr, und das Outfit drückt genug aus.« Ich hole ein Papiertaschentuch heraus und wische einen Großteil des Make-ups ab, das Tante Pete aufgetragen hat. Dann fange ich an, ihn genauso zu schminken, wie ich es schon tausend Mal bei Mom gesehen habe.

»Warum tust du das eigentlich?«, frage ich nach einer Minute, während ich einen schwungvollen Lidstrich setze. Tante Pete folgt meiner Hand mit den Augen.

»Willst du das wirklich wissen?«

Ich nicke.

»Aus Dekadenz«, sagt Tante Pete nach einer Weile. »Kunst, Glamour, das Theater … Eigentlich unterscheidet es sich gar nicht so sehr vom Modeln. Man geht auf die Bühne und setzt sich in Pose. Außerdem fühle ich mich gut, wenn ich mich verkleide, und normalerweise machen Männer diese Erfahrung nicht. Aber warum sollten wir das nicht auch können?«

Ich zeichne eine dunkelrote Linie quer über Tante Petes Augenlid.

»Macht es dir denn nichts aus, dass die Leute es nicht verstehen?«

Pete setzt an, den Kopf zu schütteln, aber dann erinnert er sich noch rechtzeitig, dass er stillhalten muss.

»Nein«, sagt er. »Wenn man weiß, was man will, ist es egal, wie andere darüber denken. Außerdem ist es eine Herausforderung für die Leute, wenn sie sich unbehaglich fühlen. Glam überschreitet die Grenzen. Die Grenzen der Geschlechter, die Grenzen der Mode … Glam, Punk, Rap, Metal – sie alle bringen die Leute dazu, stehen zu bleiben und hinzusehen. Das tut ihnen gut.« Er sieht mich an.

»Und außerdem«, sagt er, »bin ich zwar nicht reich und angesehen wie dein Vater, aber ich habe die drei besten Freunde der Welt, ein anständiges Mobilheim, einen Job, den ich liebe … ein gutes Leben. Ich brauche die Zustimmung anderer Leute nicht.«

Ich lege den Lidschattenpinsel weg. Ich wünschte, ich könnte das von mir auch sagen. Nun tupfe ich den Zeigefinger in ein Glitzertöpfchen, das auf Tante Petes Kommode steht.

»Halt still.«

Direkt unter Petes Augenbrauen forme ich einen Bogen aus Silber. Die Bögen führen wie der Lidstrich und der Lidschatten schwungvoll nach oben und malen teuflische Flügel auf die Seiten seines Gesichts. Dann drehe ich ihn zum Spiegel.

»Gefällt's dir?«

Pete dreht den Kopf zuerst auf die eine Seite, dann auf die andere.

»Verdammt«, sagt er. »Das sieht richtig gut aus.«

Ich hebe abwehrend die Schultern. Hin und wieder schaffe sogar ich es, etwas richtig zu machen.

33

ICH NEHME AN, ORLANDO HAT MIT PETE ÜBER MEINEN AUFSATZ GEREDET, denn am Tag nach dem Gig lädt Pete mich ein, mit Eddie und ihm am Freitag zu Abend zu essen. Sie wollen irgendwas Wichtiges mit mir besprechen. Etwas, von dem sie glauben, dass ich darin richtig *gut* bin.

Was auch immer.

Eigentlich lädt Pete mich ein, das Essen zu kochen, denn immer wenn er kocht, wird die Mahlzeit ein Desaster. Wenigstens wird mich das beschäftigen, sodass ich nicht über all die Dinge nachdenken muss, die ich in letzter Zeit vermasselt habe.

Dann sehe ich Darleen auf den Picknicktisch zukommen. Sie hat sich schon seit Tagen nicht mehr am Picknicktisch blicken lassen, aber jetzt sieht sie sich suchend in unserem gemeinsamen Garten um, bevor sie sich auf Zehenspitzen heranpirscht. Sie trägt Jeans, die viel zu kurz sind, und eine Bluse, die wie die Blusen aussieht, die die Leute in den Achtzigern getragen haben – diese Dinger mit den Riesenkragen. Ihr Haar ist zu einem unordentlichen Pferdeschwanz zusammengebunden. Unter den einen Arm hat sie ein gigantisches Poster mit der Aufschrift SAG JA ZU DEN KÜNSTEN UND NEIN ZUM SCHULFEST geklemmt, und unter dem anderen Arm trägt sie einen Malkasten. Sie setzt sich hin und fängt an, sehr sorgfältig den Posterrand zu bemalen.

»Hi.«

Darleen zuckt zusammen. Sie hat nicht mitbekommen, dass ich aus Tante Petes Mobilheim gekommen bin.

»Wie geht's?«

Sie sieht mich unbewegt an, und einen Augenblick lang erwarte ich, dass sie aufspringt und davonrennt, aber dann beißt sie die Zähne zusammen und hat sich wieder unter Kontrolle. »Gut«, sagt sie zwischen den Zähnen. Ich setze mich ihr gegenüber hin.

»Du nimmst mir das Licht weg«, sagt sie, also rücke ich zur Seite.

»Hast du schon zu Abend gegessen?«

Darleen schüttelt den Kopf.

»Möchtest du mit Eddie, Pete und mir essen?«

Wieder schüttelt sie den Kopf.

»Nein?«

»Ja«, sagt sie.

»Ja?«

Sie seufzt. »Ich bin beschäftigt. Siehst du nicht, dass ich zu tun habe?«

Ich überlege. »Eddie kommt um sieben, aber ich bin flexibel. Was ist, wenn wir mit dem Essen bis Viertel nach sieben warten? Vielleicht bist du dann fertig, und wir hätten immer noch genug Zeit zum Essen, bevor Pete zur Arbeit fahren muss.«

Darleen sieht mich wütend an. Sie legt den Pinsel hin, hebt ihn wieder auf und legt ihn noch einmal hin.

»Hör zu«, sagt sie schließlich so verbissen, als müsste sie sich die Wörter aus dem Mund zwingen. »Die Antwort lautet Nein. N-E-I-N. Und hör auf, mir dauernd nachzulaufen. Ich weiß zwar nicht, was du damit bezweckst, aber wenn du glaubst, du würdest dich beliebt machen, indem du mich quälst, dann habe ich Neuigkeiten für dich. Du bist längst beliebt. Kapiert? Du brauchst dich nicht bei Joe und seiner idiotischen Meute von Lemmingen anzubiedern, und deswegen ist jeder tolle Plan, den du dir ausdenkst, völlig überflüssig. Hast du das verstanden? Überflüssig. Reine Zeitverschwendung.«

Sie spricht so langsam und laut, als wäre ich schwer von Begriff.

»Ich bin nicht beliebt«, sage ich. »Ich bin der Nachrichten-AG beigetreten.«

Darleen verstummt mitten in ihrer Tirade. »Was?«, fragt sie und rümpft die Nase.

»Ich weiß, du glaubst, ich würde mich nur über die Schulnachrichten lustig machen, aber das tue ich nicht. Ich nehme sie sogar sehr ernst, weil – na ja – weil technische Geräte mich faszinieren. Ich kann ja verstehen, wenn du denkst, ich sei dumm, aber in Wirklichkeit bin ich sehr klug. Ich meine strebsam.«

Ich hatte gehofft, dass das die Situation verbessern würde, aber stattdessen macht es alles nur noch schlimmer.

»Wovon redest du?«, fragt Darleen. »Du konntest noch nicht einmal die Stoppuhr bedienen. Technische Geräte faszinieren dich? Du bist strebsam und klug? Was hat das mit allem anderen zu tun?«

Sie nimmt ihr Poster, obwohl die Farbe noch nicht trocken ist.

»Also gut«, sagt sie. »Du willst den Picknicktisch? Du kannst ihn haben.«

In diesem Moment platze ich.

»Warte!«

Das sage ich lauter und verzweifelter, als ich vorhatte, aber wenigstens bleibt sie stehen.

»Bitte … ich versuche doch nur, nett zu sein. Das Essen war Petes Idee. Er findet, du und ich, wir sollten Freunde werden, und Eddie und er wollen echt, dass du mitisst. Sie glauben, es könnte lustig werden. Tante Pete freut sich schon die ganze Woche darauf. Wenn du jetzt Nein sagst, werden sie mir das nie verzeihen.«

Das war wohl etwas dick aufgetragen, aber Darleen zögert.

»Eddie kommt auch?«, fragt sie misstrauisch, obwohl ich es gerade gesagt habe.

Ich nicke.

»Und die Idee stammt von Pete?«

»Du würdest ihm damit einen Gefallen tun. Er macht sich Sorgen, dass ich keine Freunde finde.«

Darleen verzieht verächtlich das Gesicht.

»Ich sag dir was«, erwidert sie. »Ich tue es unter einer Bedingung.«

»Was immer du willst.«

Sie sieht mir direkt in die Augen.

»Ich komme heute zum Abendessen, wenn du mich von jetzt an in Ruhe lässt.«

Ich kann nicht umhin mich zu fragen, wie ich sie in Ruhe lassen soll, wenn sie mir sowieso schon dauernd aus dem Weg geht. Auf diesen Widerspruch würde ich sie gern hinweisen, aber stattdessen nicke ich bloß. Man sollte die Dinge nicht noch komplizierter machen. Und wenn sie merkt, wie umgänglich ich heute Abend bin, wird ihr das sowieso egal sein.

Ich lächle. »Gut. Viertel nach sieben. Du wirst es nicht bereuen.«

So einfach bin ich zu einem Date mit Darleen gekommen. Okay, vielleicht ist es kein Date im traditionellen Sinne, aber das unbeliebteste Mädchen der ganzen Schule wird mit mir zu Abend essen, und das ist doch immerhin etwas. Wenn sie offiziell meine Freundin wäre, wäre Dad sicher sehr beeindruckt. Glaube ich zumindest.

Um sicherzugehen, dass ich nicht irgendwas vermassle, rufe ich Eddie an. Ich hole mir seine Nummer von der Pinnwand und wähle. Es klingelt einmal, zweimal, dreimal …

»Ja, hier Eddie.«

Ich atme tief aus.

»Eddie. Gott sei Dank bist du zu Hause.«

»Liam? Stimmt irgendwas nicht? Was ist los? Was ist passiert?« Eddies Stimme klingt schlagartig zwei Oktaven höher.

»Ich habe Darleen für heute Abend eingeladen. Ich brauche deinen Rat.«

Er schweigt lange, also füge ich hinzu: »Es ist wichtig.«

»Also gut.« Er klingt ein bisschen verwirrt, aber ich habe keine Zeit für Erklärungen.

»Ich mache eine Tofu-Gemüsepfanne. Glaubst du, sie mag das?«

Eddie überlegt. »Klar«, sagt er. »Warum nicht?«

Das ist gut, denn die Tofupfanne ist schon fertig.

»Was mag Darleen eigentlich außer Kunst und Protestaktionen?«

Eddie macht ein Geräusch, das wie ›hmmmm‹ klingt.

»Ach ja, sie interessiert sich auch für Musik.«

Stimmt – das Cello.

»Sieht sie sich irgendwelche Fernsehserien an? Was für Bücher liest sie?«

»Wieso? Warum willst du das alles wissen? Und die Antwort ist: Ich weiß es nicht. Schließlich ist es nicht so, als würden wir viel Zeit miteinander verbringen. Ich glaube, sie liest gern Krimis, aber das ist nur eine Vermutung.«

»Das ist super, Eddie.« Seine Frage, warum ich es wissen will, beantworte ich nicht. »Ach, und noch was: Glaubst du, ich sollte auch ihren Vater einladen?«

Eddie hält inne. »Nein. Ich meine, Phil muss abends meistens arbeiten. Was soll das Ganze?«

»Gar nichts?«, sage ich. »Reine Höflichkeit. Gut. Wir sehen uns also gegen sieben.« Ich lege auf, bevor Eddie weitere Fragen stellen kann. Ich komme mir ziemlich schlau vor, denn jetzt weiß ich, dass ich Krimis und Musik in unsere Unterhaltung einflechten sollte. Vielleicht können wir auch darüber reden, wie es sich anfühlt, abends ganz allein zu sein.

Perfekt.

Jetzt brauche ich nur noch ein hübsches Ambiente. Ich sehe mich nach Kerzen um, aber alles, was ich finde, sind zwei Kerzen gegen Mücken, die im Besenschrank liegen. Sie sind zwar nicht toll, aber es wird schon gehen.

Prüfend mustere ich die Küche und wünsche mir, Pete hätte einen Tisch. Leider gibt es nur eine Theke mit vier Barhockern und ohne passendes Geschirr – nur vier Plastikteller mit dem Aufdruck der *Buffalo Bills*. Es gibt auch nichts zu trinken außer Bier, Wasser und Orangensaft, und das Essen steht schon viel zu lange auf dem Herd. Ich hole tief Luft. Das macht nichts. Mom sagt immer, gut unterhalten könne man sich überall.

Ich mache das Essen fertig. Dann laufe ich unruhig im Mobilheim hin und her, bis Eddie um 19:12 Uhr in unsere Auffahrt einbiegt. Ich lasse ihn rein und zünde eine der Kerzen an. Ich muss sie hinter den Ausguss stellen, damit der Rauch durch das offene Fenster abziehen kann.

Als Eddie das Wohnzimmer betritt, bleibt er mitten im Raum stehen. »Was riecht denn hier so gut?«

Ich wünschte, er hätte das *nach* Darleens Eintreffen gesagt, aber vielleicht sagt er es ja später noch mal. Es klopft an der Haustür, und als ich aufmache, blicke ich in Darleens mürrisches Gesicht. Ich nehme an, sie hat gewartet, bis sie Eddie ins Haus gehen sah, aber das macht nichts.

»Bringen wir es hinter uns«, sagt Darleen, was normalerweise abschreckend wäre, aber ich lächle nur. Wenn man lächelt, überträgt sich das automatisch auf andere.

»Es ist alles vorbereitet«, sage ich. »Ich habe eine Gemüsepfanne gemacht. Mit Tofu. Das ist sehr gesund.«

Tante Pete schlurft ins Wohnzimmer. Er kommt direkt aus der Dusche, deswegen tropfen seine Haare und sein Radio-T-Shirt hat nasse Flecken. Er wirkt überrascht, Darleen zu sehen, kann es aber gut verbergen. Alle nehmen an der Küchentheke Platz, während ich das Essen serviere, und ich erwarte eigentlich, dass sie sich angeregt unterhalten, aber das tun sie nicht. Ich spüre sofort, dass Tante Pete sich in Darleens Gegenwart unwohl fühlt. Sie begrüßen sich wie zwei Menschen, die sich eigentlich kennen sollten, ohne sich zu kennen. Und Eddie geht es ähnlich. Er fragt sie zwar nach der Schule, aber abgesehen davon sagt keiner was.

Sobald das Essen verteilt ist, langt Eddie herzhaft zu.

»Das ist aber lecker, Liam!«, sagt er. »Und das hast du selber gekocht? Ich wusste gar nicht, dass du kochen kannst.«

Ich zucke die Achseln.

»Schmeckt es euch?«, frage ich, aber dabei sehe ich nicht Eddie an. Ich beobachte Tante Pete und Darleen. Darleen nimmt einen kleinen Bissen, aber Pete stochert nur mit der Gabel im Tofu herum.

»Was war das noch?«, erkundigt er sich.

»Soja. Es ist gesund. Eine ausgezeichnete Eiweißquelle.«

Tante Pete nickt. Er bricht ein winziges Stückchen Tofu ab und schluckt es herunter.

»Du musst es kauen«, sage ich. »Probier es mal.«

Er legt die Gabel weg. »Hey«, sagt er betont heiter. »Ich will dir sagen, warum wir dich zum Essen eingeladen haben.«

Ich winde mich vor Unbehagen, weil ich ganz vergessen hatte, dass ich Darleen erzählt habe, dass die Jungs sie zum Essen einladen würden, damit ich Freunde finde. Sie wirft mir einen giftigen Blick zu, aber Pete merkt es gar nicht.

»Eddie und ich haben uns Gedanken gemacht, und wir finden, du solltest in seinem Geschäft arbeiten, wie ihr beide schon besprochen hattet. Ich war nach der Geschichte im Schulbus ziemlich sauer ... aber ich finde, für Eddie zu modeln wäre eine hervorragende Chance für dich. Vorausgesetzt, du willst es immer noch tun.«

Das will ich, aber die Tatsache, dass Pete nichts isst, lenkt mich ab.

Ich nicke und zeige auf ein Röschen Brokkoli auf seinem Teller. »Probier mal«, fordere ich ihn auf. »Das ist nur Brokkoli in einer Teriyaki-Sauce. Schmeckt gut.«

Darleen isst einen Bissen Brokkoli von ihrem Teller. »Tatsächlich essbar«, sagt sie, aber Tante Pete hört nicht hin.

»Eddie hat mir also erzählt, dass du ein echtes Auge fürs Modeln hast. Er sagte, du bist genauso gut wie Sarah.«

Ich werde rot und höre auf, in Petes Brokkoli herumzustochern.

»Wer ist Sarah?«, will Darleen wissen.

Pete ist gerade dabei, sich ein Stück Karotte zum Mund zu führen, aber dankbar legt er die Gabel wieder hin. »Liams Mutter«, sagt er. »Sie war Laufstegmodel. Sie ist früher bei Modenschauen auf der ganzen Welt gelaufen, so lange, bis Allan neidisch wurde. Äh, ich meine, bis er einen Job als Geschäftsführer angenommen hat.«

Ich lege die Gabel hin.

»Dad war noch nie neidisch auf Mom«, sage ich. »Mom hat nur mit dem Modeln aufgehört, weil sie zu alt dafür wurde und weil meine Noten so schlecht waren. Deswegen sind wir zurück in die Staaten gezogen.«

Tante Pete hustet »Schwachsinn« in seine Serviette.

Meine Augen funkeln ihn erbost an.

»Das ist kein Schwachsinn. Mom hat es mir selber gesagt. Das Modeln ist harte Arbeit, und wenn man älter wird, kann man es nicht mehr machen. Außerdem –«, ich wende mich an Darleen, »– ist mein Vater der klügste Mensch der Welt. Er ist im Mensa-Klub und lauter solche Sachen. Deswegen konnte er auch nicht eine Karriere ausschlagen, in der er sein ganzes Potenzial entfalten kann. Mein Vater ist etwas Besonderes«, füge ich hinzu. »Er leitet eines der größten Unternehmen des Landes, und nebenbei nimmt er lauter andere Geschäftsführer mit in den Country Club und überzeugt sie davon, Geld für verschiedene wohltätige Zwecke zu spenden. Er ist der selbstloseste Mensch, der je –«

Tante Pete schiebt seinen Teller weg.

»Schwachsinn«, sagt er noch einmal – dieses Mal ohne Serviette.

Eddie rutscht unbehaglich auf seinem Hocker herum. »Das ist echt gut, Liam, Was ist da noch drin?«

Ich höre kaum, was er sagt. Mein Gesicht fängt an zu brennen, und ich bohre meine Finger in die Theke. Warum muss sich Pete so aufführen? Warum jetzt, während Darleen direkt neben mir sitzt? Und warum kann er nicht einfach seinen verdammten Tofu essen?

»Was weißt du schon?«, frage ich ungewollt grob. »Du hast schließlich in den letzten siebzehn Jahren oder so mit Abwesenheit geglänzt.«

Darleen und Eddie tauschen vielsagende Blicke aus, und Eddie fängt mit irgendwas über die Schule an, doch Tante Pete beugt sich vor und zeigt auf mich. Er zeigt richtiggehend auf mich, und ich denke: *Siehst du? Ich wusste, dass er früher oder später den Zeigefinger rausholen würde*!

»Willst du wissen, warum ich mit Abwesenheit geglänzt habe?«, fragt Pete. »Weil du dich in den siebzehn Jahren irrst. Bevor ihr nach Paris gezogen seid, habe ich alles mit dir und Sarah unternommen, weil dein Vater sie wie Dreck behandelt hat. Und jetzt behandelt er dich wie Dreck, und du verteidigst ihn auch noch. Genau wie deine Mutter.«

Ich ersticke fast. Ich kann einfach nicht glauben, dass er das vor Darleen sagt.

»Ich darf doch wohl meinen eigenen Vater verteidigen«, sage ich laut, »und er behandelt mich nicht wie Dreck. Ich baue nur ständig Mist, und das frustet ihn, und das nehme ich ihm nicht übel, weil er mir so viele Chancen gibt, und sogar *du* bist genervt von mir, also tu bloß nicht so, als würde es nicht stimmen.«

»Ach, hör doch auf, Liam.«

Jetzt werden wir beide laut. Pete steht auf und trägt seinen Teller in die Küche.

»Ich kann das nicht essen«, sagt er und schabt seine Portion wieder in die Pfanne. Er bleibt lange stehen und starrt den Herd an, während Eddie und Darleen das Essen auf ihren Tellern mustern.

Eddie legt mir die Hand auf den Arm.

»Sei nicht sauer«, sagt er leise. »Er hat das nicht gesagt, um dich wütend zu machen.«

Ich schüttle seine Hand ab und schiebe meinen Teller weg. *Er hat alles ruiniert. So viel Planung, und jetzt ist alles ruiniert.*

Tante Pete fährt sich mit der Hand durchs Haar. »Es tut mir leid«, sagt er aus der Küche. »Ich hätte das nicht sagen sollen. Ich bin sicher, dein Vater liebt dich. Er arbeitet hart, und wie du über ihn denkst, geht mich nichts an. Und das Essen sieht lecker aus«, fügt er hinzu. »Ich hätte es essen sollen.«

Ich denke, dass es sich eigentlich gut anfühlen sollte, wenn sich jemand bei einem entschuldigt. Aber es fühlt sich nicht gut an.

»Ach Shit«, sagt Pete und stockt. »Hör zu. Das hier sollte ein nettes Abendessen werden. Eddie und ich dachten, es wäre toll für dich, in seinem Geschäft zu arbeiten, und ich dachte, du würdest dich darüber freuen. Er kann dich jeden Samstag für acht Stunden bezahlen. Ab morgen, wenn du willst. Mir ist klar, dass es anders gelaufen ist, als ich geplant hatte …«

Als *er* geplant hatte?

»… aber ich hoffe, du nimmst den Job trotzdem an.« Er macht eine Pause und fügt dann hinzu: »Ich muss mich noch für die Arbeit fertig machen«. Er nickt Darleen zu. »Tut mir leid.«

Sie zuckt die Achseln und steht auf.

»Danke fürs Essen«, sagt sie. »Ich sollte jetzt auch besser gehen. Ich muss an meinem Poster weiterarbeiten.«

Ich glaub's einfach nicht. Jetzt verschwinden gleich beide.

»Warte«, sage ich. »Du kannst doch noch nicht gehen! Es gibt noch Nachtisch und …«

Darleen lächelt irgendwie überlegen. »Danke. Gute Nacht.«

Sie geht. Ich lehne mich erschöpft an die Theke und lege den Kopf auf die Tischplatte. Eddie ist der Einzige, der sitzen geblieben ist.

»Ist wohl nicht so gelaufen, wie du wolltest, was?«

Ich stöhne. »Sie hasst mich.«

»Ich bin sicher, das tut sie nicht«, widerspricht Eddie, aber ich ziehe fragend eine Augenbraue hoch.

»Na ja, sie regt sich schon wieder ab. Es ist nicht deine Schuld, dass die Sache aus dem Ruder gelaufen ist. Petey wird sehr emotional, wenn es um deinen Vater geht. Es ist schwierig für ihn, über diese Dinge zu reden.«

Ich verdrehe die Augen. »Ja logisch«, sage ich. »Nur weil er und mein Vater sich nicht verstehen. Als wäre das so furchtbar.«

Eddie hält inne. Er sieht aus, als wollte er etwas sagen, aber dann überlegt er es sich anders. »Vielleicht solltest du mit Petey darüber reden.«

Ja, sicher, denke ich. Als würden Tante Pete und ich jetzt überhaupt noch miteinander reden.

34

ES IST NEW YORK FASHION WEEK, das größte Event des Jahres, und heute ist Moms letzter Auftritt auf dem Laufsteg. Sie hat sich entschieden, mit einem Knall aufzuhören. Für mich ist es die erste offizielle Modewoche, und deshalb bin ich sehr aufgeregt, auch wenn Mom mir schon immer davon erzählt hat. Wir treffen früh am letzten Tag der Woche ein, nur meine Mutter und ich. Es regnet und das macht die Sache noch schwieriger, denn ich habe einen Anzug und Wildlederschuhe an, die nicht nass werden sollten.

»Jeder muss für die Modewoche gut aussehen«, sagt Mom. »Auch wenn man erst sieben ist.«

Wir nehmen uns ein Taxi, und als es am Straßenrand hält, springen wir heraus und stehen dicht nebeneinander unter ihrem Regenschirm. Die Zelte sind schon alle aufgestellt, und die Wolkenkratzer sehen dahinter aus wie die gemalten Kulissen eines Filmsets.

»Stell dir vor, Liam«, sagt Mom, »in jedem dieser Zelte finden den ganzen Tag, selbst abends, Modenschauen statt.«

Mom nimmt mich an der Hand und läuft los, bis wir aus dem Regen kommen. Wir bringen uns in einem riesigen Zelt in Sicherheit. Darin stehen lauter weiße Plastikstühle, und durch die Mitte zieht sich ein langer Laufsteg. Überall sind helle Lichter und Leute wuseln herum. Es sind die attraktivsten Menschen, die ich je gesehen habe. Nicht, weil sie alle Models wären – manche von ihnen sehen noch nicht einmal aus wie Models –, sondern weil alle wunderschöne

Kleider und hochhackige Schuhe anhaben. Sie tragen Handtaschen, die mit prächtigen Pailletten und Glitzersteinen bestickt sind, in denen sich das Licht bricht.

Aber meine Mutter beachtet die Leute nicht. Sie geht ans Ende des Laufstegs und bleibt stehen. Sie hält meine Hand so fest, dass es wehtut, aber ich klage nicht. Ich weiß, wann ich mich still verhalten muss, wie zum Beispiel jetzt.

»Ich erinnere mich noch an meine allererste Modenschau«, sagt Mom schließlich. »Ich war so nervös, dass mir den ganzen Abend die Knie gezittert haben und ich Angst hatte, ich würde es nie richtig machen. Ich dachte immer wieder an die vielen Journalisten und Modedesigner und Berühmtheiten, die direkt vor mir in der ersten Reihe saßen, und dass alle Blicke auf mich gerichtet sein würden, wenn ich den Laufsteg hinunterging.«

»Und was hast du dann gemacht?«, frage ich.

Mom lacht und hebt das Kinn. »Ich sag dir, was ich gemacht habe. Ich habe den schönsten roten Mantel aus persischem Lamm und mit einem herrlichen tiefen Ausschnitt angezogen, und mir vorgestellt, dieser Mantel zu sein.« Sie hält inne und schüttelt den Kopf. »Wie blutjung ich damals war!«

»Hast du es damals geschafft?«, frage ich. »Ohne hinzufallen?«

»Ja«, sagt Mom. »Ich habe es viele, viele Male geschafft, ohne jemals hinzufallen.«

»Warum hörst du dann jetzt auf?«

Ich blicke zu Mom hoch. Sie hat Tränen in den Augen.

»Manchmal müssen andere eine Weile im Rampenlicht stehen.«

»Wie die anderen Models?«

Mom legt den Kopf schräg und lacht. Dann kniet sie sich hin und sieht mir in die Augen. »Neee«, sagt sie neckend. »Du findest ein anderes Model doch nicht etwa so hübsch wie deine Mommy, oder?«

Ich schüttle den Kopf so heftig, dass es wehtut. Mom grinst mich mit ihrem berühmten Lächeln an, das von einem Ohr zum anderen geht und sich auf ihrem ganzen Gesicht ausbreitet. Aber schneller, als ich es kommen sehe, wird aus dem Lächeln ein Weinen, und sie legt den Kopf an meine Schulter. Das erschreckt mich so sehr, dass ich nicht weiß, was ich tun soll. Ich lege noch nicht einmal den Arm um sie oder so was. Ich stehe bloß da, während sie sich an mich klammert und ihre Schultern beben.

Schließlich flüstere ich: »Was ist denn?«

Mom hebt den Kopf und wischt sich die Tränen ab; dabei verschmiert sie ihre Wimperntusche. Dann schnieft sie kurz und verwuschelt mir das Haar.

»Heute werden die Visagisten mich geradezu lieben.« Sie steht auf und nimmt mich wieder an die Hand. »Komm, Li. Wir müssen Maria suchen, damit ich mich fertig machen kann.«

Sie geht vom Laufsteg weg, und ich trotte hinter ihr her. Sie zieht mich zu schnell hinter sich her, und ich würde ihr gern tausend Fragen stellen, wie zum Beispiel: »Warum hast du gerade geweint?« und »Fühlst du dich jetzt wieder besser?« oder vielleicht auch: »Wirst du es heute Abend auf dem Laufsteg schaffen oder wirst du hinfallen?« Aber ich bin mir nicht sicher, welche Frage richtig ist, und wenn ich die falsche stelle, dann fängt Mom womöglich wieder an zu weinen.

Wir gehen hinter die Bühne, wo Maria, die zweite Assistentin des Designers, schon auf uns wartet. Sie wird heute Abend auf mich aufpassen. Wir sind uns schon mal begegnet, aber als sie mich in meinem Anzug und den Wildlederschuhen sieht, schmilzt sie dahin. Dann sieht sie Mom an.

»Ach, Sarah.« Sie streicht Mom zart über die Wange.

»Es ist schon in Ordnung«, sagt Mom beiläufig. »Mir geht es gut. Wirklich.«

»Du weißt, dass du immer Tomas' Muse sein wirst. Falls du jemals zurückkommen möchtest …«

Doch Mom wendet sich ab, bevor Maria den Satz beenden kann. Als sie sich wieder umdreht, ist sie wieder meine glückliche Mutter, die uns in die Augen sieht.

»Nein«, sagt sie, »meine Entscheidung ist richtig. Ich habe einen wunderbaren Mann und einen Sohn, um den ich mich kümmern muss. Sieh dir Liam an! Ist er nicht groß geworden? Er hat mir versprochen, heute Abend ganz, ganz brav zu sein. Nicht wahr, Li?«

Ich nicke. Nun kniet sich Mom noch einmal vor mich hin.

»Nimm alles in dich auf«, sagt sie. »Die Lichter, die Musik, die Kleider … es wird dir gefallen. Glaub mir.«

Nachts wälze ich mich im Bett. Petes Stimme geht mir nicht aus dem Kopf. »Sie ist früher bei Modenschauen auf der ganzen Welt gelaufen, so lange, bis Allan neidisch wurde. Äh, ich meine, bis er einen Job als Geschäftsführer angenommen hat … Er hat sie wie Dreck behandelt. Und jetzt behandelt er dich wie Dreck … Genau wie deine Mutter …«

Ich rede mir ein, dass es nicht wahr ist. Mom wollte einfach kein Model mehr sein. Das hat sie mir selbst gesagt, und warum sollte sie lügen? Nur bekomme ich jetzt ihre letzte Modenschau nicht mehr aus dem Kopf. Daran habe ich seit Jahren nicht mehr gedacht.

Ich liege im Bett und starre an die Decke, und meine Gedanken rasen. Vielleicht hat Tante Pete ja doch recht. Vielleicht war Dad *nicht* stolz auf Moms Karriere. Hat er sie etwa gedrängt, aus dem Modelgeschäft auszusteigen, weil es ihm nicht gefiel, dass sie mehr Erfolg hatte als er? Wenn ich mit etwas Erfolg hätte – wäre er dann stolz auf mich? *Klar wäre er das,* sage ich mir. *Er konnte es bisher nur nicht beweisen, weil ich noch nie mit irgendwas Erfolg hatte.*

Ich muss mich entspannen – ich muss an was anderes denken –, also fange ich an, in Gedanken Eddies Schaufenster zu entwerfen. Wir haben uns zwar schon ein Design überlegt, aber alle unsere Ideen waren klein und nichts Besonderes, und plötzlich will ich etwas Brillantes. Ich will, dass das Schaufenster für Pineville das wird, was Moms letzte Modenschau wurde.

Ein Riesenerfolg.

Als Eddie mich am nächsten Morgen um acht abholt, sitze ich mit meinem Surfbrett auf Tante Petes Türschwelle. Eddie hält an und beugt sich aus dem Fenster. Er trägt eine silberne Sonnenbrille und ein schwarzes Muskelshirt und lässt die Sonnenbrille nach unten auf seine Nase rutschen.

»Was wird das denn?«, fragt er, während ich das Surfbrett so im Wagen unterbringe, dass ein Ende aus dem Rückfenster ragt. Ich steige vorne ein und stelle eine Strandtasche neben meine Füße.

»Ich weiß, was du denkst.« Ich versuche, selbstbewusst zu klingen. »Aber ich hab mir das Schaufenster noch mal durch den Kopf gehen lassen, und ich glaube, wir können es noch besser gestalten.«

»Besser als ein Herbstmotiv?«

Ich nicke. »Auf Herbst machen jetzt alle. Du willst dich doch abheben, oder? Ich finde, wir sollten einen Sommerschlussverkauf mit den Badesachen machen.«

Eddie hustet. »Es ist September«, erinnert er mich sanft. »Kein Mensch kauft im September Badesachen. Ich dachte, dir gefällt die Idee mit dem Herbstmotiv.«

Ich winde mich unbehaglich. »Sie gefällt mir auch. Aber sie ist nicht perfekt. Außerdem habe ich gehört, dass eine letzte Poolparty der Saison steigen soll. Irgend so ein Typ aus meinem Jahrgang hat mich dazu eingeladen. Es soll eine richtig fette Party werden. Seine Eltern verreisen für eine Woche, und anschließend machen sie den Pool für den Winter dicht. Deswegen lädt er jetzt jeden aus der Schule ein. Alle werden kommen. Wenn wir es schaffen, dass auch nur ein paar von ihnen in den Laden kommen …«

Eddie ist skeptisch. »Und wie sollen wir das erreichen? Niemand in deinem Alter kauft freiwillig bei *Mode für Sie und Ihn* ein.«

Ich ziehe mein Handy aus der Tasche. Das tue ich zwar ungern, aber ich sehe keine Alternative. »Ich habe die Nummern von allen gespeichert«, erkläre ich. »Ich werde Jen, Joe und Nikki anrufen. Vielleicht auch den Typen, der die Party gibt. Ich werde es so klingen lassen, als sei das hier so eine Art Party vor der Party. Ich weiß, das ist nicht ungefährlich, aber ich glaube, wir können es durchziehen.«

»Glaubst du?« Ich merke, dass ich ihn immer noch nicht ganz überzeugt habe.

»Sieh mal«, sag ich mit mehr Sicherheit, als ich wirklich empfinde, »ich weiß, dass ich das schaffe. Bei der Mode geht es doch um Fantasie, stimmt's? Um Flucht vor der Realität. Also – welcher Realität würde man lieber entfliehen als der Schule? Wir alle sind seit einer Weile wieder in der Schule, deswegen ist eindeutig der Schulalltag eingekehrt und alle träumen vom Sommer. Dieser Rob beschließt, eine letzte Poolparty zu schmeißen … also lass uns die Illusion vollenden. Es ist warm genug, um Shorts und ärmellose T-Shirts zu tragen. Wir öffnen den Laden und machen den Schlussverkauf vielleicht draußen auf dem Gehweg. Wir könnten uns bei Mae's Limonade besorgen und so tun, als wäre es glühend heiß. Das wird der Knaller!«

Ich bin zwar selbst nur halb überzeugt, dass es wirklich funktionieren wird, aber Eddie fängt langsam Feuer. Er setzt sich auf und fährt schneller.

»Das klingt nach Spaß«, sagt er. »Und ich habe genug Bademode übrig. Wenn wir auch noch andere Sachen loswerden, könnte der Schlussverkauf ein Erfolg werden.« Er nickt. »Also gut«, sagt er. »Warum nicht? Es ist einen Versuch wert. Aber sei nicht enttäuscht, wenn wir nicht viel verkaufen. Es ist das erste Mal, dass du so was machst. Du kannst nicht erwarten, dass viele Leute kommen.«

»Ich weiß«, sage ich, aber insgeheim denke ich, dass die Leute besser kommen sollten, denn ich will nicht, dass dies ein weiteres Vorhaben wird, das ich in den Sand setze.

Ich beschließe, die Anrufe zu machen, sobald alles vorbereitet ist. Das ist zwar nicht unbedingt etwas für Loser, aber das hier ist geschäftlich und deswegen zählt es nicht.

Ich helfe Eddie, alle Kleiderständer mit den Sachen für den Sommerschlussverkauf hinaus auf den Gehweg zu tragen. Wir müssen alle Herbstsachen mit Schildern versehen, damit auch ältere Kunden, die nicht auf die Poolparty gehen, noch etwas zum Shoppen haben. Ich laufe hinüber zu Mae's, um die Limonade zu holen. Sie erkennt mich wieder und gibt mir in einer großen gelben Schüssel ein paar Extrazitronen.

Dann muss ich das Schaufenster dekorieren.

Das Surfbrett ist die größte Attraktion, deshalb präsentiere ich es so, dass man es sofort sieht. Ich beschließe, das Schaufenster schlicht zu halten, denn zu viel Schnickschnack würde von der Atmosphäre eher ablenken als dazu beitragen. Das Tolle an Eddies Fenster ist, dass es sauber ist und glänzt. Es ist nicht trübe und stumpf wie so viele Schaufenster. Das bedeutet, dass eine Deko aus mir, meinem Surfbrett und der Schüssel voller strahlend gelber Zitronen ausreicht.

Die Illusion einer Sommerfantasie wird durch ein paar letzte Details perfekt. Ich lege sommerliche Musik auf und reibe mich mit Kokossonnenmilch ein, damit sich der Geruch in der Luft ausbreitet. Ich bringe Eddie sogar dazu, etwas Sonnenmilch aufzutragen. Es scheint ihm nichts auszumachen.

»Hier.« Er reicht mir einen dunkelblauen Herrenbadeanzug von Tommy Hilfiger. »Von denen habe ich noch viel zu viele übrig. Fang damit an.«

Geplant ist, dass ich jede Stunde die Kleidungsstücke austausche. Ich gehe mit dem Badeanzug in die Umkleidekabine und probiere ihn an. Er passt gut, und die Farbe ist perfekt. Dann hole ich einen kleinen Make-up-Kasten heraus, den mir Mom geschenkt hat. Niemand weiß davon, aber er ist praktisch.

Wenn man als Mann Make-up auflegt, dann muss man es richtig machen. Gerade genug, um die Gesichtszüge zu unterstreichen – es sei denn, man strebt einen dramatischen Look an, wie zum Beispiel für Modefotos in einer Zeitschrift oder beim Modeln, etwas Avantgardistisches. Oder wenn man Tante Pete ist. Ansonsten braucht keiner zu wissen, dass man Make-up trägt.

Außerdem hole ich meine Geheimwaffe heraus. Eine kleine Tube Hämorrhoidensalbe. Damit betupfe ich die Stellen unter den Augen, da ich letzte Nacht nicht gut geschlafen habe. Die Salbe zieht die Blutgefäße zusammen und zaubert Ringe unter den Augen weg. Dann zeichne ich einen dünnen Strich mit dem Eyeliner. Eyeliner ist das Beste. Er betont die Augen, und meistens wissen die anderen noch nicht mal, warum. Sie wissen nur, dass sie einen ansehen wollen.

Als ich schließlich die Anrufe erledigt habe und ins Schaufenster steige, denke ich an Mom. An meine müde, nervöse, zappelige Mutter – aber sobald sie auf den Laufsteg oder vor die Kamera trat, wurde sie zu einer anderen.

Ich denke an all die Sachen, die sie mir beigebracht hat. Dass man sich eine vertikale Linie vorstellen muss, die sich mitten durch den eigenen Körper zieht. Auf diese Linie muss man sich konzentrieren, und ganz egal, was man gerade macht, sollte man wissen, wo seine Mitte ist und wie man sie ins Gleichgewicht bekommt. Wenn man sich bewegt, bewegt sich alles mit dieser Linie, sodass kein Körperteil vor einem selbst ankommt. Man darf weder den Rücken krumm machen noch schlurfen. Egal wie man sich fühlt – man muss sich selbstbewusst bewegen. Schultern zurück. Hände frei.

Es geht auch nicht nur darum, sexy auszusehen. Manchmal geht es darum, zu schockieren, und das ist der Vorteil, den ich heute verbuchen kann. Ohne mich im Geringsten anzustrengen, werde ich die Leute schocken. Keiner wird erwarten, mich im Schaufenster zu sehen. Wenn ich meine Karten richtig ausspiele, werde ich die Leute dazu bringen, auf der Stelle stehen zu bleiben.

Eddie geht nach draußen, um sich meine Deko anzusehen, und ich kann zwar nicht hören, wie er darauf reagiert, aber ich kann seinen Gesichtsausdruck sehen. Anfangs ist er zerstreut und denkt an hundert verschiedene Details, um die er sich noch kümmern muss. Aber dann sieht er mich und erstarrt. Er guckt mich so fasziniert an, als wären wir uns noch nie begegnet.

Ich stehe im Fenster und hoffe, dass jemand vorbeikommt. Zuerst sehe ich nicht viele Leute vorbeigehen. Es ist ziemlich ruhig, aber abgesehen von der Sorge, der Tag könnte ein Misserfolg werden, macht mir das nichts aus. Im Schaufenster zu stehen ist dasselbe wie auf dem Picknicktisch zu liegen. Ich schalte einen bestimmten Teil meines Gehirns aus und lasse meine Gedanken schweifen. Natürlich muss ich immer mal wieder eine andere Stellung einnehmen, aber dann kann ich mich entspannen. Es gibt hier keinen Fotografen, für den man posieren müsste. Alles, was ich tun muss, ist, meine Stellung zu halten.

Es dauert eine halbe Stunde, bevor die ersten richtigen Kunden vorbeikommen. Ich höre sie draußen vor dem Geschäft, aber ich sehe sie nicht an, da ich mich an das Surfbrett lehne und in die Ferne starre. Ich konzentriere mich zwar nicht auf einen bestimmten Punkt, aber die Leute sollen denken, ich würde auf eine ferne Welle blicken. Vielleicht auf die letzte Welle des Sommers.

»Was hat Eddie denn diesmal vor?«, fragt eine Stimme.

Zwei Frauen kommen aus dem Friseursalon. Sie nähern sich dem Schaufenster und beugen sich vor, um besser sehen zu können. Dann verschwinden sie, und ich denke schon, sie kommen nicht wieder, doch dann kehren sie mit mehreren anderen Frauen zurück, die Lockenwickler im Haar haben. Die kleine Zuschauermenge zieht drei Männer aus dem Tierfuttergeschäft an, und bald darauf sehe ich Autos, die auf den Parkplatz des Einkaufszentrums einbiegen.

»Gibt es irgendeinen Ausverkauf, Eddie?«

»Was für eine verrückte Show zieht ihr da ab?«

Es dauert nicht lange, bevor die Türglocke alle paar Minuten klingelt. Ich höre durchs Glas viele verschiedene gedämpfte Stimmen. Meistens stelle ich mir tatsächlich Wellen vor. Ich versuche, mich daran zu erinnern, wie es auf Hawaii war. Immer mal wieder höre ich Eddie zu, während er die teuersten der Badeanzüge verkauft.

»Ich weiß, die Badesaison ist vorbei, aber zu Anfang der nächsten Saison muss ich die hier zum vollen Preis verkaufen. Warum das gute Stück nicht jetzt kaufen und beiseitelegen? Der hier ist sehr schön. Ganz ehrlich: Er ist erst seit dieser Saison auf dem Markt, deswegen können Sie ihn auch nächstes Jahr noch wunderbar tragen …«

Dann tauchen Jen und Nikki auf.

»Du liebe Güte! Liam, ich glaube es einfach nicht, dich im Schaufenster zu sehen!« Jen hüpft draußen vor dem Geschäft auf und ab und veranstaltet ihre eigene Cheerleader-Show. »Du bist völlig durchgeknallt!«, ruft sie und klappt ihr Handy auf. »Zu spät! Ich rufe jetzt die Gang an.«

Zwanzig Minuten später wird das Einkaufszentrum von einer Horde pfeifender, kichernder Cheerleader gestürmt. Ein Auto hält an. Joe und drei andere Typen steigen aus. Joe begrüßt mich mit erhobener Faust und fängt an zu rufen:

»Li-am, Li-am, Li-am!«

Ich stehe seit ungefähr zwanzig Minuten da, ohne mich zu rühren. Jetzt gestatte ich mir eine Pause, klettere aus dem Fenster und rufe Eddie zu: »Soll ich den Leuten Sachen verkaufen?«

»Ja.« Eddie flitzt an mir vorbei und bleibt dann stehen. »Warte. Könntest du bitte Darleen anrufen? Sag ihr, ich brauche sie als Aushilfe an der Kasse.«

Ich bin gerade dabei, aus dem Laden zu gehen, doch jetzt bleibe ich stehen und drehe mich um. »Was? Nein! Das kannst du nicht machen.«

Eddie blickt auf. »Sie wird Ja sagen. Sie hat mir schon früher geholfen«, erklärt er und legt die Badeanzüge ab. «Nein, warte. Du hast recht. Geh raus und überzeuge die Jungs davon, Hilfiger zu kaufen. Versuche, die blauen Badeanzüge an den Mann zu bringen. Und dann brauche ich dich wieder im Schaufenster. Ich werde Darleen anrufen.«

Ich zucke zusammen. »Sie hat wahrscheinlich zu tun«, sage ich, »und außerdem glaube ich nicht, dass sie –«

Eddie verzieht das Gesicht. »Geh schon!«, sagt er. »Überlasse Darleen ruhig mir.«

Ich zögere, aber ich merke, dass sein Entschluss feststeht. Daher greife ich nach dem CD-Player und gehe hinaus. Ich gebe Jen die CDs. »Hier, such was Gutes aus.«

Joe versetzt mir mit der Faust einen freundschaftlichen Stoß gegen die Schulter.

»Du bist echt durchgeknallt!«, sagt er. Ich mime einen Bodybuilder, während die Musik aus der Anlage dröhnt. Meine Armmuskeln sehen immer noch anständig aus, auch wenn ich zurzeit in Tante Petes Mobilheim nur Hanteln habe. Ich weiß, ich sollte nicht angeben, aber das hier ist wichtig fürs Geschäft, stimmt's? Nikki kommt mit einem winzigen roten String-Bikini angetanzt.

»Wäre der richtig für die Party?«, fragt sie und hält ihn verführerisch hoch. »Oder doch besser der hier?« Sie zieht einen noch knapperen schwarzen Bikini hervor. Die Jungs pfeifen, und Joe tut so, als würde er in Ohnmacht fallen, aber ich sehe keinen Bikini, sondern meine Chance. Mädchen kaufen alles, einfach weil es Spaß macht und weil sie etwas Neues zum Anziehen haben wollen, aber kein Mann kauft im September Badesachen – es sei denn …

»Eine gute Wahl«, sage ich beiläufig, »aber in diesem Jahr sind die Badeanzüge für Jungs noch besser.« Nikki sieht mich verwirrt an.

»Das stimmt. Schau mal.« Ich hole den blauen Badeanzug von Tommy Hilfiger heraus und halte ihn hoch. Dann drehe ich ihn leicht nach links.

»Mann, ist der sexy«, sagt Jen atemlos.

Das war genau die Reaktion, die ich erhofft hatte.

In der nächsten Viertelstunde verkaufe ich fünf Badeanzüge – zwei davon an Typen. Mein Ziel ist es, jedem sofort etwas zu verkaufen, damit sie verschwinden, bevor Darleen eintrifft, aber daraus wird nichts. Hatte ich nicht gesagt, ich würde es zu einer Art Party vor der Party machen? Nun ja, alle bleiben ewig, lachen, unterhalten sich und verschicken SMS an noch mehr Leute. Ich werde langsam nervös, und meine nächste Schicht im Schaufenster läuft nicht so gut. Immer wieder schaue ich auf Eddies Wanduhr.

Darleen kommt während meiner Pause. Jen, Joe und Nikki

sind schon zweimal gegangen und wiedergekommen, weil Jen sich nicht entscheiden konnte. Schüler strömen in den Laden und wieder raus, aber viele von ihnen kaufen tatsächlich Sachen, und so macht es Eddie nichts aus. Ich bin gerade aus dem Schaufenster gestiegen, um Jen zu helfen, als Darleen an mir vorbeigeht. Sie wirkt fest entschlossen. Entschlossen, so viele von uns wie möglich zu ignorieren. Sie fängt bei mir an.

Mein Magen macht einen Salto.

»Wer hat denn die eingeladen?«, fragt Nikki mit gerümpfter Nase.

»Ich«, sage ich. Dann fällt mir ein, dass alle sehen werden, wie Darleen die Kasse bedient, und so wandle ich meine Antwort etwas ab. »Ich habe sie gebeten, uns auszuhelfen, weil wir so viel zu tun haben. Sie ist Eddies Cousine.« Ich wollte es nicht wie eine Entschuldigung klingen lassen, aber alle nicken verständnisvoll.

»Zu dumm«, sagt Nikki.

Ich will gerade erklären, dass ich das nicht so gemeint habe, als sich ein Mädchen des Cheerleader-Teams zu unserer Gruppe gesellt.

»Wer hat sie eingeladen?«, fragt sie und sieht dabei in Darleens Richtung.

»Sie ist Eddies Cousine«, sagte Joe mitfühlend.

»Das habe ich nicht –«

»Mir kommt gerade eine Superidee«, unterbricht mich Nikki. »So was müssen wir auch auf dem Schulfest machen. Das wird ein Riesenspaß! Wir könnten eine Auktion veranstalten und so Geld für die Abschlussklasse sammeln. Liam und ich könnten die Kleidung vorführen und –«

»Ich auch«, sagt Jen. »Wieso sollt nur ihr beide Model spielen?«

»Ich wäre ein tolles Model«, sagt Joe und spannt seine Muskeln an. »Findet ihr nicht?«

Ich habe nur einen Gedanken.

Shit. *Shitshitshitshitshit.*

So was kann ich auf keinen Fall auf dem Schulfest abziehen.

»Ich müsste erst Eddie fragen«, sage ich, um Zeit zu gewinnen. Unglücklicherweise läuft Eddie in diesem Augenblick mit einem Armvoll Badehosen vorbei.

»Was fragen?«

»Wir denken daran, auf dem Schulfest eine Modenschau zu veranstalten«, sagt Nikki begeistert. »Wenn Sie uns ein paar von Ihren Sachen geben, könnten die Leute sie ersteigern, und wir würden einen Haufen Geld für die Abschlussklasse verdienen.«

Ich signalisiere Eddie hinter Joes Rücken, dass er das auf keinen Fall tun soll, aber er ignoriert mich.

»Geben?«, fragt er.

»Fünfzig-fünfzig?«

Er legt den Kopf schräg. »Das wäre kein schlechtes Geschäft«, sagt er schließlich. »Bei Modenschauen bieten die Leute immer zu viel, vor allem wenn es um einen wohltätigen Zweck geht. Ich könnte ein paar Sachen spenden, und wir könnten uns den Rest teilen. Vielleicht würde auch Sarah etwas beisteuern.«

Ich winde und krümme mich. »Ich glaube nicht … also …«

Nikki hüpft wieder auf und ab.

»Du musst unbedingt mitmachen!«, sagt sie. »Ich wollte schon immer modeln. Das könnte der große Durchbruch für mich werden. Mann, wird das cool!«

Genau davor habe ich Angst.

Eddie grinst. »An deiner Stelle würde ich Ja sagen«, wirft er mir über die Schulter zu, während er zurück in den Laden geht.

»Ich bin für das Schulfest zuständig«, sagt Jen. »Ich werde dich für Samstag gegen Abend einteilen, und ich werde auch für die Models sorgen, wenn Eddie und du die Kleidungsstücke beisteuert.«

Mein Magen verkrampft sich.

»Ich weiß nicht so recht, Leute. Ich glaube nicht, dass mich jemand in einer Modenschau sehen will, ehrlich, weil – äh – ich nicht besonders beliebt bin und …«

Jen wirft mir einen ungläubigen Blick zu.

»Wage es ja nicht!«, sagt sie. »Du wirst mit hundertprozentiger Sicherheit zum Ballkönig gewählt. Alle werden für dich stimmen. Und klar wollen sie dich in einer Modenschau sehen. Der Sohn von Sarah Geller modelt an der Pineville High? Glaub bloß nicht, wir hätten nicht mitgekriegt, dass …« Jen legt mir die Hand auf den Arm. »Es ist so süß, wie bescheiden du bist«, fügt sie hinzu.

Ich werde blass, und für einen Moment glaube ich, ohnmächtig zu werden. In meinem Kopf dreht sich alles. Ich mache den Mund auf, um etwas zu sagen, aber es kommen keine Worte raus, und dann stellt der Typ auf der anderen Straßenseite ein riesiges Werbeschild auf, auf dem er Pizza für fünf Dollar anbietet. Jubel bricht aus, und in der Aufregung glaubt Jen, ich hätte Ja gesagt.

»Super«, sagt sie und wendet sich Nikki zu. »Komm, lass uns die Klamotten bezahlen.«

Sobald sie weg sind, sacke ich vor dem Kleiderständer mit den Badeanzügen zusammen. Ich werfe einen Blick in den Verkaufsraum und denke daran, mich wieder ins Schaufenster zu stellen, doch Eddie ist im Lagerraum, und das bedeutet … Ich haste in den Laden, aber Joe sitzt schon an der Theke und tut so, als würde er mit Darleen flirten.

»Vielleicht würde der dir stehen«, sagt er. »Nee, warte – das ist ein Korsett.«

»Trägst du überhaupt einen BH?«, fragt eine der Cheerleader Darleen. Eilig laufe ich um die Verkaufstheke herum.

»Kauft ihr jetzt die Badesachen oder nicht?«, frage ich, und jetzt schubst Jen die anderen aus dem Weg. Sie reicht mir den blauen Bikini, den ich ihr vorhin empfohlen habe.

»Wir kaufen«, sagt sie und überreicht mir die Kreditkarte ihres Vaters. »Wir kaufen definitiv.«

Kaufen ist doch gut, oder? Das sollte es zumindest sein, doch sobald sie weg sind, fixiert Darleen mich mit einem Blick, der ein kleines Flugzeug in Brand setzen könnte.

»War das Ganze etwa deine Idee?«

Ich mustere meine Füße. »Nicht das *Ganze.*«

»Tu mir einen Gefallen, okay?«, sagt sie und betont dabei jedes Wort. »Das nächste Mal, wenn dir was Tolles einfällt – verschone mich. Ich wäre heute nicht gekommen, hätte Eddie nicht meinen Vater ans Telefon gerufen, und deswegen musste ich herkommen und diese jugendlichen Schwachköpfe bedienen, die String-Bikinis und Retro-Badehosen gekauft haben.«

»Ich habe niemandem eine Retro-Badehose verkauft«, sage ich, doch Darleen schüttelt den Kopf.

»Wir hatten eine Abmachung. Warum schaffst du es nicht, mich einfach in Ruhe zu lassen? Du verfolgst mich in der Schule. Du hast mich wegen des Abendessens angelogen. Ich begreife nicht, warum es dir so –«

In diesem Moment kommt Eddie vom Hinterzimmer zurück. Er sieht sich im leeren Laden um und stößt einen Seufzer der Erleichterung aus.

»Genau zur richtigen Zeit«, sagt er. »Wir brauchen eine Pause. Im Lagerraum herrscht das totale Chaos.« Er wendet sich an mich. »Du warst großartig. Die Modenschau zum Schulfest ist eine tolle Idee.«

Darleen quellen vor Entsetzen die Augen aus dem Kopf, doch Eddie merkt es gar nicht. Er sieht rüber zur Pizzeria. »Wollt ihr Mittagspause machen?«, fragt er. »Zu euren Freunden gehen?«

Ich werfe einen Blick durch das Schaufenster nach draußen. »Es sind nicht wirklich meine … ich meine …«

Darleen funkelt mich wütend an. »Ja, Liam«, sagt sie. »Warum gehst du nicht rüber zu deinen vielen *Freunden*?«

35

UM FÜNF UHR schließen Eddie und ich das Geschäft. Darleen ist nach Hause gegangen, ohne sich zu verabschieden, aber das macht wohl auch keinen Unterschied mehr. Schließlich kann ich die Situation jetzt nicht mehr retten. Nicht, wenn ich der zukünftige Ballkönig bin.

Eddie und ich schleppen uns zu seinem Wagen, und er klopft mir auf die Schulter. »Ich habe Pizza bestellt«, sagt er. »Zwei große. Und ich habe die Jungs zu mir nach Hause eingeladen. Ich dachte, wir sollten das feiern, bevor Dino und dein Onkel zur Arbeit müssen.«

Ich nicke. »Gut.«

Eddie sieht mich zweifelnd an.

»Ist alles in Ordnung?«, erkundigt er sich. Ich nicke noch einmal.

Wir halten an der Pizzeria und fahren dann zu Eddies kleinem Split-Level-Haus. Als wir dort ankommen, warten die Jungs schon auf der Türschwelle. Tante Petes Nissan parkt am Straßenrand.

»Nette Gegend«, sage ich, als wir in die Auffahrt einbiegen. Ich habe während der ganzen Fahrt kein Wort gesagt, deswegen halte ich es für angebracht, wenigstens ein *bisschen* Konversation zu betreiben. Eddie grinst.

»Danke«, sagt er. »Ich habe für dieses Haus hart gearbeitet – damals, als ich für Lord & Taylor Wäscheeinkäufer war und ein regelmäßiges Einkommen hatte. Das wird sich jetzt natürlich alles ändern – dank meines brillanten neuen Mitarbeiters.« Mit einer theatralischen Geste reißt er die Beifahrertür auf.

»Und nun betritt der außerordentlich talentierte Liam Geller im neuen Entwurf von Zwei-Pizzas-Zum-Preis-Von-Einer den Laufsteg.«

Ich werde rot. »Das war keine große Sache –«

Eddie legt mir die Hand auf den Mund. »Psst«, sagt er. »Sei nicht so bescheiden. Peter, dein Neffe ist genial.«

Tante Pete steht grinsend im Türrahmen. Dino klopft ihm auf den Rücken, und ich merke, wie stolz sie sind. Sie sind stolz darauf, dass es nicht total danebengegangen ist. Aber das ist es. Sie wissen es nur nicht.

Eddie schließt die Haustür auf, und ich folge den Jungs die Treppe hinauf. Ich will gerade die Pizza in die Küche bringen, aber am oberen Treppenabsatz bleibe ich stehen. An der Wohnzimmerwand hängt ein Bild – der Nachdruck eines Gemäldes von Andy Warhol. Mom hat genau denselben gerahmten Druck in ihrer Boutique hängen. Ich bemühe mich, nicht hinzusehen, aber ich kann den Blick nicht davon abwenden.

Ich habe den ganzen Tag versucht, nicht an Mom zu denken, aber jetzt tut mir die Brust weh. Ich frage mich ständig, wie sie das Modeln aufgeben konnte, da es doch so ein wunderbarer Beruf ist. Ich bemühe mich, den letzten Gedanken, der sich an die Oberfläche drängt, nicht zu denken, aber ich schaffe es nicht. Dad würde ihr doch nicht etwas wegnehmen, was ihr so wichtig ist, oder? Wie hätte er *nicht* stolz auf sie sein können? Sie war ein Superstar.

»Fühl dich wie zu Hause.« Eddie geht in die Küche und reißt mich aus meinen Gedanken. »Ich hole schon mal die Getränke.«

Dino nimmt mir die Pizzaschachteln ab. »Um die kümmere ich mich.«

»Was? Ach, entschuldige.«

Ich kann nicht aufhören, das Bild anzusehen.

Was mich fertig macht, ist die Erinnerung daran, wie wir Moms Bild einem Straßenverkäufer in New York City abgekauft haben. Es ist eines von Warhols Gemälden mit einem Zitat, das da lautet: »Ich finde, jeder sollte jeden mögen.« Mom und ich waren so glücklich, als wir es nach Hause brachten, aber Dad warf nur einen kurzen Blick darauf und sagte, wir hätten viel zu viel Geld dafür ausgegeben. Es war, als hätte er noch nicht mal die Worte gelesen.

Ich habe schon lange nicht mehr an dieses Bild gedacht, aber jetzt kann ich auf einmal nichts anderes mehr denken als: *Hat Dad mich eigentlich jemals gemocht?*

Ich weiß nicht, wie lange ich schon da stehe. Ich höre das Klappern von Geschirr und das Öffnen und Schließen des Kühlschranks, und versuche, mich darauf zu beschränken, ruhig zu atmen. Einatmen und ausatmen. Tief einatmen. Ich konzentriere mich so sehr darauf, dass ich nicht merke, dass Pete neben mir steht.

»Magst du Andy Warhol?«

Ich versuche zu antworten, aber es kommen keine Worte heraus. Ich nicke und versuche es noch einmal.

»Mom hat den gleichen Druck. Wir haben ihn in New York gekauft, aber Dad ...« Ich räuspere mich. »Ich sollte euch lieber helfen«, sage ich, und Pete nickt, als hätte er gewusst, dass ich eine Ausrede finden würde, aber es ist mir egal. Ich gehe ins Wohnzimmer, wo mir dröhnendes Gelächter entgegenschallt. Ich muss diese Stimmung abschütteln, und deshalb konzentriere ich mich auf Eddie, der haarklein erzählt, was heute alles passiert ist.

»Ich sag euch«, erzählt er, »sie haben alles gekauft, was Liam ihnen angeboten hat. Er brauchte nur zu sagen: ›Dir würde blau gut stehen‹, und das ganze Cheerleader-Team von Pineville hat blaue Bikinis gekauft. Ich schwöre, ein Mädel hat gleich drei gekauft. Und obendrein noch teure.«

Dino reicht mir ein Stück Pizza. »Äußerst produktiv«, sagt er mit seiner tiefen Stimme. Ich nehme die Pizza, und eigentlich müsste ich am Verhungern sein, aber ich habe keinen Appetit. Ich habe immer wieder Darleens Gesichtsausdruck vor Augen, als Eddie sagte, ich könnte mit meinen Freunden eine Pause machen. Ich konnte förmlich hören, was sie dachte: *Da geht Mr Superbeliebt.*

Das Gelächter verebbt.

»Du scheinst das Ganze nicht besonders aufregend zu finden«, sagt Orlando, der mir gegenübersitzt und mich beobachtet. »Wir haben schon anderthalb Pizzas verputzt, und du hast noch keinen Bissen angerührt.«

Ich blicke auf. »Was? Ach so. Doch. Ich finde es aufregend. Der Tag heute war großartig, es ist nur …«

Tante Pete setzt sich neben mich auf die Couch und nimmt sich ein Stück Pizza. »Was?«

Ich weiß nicht, wie ich die Frage formulieren soll.

»Na ja, es gibt da etwas, das ich gern wüsste.«

»Willst du wissen, ob du täglich in meinem Geschäft arbeiten kannst? Ja, natürlich. Kein Problem«, sagt Eddie und schenkt eine Runde Wein ein. Ich sehe auf den Teppich.

»Nein, das meine ich nicht.«

Tante Pete runzelt die Stirn. »Komm schon, spuck's aus, damit du endlich anfangen kannst zu essen«, fordert er mich auf. »Eddie hat uns gesagt, dass du nichts zu Mittag gegessen hast, und ich möchte nicht schuld daran sein, wenn du verhungerst.«

»Also gut. Aber sei mir bitte nicht böse.«

Pete schließt die Augen. »Oh nein«, murmelt er, doch Dino versetzt ihm einen Stoß ans Bein.

»Frag, was du willst, Liam«, sagt Dino.

»Na ja, ich habe mich nur gefragt, ob ihr jemals … Außenseiter wart.«

Für einen Augenblick ist es ganz still. Dann macht Tante Pete ein Auge auf.

»Was?«, fragt er. »Du willst wissen, ob wir Außenseiter waren?«

»Meinst du in der Highschool?«, hakt Orlando nach.

Eddie wirkt beleidigt. »Wie kannst du bloß andeuten, dass ich …«

Plötzlich brechen die Jungs in Gelächter aus. Eddie verschüttet seinen Wein auf die Couch, und Dino hält sich prustend den Mund zu. Mein Gesicht verdüstert sich.

»Vergesst es. Ich wollt's nur wissen.«

Tante Pete hört auf zu lachen und räuspert sich. »Kommt schon, Jungs«, sagt er. »Es ist eine vernünftige Frage.« Er zieht eine Augenbraue hoch. »Willst du es wirklich wissen?«

Ich nicke.

»Eddie war der totale Loser«, sagt er. Eddie versetzt ihm mit dem leeren Teller einen Schlag, aber gleich darauf legt er sich theatralisch die Hand an die Stirn.

»Es stimmt«, sagt er. »In der Highschool war ich total unbeliebt.« Er zieht eine Grimasse. »Ich weiß, es ist schwer zu glauben, aber ich war der typische schmächtige kleine Schwule. Das lebendige Klischee. Und vergiss nicht, das waren die Siebziger. Da war es nicht *in*, Individualist zu sein. Außerdem hatte ich immer die falschen Klamotten an. Schon damals hatte ich einen unglaublich guten Modegeschmack, aber ich hatte nicht deinen Körperbau, Liam, um damit durchzukommen. Außerdem hatte ich die nervige Angewohnheit, beim geringsten Anlass in Tränen auszubrechen. Ja, ja, ich weiß schon. Manche Leute sind leicht durchschaubar, und dagegen kann man nichts machen. Ich habe mich bemüht, anders zu sein. Zum Glück kam dann dein Onkel, und, na ja, er war mit Abstand der unbeliebteste und größte Außenseiter von allen, und deshalb ...«

Tante Pete sieht ihn mit offenem Mund an. »Das stimmt so nicht«, sagt er. »Ich war total beliebt. Schließlich war ich Musiker, verdammt noch mal! Musiker sind immer in. Glitter war eine Zeit lang richtig berühmt.«

Nun schüttelt Orlando den Kopf. »Das war doch erst auf dem College, Pete. Und wir waren nur ungefähr sechs Monate lang wirklich in ...«

»Auf gar keinen Fall. Das war viel länger! Erinnert ihr euch noch an das Abschlussjahr? Wir haben die Band im letzten Schuljahr gegründet, und Dino und ich haben angefangen, zusammen zu spielen, sobald ich hierher gezogen bin ...«

»Ja, aber eine Glam-Rock-Band zu haben, hat uns in der Highschool nicht unbedingt beliebt gemacht. Selbst auf dem College hat es uns kaum was genützt.«

»Ach, sei still. Also gut, also gut. Ich war in der Highschool ein Außenseiter. Ich machte damals eine schwierige Phase durch«, sagt Pete. »Und damals hatte niemand etwas für moderne Musik übrig.«

»Außer Dino, und wir alle wissen, wie beliebt der war«, fügt Eddie hinzu. Dino schüttelt den Kopf.

»Hör nicht auf sie, Liam. Ich war zwar ein bisschen zu dick ...«

Die Jungs fangen wieder an zu lachen, doch Orlando beobachtet mich still.

»Warst du ein Außenseiter?«, frage ich ihn. Er nickt.

»Ja«, sagt er. »Zwar kein echter Außenseiter, aber ... ach, ich weiß auch nicht. Ich glaube, ich habe in der Highschool alles zu ernst genommen. Ich war einer dieser Schüler, die im Anzug mit Krawatte zu den Treffen im Debattierklub gehen und viel zu sehr für die Prüfungen büffeln. Du weißt, was ich meine, stimmt's?« Für einen Augenblick gehe ich davon aus, dass er auf die Schulnachrichten anspielt – als hätte er mich durchschaut – aber dann fragt er: »Warum willst du das wissen?«

Ich zucke die Achseln. »Ich weiß nicht. Es scheint etwas Gutes zu sein, aber es ist nicht so leicht, wie ich gedacht habe.«

Das Gelächter verstummt, und Tante Pete kratzt sich am Kopf. Dino mustert eingehend die Pizzaschachtel, und es ist ganz still im Raum.

»Ich sag dir, wer wirklich unbeliebt war«, sagt Pete schließlich. »Dein Vater war unbeliebt.«

Ich nicke. »Weil er zu klug war, stimmt's?«

Pete schnaubt verächtlich. »Nein«, sagt er. »Weil er sozial absolut inkompetent war. «

Das erstaunt mich. »Dad? Er kann großartig mit Leuten umgehen.«

»Nicht immer. Dein preisgekrönter Vater, der andere umgarnt und Spenden aus ihnen herauspresst, kam in dem Jahr in die Highschool, in dem ich in der Zwölften war, und ich musste ihn jeden Tag retten. Glaub mir, Liam, dein Vater war nicht immer der große Macker, für den er sich gerne hält. Dein Großvater war oft monatelang mit der Army weg, und dein Vater war ein absolutes Muttersöhnchen, was auch alle wussten. Die anderen Kinder haben ihn gnadenlos gehänselt. Wenn du überall, wohin du auch gehst, der Neue bist, dann musst du entweder stark oder gut aussehend sein, und dein Vater war keins von beidem. Die Tatsache, dass sein älterer Bruder ein schwuler Glam Rocker war, hat die Sache auch nicht gerade besser gemacht«, murmelt Pete.

Dann hält er inne. »In gewisser Weise waren wir alle Außenseiter«, sagt er. »Okay, außer Eddie, der war ein *echter* Außenseiter. Aber dein Vater war auf eine Weise unbeliebt, aus der man nicht herauswächst. Deswegen musste er sich *unbedingt* deine Mutter angeln. Sie war die schönste Frau, die wir je gesehen hatten. Sie war in ihrem ganzen Leben noch nie unbeliebt – das hätte sie gar nicht geschafft, selbst wenn sie es versucht hätte – und er wusste, dass er sofort dazugehören würde, wenn er mit ihr zusammen wäre.« Pete macht eine Pause. »Willst du wissen, wohin er sie zu ihrem ersten Date eingeladen hat?«

»Auf das Konzert…«

»Nein, das war kein Date. Der erste Ort, an den dein Vater deine Mutter je mitgenommen hat, war das Schulfest der Pineville Highschool. Und zwar ein Jahr *nach* seinem Schulabschluss.«

Das muss ein Witz sein.

»Was?«, sage ich. »Keiner, der mit der Schule fertig ist, geht je zu solchen Veranstaltungen.«

Pete nickt. »Ich weiß«, sagt er, »und du weißt es auch. Aber deinem Vater war das egal. Er wollte nur vor allen Leuten, die ihn früher gehänselt hatten, mit ihr angeben.«

Ich rutsche auf meinem Platz herum und frage mich, warum Mom mir das nie erzählt hat. Sie tut immer so, als sei Dad absolut vollkommen.

»Das ist doch gut«, sage ich. »Er war halt stolz auf sie.«

Pete denkt nach.

»Glaubst du, deine Mutter hat sich an dem Abend wohlgefühlt?«

»Schließlich hat sie ihn geheiratet, oder etwa nicht?«

Ich hatte nicht vorgehabt, so grob zu klingen, doch Pete erhebt sich von der Couch.

»Ja«, sagt er. »Das hat sie.«

36

ES IST EIN VERREGNETER DONNERSTAGNACHMITTAG. Mom und ich sind in der Boutique. Seit Stunden kommt kein Mensch, deswegen sitzen wir auf den Verkaufstischen und essen Karotten. Eigentlich könnten wir den Laden für heute schließen, doch wir wollen beide nicht nach Hause, weil sich Mom und Dad den ganzen Vormittag gestritten haben. Hauptsächlich über mein Zeugnis.

Ich sehe dem Regen zu, der seine Spuren in die Fensterscheibe zeichnet.

»Mom«, sage ich nach einem langen Schweigen, »liebst du Dad eigentlich?«

Mom blickt auf. »Warum fragst du das?«

»Dad und du. Liebt ihr euch eigentlich noch?«

»Was soll die Frage? Natürlich tun wir das.«

Ich springe vom Tisch und gehe ans Fenster.

»Aber ihr seid so verschieden. Ihr mögt noch nicht mal dieselben Sachen, und Dad ist so …«

»Klug?« Mom lacht. »Und ich bin es nicht?«

Eigentlich wollte ich »wütend« sagen.

»Der Regen macht einen ganz trübsinnig«, sagt Mom. Doch dann hört sie auf zu kauen und legt ihre Karotte hin. »Es ist folgendermaßen«, sagt sie. »Manchmal kommen zwei Menschen aus bestimmten Gründen zusammen, aber mit der Zeit ändern sich die

Dinge. Das bedeutet nicht, dass man aufgehört hat, sich zu lieben.« Sie hält inne. »Weißt du, als dein Vater mich umworben hat, fühlte ich mich sehr geschmeichelt. Ich hatte zwar hundert Typen, die an meine Tür klopften, aber keiner von ihnen war wie dein Vater. Ich wusste einfach, dass er es weit bringen würde, und das hat er. Wir sind doch beide stolz auf ihn, nicht wahr?«

»Genau.« Ich nicke. »Es ist nur … na ja, manchmal denke ich, ich will lieber wie du sein, wenn ich erwachsen bin. Vielleicht kann ich ja auch Model werden oder – «

Das Gesicht meiner Mutter verhärtet sich.

»Sag das bloß nicht«, erwidert sie. »Niemand sollte sein wie ich. Alles, was ich je angefangen habe, endete im Chaos.«

Sogar meine Erziehung?, denke ich. Aber stattdessen frage ich: »Sogar das Modelgeschäft?«

»Vor allem das Modelgeschäft. Das war eine verheerende Berufswahl. Dein Vater sagt immer, dass es die schlimmste Seite meines Charakters ans Tageslicht gebracht hat, und weißt du was? Er hat recht. Ich habe zu viel getrunken. Ich habe zu viel gefeiert. Ich habe mich nie auf meine Ehe konzentriert … für dich wünsche ich mir ein besseres Leben, Liam«, sagt sie. »Wenn du dich in der Schule nur ein bisschen mehr anstrengst, kann dir dein Vater Türen öffnen, die dich zu großen Erfolgen führen.«

Sie macht eine Pause. »Vielleicht wirst du eines Tages ein weltberühmter Unternehmer? Wäre das nicht großartig? Dann könntest du immer noch auf der ganzen Welt umherreisen, aber gleichzeitig würdest du mehr aus deinem Leben machen, als ich es je geschafft habe.«

Ich frage mich, warum es noch mehr sein soll, aber ich nicke trotzdem.

»Okay«, sage ich. »Ich werde mich anstrengen.«

Mom kommt ans Fenster und legt die Arme um mich.

»Komm«, sagt sie. »Lass uns früher schließen und von hier verschwinden. Wir bereiten für heute Abend ein schönes Essen vor, und dann wird dein Vater das Zeugnis vergessen.«

Dabei lacht sie leise, denn wir wissen beide, dass das eine glatte Lüge ist.

Als Dino mich nach Hause bringt, ist es still im Mobilheim. Zu still. Es ist acht Uhr abends, und Pete ist zur Arbeit gefahren. Ich sitze in der Dunkelheit auf der Küchentheke, ohne das Licht einzuschalten. Stattdessen rufe ich von meinem Handy aus immer wieder dieselbe Nummer an.

»Mom? Bist du da? Kannst du nicht abnehmen? Ich muss mit dir reden. Bist du zu Hause?«

Biep.

»Ich habe es schon in der Boutique versucht, da warst du auch nicht. Warum nimmst du nicht ab? Es ist wichtig!«

Biep.

»Mom? Könntest du dieses Mal bitte abnehmen? Bitte? Hör zu, Eddie hat mir einen Modeljob gegeben. Na ja, und heute haben wir einen Ausverkauf für Badeanzüge gemacht. Ich möchte dir alles erzählen. Bist du da?«

Biep.

Ich sitze in der Stille da und warte darauf, dass das Telefon klingelt. Eine Stunde später klingelt es endlich.

»Hallo?«

»Li?«

»Mom? Hast du meine Nachrichten bekommen? Wo warst du denn? Warum hast du mich nicht angerufen?«

»Was?«, sagt sie. »Ich bin gerade nach Hause gekommen.« Sie klingt außer Atem.

»Warum funktioniert dein Handy nicht?«

»Ich habe es ausgemacht.«

»Warum rufst du mich nie an?«

»Das tue ich doch. Gerade jetzt.«

Ich lehne mich an die Tür meines Zimmers.

»Hast du gewartet, bis Dad weg ist? Ist das der Grund?«

Mom lacht. Es klingt nach ihrem falschen Lachen: zu schrill und laut. »Warum glaubst du das? Ich habe dir doch gesagt, dass ich gerade erst deine Nachrichten erhalten habe.«

»Aber du hast mich lange nicht mehr angerufen. Letztes Wochenende hab ich dir mehrere Nachrichten hinterlassen. Und am Wochenende davor auch. Hat Dad dir gesagt, du sollst mich nicht anrufen?«

Sie winkt spöttisch ab. »Natürlich nicht. Ich kann dich doch anrufen, wann ich will! Ich dachte nur, du brauchst Zeit, um dich einzuleben. Um deinen Onkel und die Jungs kennenzulernen. Sie sind witzig, nicht wahr?«

Ich runzle die Stirn. »Mhm. Hör zu, kannst du bitte Dad ausrichten, dass ich mich hier gut mache. Sag ihm, dass ich in der Nachrichten-AG bin und einen Modeljob in Eddies Geschäft habe. Eddie sagt, ich hätte Talent. Er sagt, ich könnte mir damit meinen Lebensunterhalt verdienen.«

Ich warte atemlos auf ihre Reaktion, aber am anderen Ende der Leitung bleibt es still.

»Mom? Bist du noch da? Hast du gehört, was ich gesagt habe?«

Eine lange Pause. »Ja, ich habe es gehört.«

»Du freust dich doch, oder? Ich wünschte, du hättest das Schaufenster sehen können, das ich dekoriert habe. Eddie sagt, er hat heute mehr Badesachen verkauft als während der ganzen Sommersaison. Ist das nicht toll?«

Mom schweigt. Dann sagt sie: »Das ist toll, Liam. Ich hätte Eddie sagen können, dass du gut darin bist.«

Ich runzle die Stirn. *Und warum hast du es dann nicht getan?*

»Wirst du es Dad sagen?«, frage ich. Ich höre, wie Mom durch das Haus geht und ihre Stimme leiser wird.

»Wir sollten es deinem Vater noch nicht sagen«, erwidert sie. »Ich meine, ich werde ihm zwar sagen, dass du im Laden aushilfst, aber den Teil mit dem Modeln sollten wir nicht erwähnen.«

Darauf schweige ich eine ganze Weile.

»Warum nicht?«, frage ich schließlich.

Sie lacht. »Ach, Li«, sagt sie betont lässig. »Das Modeln ist ein schnelllebiges Geschäft, und dein Vater macht sich dann nur wieder Sorgen.«

Ich hole tief Luft.

»Wir reden nicht von Paris oder Mailand. Wir reden von einem Schaufenster in Pineville. Und ich bin gut darin. Außerdem hast du doch auch als Model gearbeitet, und Dad war stolz auf dich, stimmt's? Warum ist es bei dir okay, aber nicht bei mir?«

Sie sagt lange nichts. So lange, dass ich nicht sicher bin, ob sie noch dran ist.

»Na ja, es war nicht immer okay.«

Ich reibe mir die Finger am Türrahmen wund.

»Du hast gesagt, es sei deine Entscheidung gewesen, damit aufzuhören. Du hast mir gesagt, dass du dir wünschen würdest, du hättest einen anderen Beruf gewählt. Ist das wahr?«

Mom fängt an zu lachen und hört abrupt wieder auf. Das Geräusch beginnt wie ein Knall und endet wie splitternde Glasscherben.

»Bist du heute aber neugierig«, fängt sie an, aber ich unterbreche sie.

»Hast du mit dem Modeln aufgehört, weil Dad wütend auf dich war? So wütend, wie er es immer ist, wenn wir versuchen, irgendwas zu erreichen …«

Mom fällt mir ins Wort. »Wenn du so bist, kann ich nicht mit dir reden«, sagt sie scharf.

Ich stocke. *Wenn ich wie bin? Ich bin nicht* wie *irgendwas.*

»Es gibt eine Menge Dinge, die du nicht weißt, Liam«, sagt sie schließlich. »Wenn Allan wütend war, dann war es meine Schuld. *Meine* Schuld. Du warst damals noch zu jung, um dich an alles erinnern zu können …«

»Mom –«

»Wir haben Kompromisse gemacht, dein Vater und ich. In deinem Interesse. Du kannst unsere Entscheidungen nicht einfach hinterfragen.«

»Waren sie das wirklich? Waren es *eure* Entscheidungen?«

Mom schweigt. Als sie wieder anfängt zu sprechen, klingt ihre Stimme stählern. »Ich werde nicht mehr mit dir darüber diskutieren«, sag sie, »weil du nicht dabei warst und deswegen nicht weißt, wie es damals war.«

Aber ich war dabei. Zumindest bei einem Teil war ich dabei.

Ich presse den Hörer an meine Wange, aber es ist sinnlos.

»Gut, Ma«, sage ich schließlich. Die Stille zwischen uns fühlt sich schwer an, doch schließlich hole ich tief Luft.

»Eddie und ich stellen eine Modenschau für das Schulfest zusammen.« Ich sage es beiläufig, so als hätten wir nur über meinen Tag geredet. Mom sagt nichts. »Und da euer erstes Date auf dem Schulfest war, hab ich gedacht, ihr wollt vielleicht kommen.«

Diesmal stöhnt Mom. »Oh Gott!«, murmelt sie. »Was war das damals für ein Desaster. Haben die Jungs dir davon erzählt?«

»Ja«, sage ich. »Hast du nicht gesagt, du wärst hin und weg von Dad gewesen?«

Sie seufzt. »Ja, das habe ich. Aber nicht an dem Abend.«

Ich umklammere den Türrahmen so fest, bis meine Finger anfangen zu pulsieren.

»Na ja, ich hatte gehofft, ihr würdet kommen. Vielleicht könntest du ein paar Kleidungsstücke oder so was spenden.«

Sie überlegt lange. »Natürlich werde ich etwas spenden«, sagt sie schließlich. »Ich weiß auch schon genau, was dir gut stehen wird. Ich habe eine neue Hose von einem deutschen Designer reinbekommen, und dazu ein Jackett, das perfekt dazu passen würde.«

»Und ihr werdet kommen, um euch die Modenschau anzusehen?«

Wieder schweigt sie.

»Oh Gott, ich brauche eine Zigarette«, sagt sie schließlich. Und dann: »Also gut. Ich denke darüber nach.«

»Und du wirst auch Dad fragen?«

»Liam«, sagt sie.

Ich stocke. »Mom«, frage ich dann, »warum kannst du mir den Gefallen nicht tun?«

Die Antwort ist Schweigen.

37

ICH LEGE AUF und habe das Gefühl, als wäre die ganze Luft aus dem Mobilheim entwichen. Ich brauche dringend frische Luft, also gehe ich hinaus in die kühle Nacht. Ich mache die Augen zu, atme tief ein und entscheide in diesem Augenblick, auf die Poolparty bei Rob zu gehen.

Alles, woran ich denken kann, ist, mich volllaufen zu lassen.

Ich rufe Joe an. Er erklärt sich bereit, mich abzuholen. Während ich auf ihn warte, überlege ich mir komplizierte Rechtfertigungen, warum es eine gute Idee ist, auf die Party zu gehen. Ich nehme mir fest vor, mich extrem vernünftig zu verhalten, sobald ich dort ankomme. Ich werde derjenige sein, der alle Autoschlüssel einsammelt und die anderen vom Sex abhält. Und obwohl ich es mir ganz fest vornehme, weiß ich tief in meinem Inneren, dass es eine Lüge ist.

Als Joe und ich dort eintreffen, dauert es eine Stunde, bis ich auftaue. Ich stehe da, trinke, sehe alle anderen durch einen weichen Nebel, und es ist, als wäre ich gar nicht wirklich da – als wäre ich nur ein Beobachter, ein Partyforscher oder so was. Plötzlich wird mir klar, dass es hier eine Menge an reinem, ungenutztem Potenzial gibt. Ich sehe es auf genau dieselbe Art, wie ich erkenne, was eine Person tragen sollte. Es ist genauso, wie wenn ich mir vorstelle, dass jemand das für ihn bestmögliche Outfit trägt.

Ich stehe da und denke: *Was für ein unglaublicher Abend.* Das

Wetter ist perfekt. Es ist Frühherbst, und es ist zwar frisch, aber noch nicht kalt. Die Schwingungen des Sommers liegen noch immer in der Luft, aber die Leute stehen nur herum und unterhalten sich. Trinken. Niemand badet. Nichts ist organisiert. Und die Gäste haben sich aufgeteilt. Joe und das Footballteam sind in einer Gruppe, und eine Traube von Mädchen unterhält sich über Cheerleading. Raymond und Simon stehen auf der Terrasse und wirken wie Rehe im Scheinwerferlicht. Ich will nicht sagen, dass sich die Leute nicht amüsieren, aber sie haben längst nicht den Spaß, den sie haben *könnten*. Während ich den Swimmingpool betrachte, fällt mir ein, dass man Wettbewerbe veranstalten könnte. Die Musik könnte auch etwas lauter sein. Einige von uns könnten im Schlafzimmer von Robs Eltern rummachen.

Ich höre auf, den anderen zuzusehen, und gehe hinüber zu Joe, der gerade einer Gruppe Jungs ein paar Football-Tricks zeigt.

»Hey, Joe«, sage ich. Vielleicht lalle ich nur ein bisschen. »Hast du schon mal versucht, einen Pool leer zu machen, indem alle gleichzeitig reinspringen?«

Joe stockt mitten im Satz und blinzelt mich an. Er ist total betrunken.

»Nein, Mann«, sagt er. »Das geht nicht.«

»Ha!«, sage ich unbekümmert. »Warum sollte uns das hindern? Ich wette, es geht, wenn es genug Leute gleichzeitig machen. Klar doch.«

Jetzt habe ich die volle Aufmerksamkeit von allen Umstehenden. Eine Gruppe betrunkener Footballspieler aufzufordern, eine primitive körperliche Handlung durchzuführen, ist schon fast *zu* einfach. Ohne dass ich noch irgendwas hinzufüge, was über diesen harmlosen Vorschlag hinausginge, stellt sich das ganze Footballteam in einer Reihe vor dem Pool auf, um es auszuprobieren.

Mir selber liegt so was nicht, also gehe ich hinüber zum Grill und überlege, wie sich das Ding anfeuern lässt. Ich gieße eine Menge Spiritus auf den Grill und zünde ein Streichholz an. Als die aufgeloderten Flammen wieder ausgehen, fangen die Mädchen an zu klatschen. Alle lachen und jemand stellt die Musik so laut, dass die Wände wackeln. Rob kommt mit Hotdogs aus dem Haus, irgendjemand spritzt mit Bier, und die Footballspieler zählen laut zum Start, springen ab und rollen sich in der Luft zusammen, um mit lautem Platschen im Wasser zu landen. Plötzlich ist die Party lebhaft und laut, und ich denke lächelnd, dass es auf der ganzen Welt nichts gibt, was so befriedigend ist wie ein betrunkener Sieg.

Da steht plötzlich Jen neben mir.

»Das ist die beste Party ever!«, sagt sie. Im Mondschein sieht sie hübsch aus. Mehr als hübsch. Wunderschön. Sie trägt den Bikini, den ich für sie ausgesucht habe.

Ich balanciere auf der Kante von Robs Terrasse neben dem Grill und tue so, als würde ich surfen. Jen ist beeindruckt.

»Kannst du echt surfen?«, fragt sie.

»Ja. Ich habe es auf Hawaii von einem professionellen Surfer gelernt. Früher wollte ich Surfer werden, aber wir haben nie in der Nähe vom Meer gewohnt. Pass auf«, sage ich. »Ich zeig dir, wie es geht.«

Ich beuge mich vor und merke, dass sich mittlerweile eine große Zuschauermenge aus Cheerleadern um mich herum versammelt hat.

»Als Erstes muss man seine Mitte finden«, erkläre ich ihnen. »Dann stellt man die Füße so und wartet auf die Welle ...« Ich tue so, als würde ich eine Riesenwelle einfangen. »Es ist sehr schwer, weil man sich die ganze Zeit darauf konzentrieren muss und überall von Wasser umgeben ist. Manchmal ist es, als sei man in einem Tunnel und würde durch die Luft fliegen.«

Ich bewege meinen Körper so, als würde ich wirklich surfen, und die Mädchen kreischen vor Entzücken.

Ich beuge mich vor, verliere das Gleichgewicht und falle auf Jen drauf. Sie schreit auf, und dann liegen wir beide auf dem Boden. Sie liegt keuchend und kichernd neben mir, also küsse ich sie einfach. Ich überlege, ob ich mit Jen ins Schlafzimmer von Robs Eltern verschwinden soll, als ich jemanden rufen höre.

»Die Polizei«, rufen ein paar der anderen. »Der Nachbar hat gerade die Polizei gerufen!«

Er muss es an die acht Mal brüllen, bevor sich irgendeiner rührt, aber dann ist die Hölle los. Die Leute im Pool strömen buchstäblich heraus, und ich sehe, wie Joe und die anderen Jungen versuchen, mit dem übrigen Bier das Feuer im Grill zu löschen. Keine gute Idee.

Einige Schüler der Abschlussklasse verschwinden wie aufgescheuchte Hühner im Wald hinter Robs Haus, andere rennen die Straße entlang. Das Grundstück ist völlig verwüstet, überall liegen leere Bierflaschen herum. Rob fängt an, sie einzusammeln, aber Joe brüllt: »Lass sie liegen. Lass alles einfach liegen.« Er und Rob rennen ums Haus, Jen und ich folgen ihnen. Alle steigen in Joes Auto, und Joe lässt den Motor an. Der Wagen macht einen Satz nach vorne, bevor sie merken, dass ich nicht drin sitze.

»Los, steig ein.« Jen winkt aus dem Rückfenster und ich nähere mich dem Auto, aber dann merke ich, dass Joe viel zu betrunken ist, um zu fahren. Ich mag zwar selbst besoffen sein, aber um das zu erkennen, muss ich echt nicht nüchtern sein.

»Wartet«, sage ich. »Wir sollten lieber zu Fuß gehen. Lasst uns eine Abkürzung durch einen der Gärten nehmen oder so. Ihr könnt mit zu mir kommen und bei Pete übernachten.«

Joe sieht mich an, als sei ich verrückt, aber in diesem Moment taucht der Streifenwagen auf, und er hat keine Zeit, sich mit mir herumzustreiten.

»Bloß weg«, lallt er und gibt Vollgas. Das Auto schießt die Straße entlang. Jen sieht mich verloren vom Rücksitz aus an. Dann drehe ich mich um und nehme erst jetzt die roten und blauen Lichter des Streifenwagens wahr. Ich fange an zu rennen, aber dafür ist es schon zu spät. Der Streifenwagen hält vor mir, blendet mich mit seinen Scheinwerfern und versperrt mir den Weg. Ich versuche, in die andere Richtung zu sprinten, doch wer immer aus dem Wagen gestiegen ist, ist schneller als ich. Gleich darauf packen starke Hände mich von hinten an den Armen und drücken mich auf die Motorhaube des Polizeiwagens.

Oh Shit.

Mir ist, als würde ich ohnmächtig. In meinem Kopf dreht sich alles, und in meinem Magen lodert ein Feuer. Der Polizeibeamte sagt irgendwas laut und beharrlich, doch es dauert eine ganze Weile, bevor mir klar wird, dass ich mich von der Motorhaube erheben soll. Ich nehme den Kopf vom Blech.

»Ich muss dich festnehmen«, sagt der Polizist, während ich mich aufrichte.

Klar musst du das, denke ich.

»Sie können meine Ta… meinen Onkel Pete anrufen …«, sage ich, aber dann unterbreche ich mich. Sobald ich mich umdrehe, wird mir klar, dass ich den Satz nicht beenden muss.

Dieser Polizist weiß genau, wen er anrufen muss.

38

EINE HALBE STUNDE SPÄTER trinke ich bitteren schwarzen Kaffee auf einem winzigen Polizeirevier, das nur aus einem Raum besteht. Ich sitze vor Dinos Schreibtisch und versuche, mich daran zu erinnern, wie es genau abgelaufen ist, aber meine Erinnerungen sind alle verschwommen. Dino läuft mit so festen Schritten, dass die Schreibtische zittern, auf und ab.

»Eigentlich sollte ich dich einbuchten. Wegen Vandalismus«, sagt er. »Alkoholgenuss eines Minderjährigen. Und extremer Dummheit.« Seine Miene wechselt zwischen wütend und noch wütender. Seine Armmuskeln arbeiten, während er die Hände zu Fäusten ballt. Mir bleibt nichts anderes übrig als ihm beizupflichten. Vielleicht kann ich seiner Liste noch ein paar Straftaten hinzufügen: *Unfähigkeit zur Besserung. Unbeabsichtigte Beliebtheit.*

»Hörst du mir eigentlich zu?«, fragt Dino mich. »Du wirkst, als würdest du abschalten.«

Was? Mich wohin abseilen?

»Ich muss Pete anrufen«, knurrt er, »und deine Eltern muss ich wahrscheinlich auch anrufen.«

Ich reiße den Kopf hoch. Wahrscheinlich? Hat er gerade ›wahrscheinlich‹ gesagt?

Oh Gott, bitte nicht. Wenn es so etwas wie Gnade für unwürdige Seelen gibt, dann lass diesen Menschen nicht beschließen, meinen Vater anzurufen. Bitte, bitte, bitte, Gott, bitte nicht.

Bitte nicht.

Im Beten bin ich nicht so gut.

Dino überlegt und mustert mich prüfend.

»Hör zu«, sagt er mit einem Seufzer. »Ich habe noch keine Entscheidung getroffen. Ich werde als Erstes Petey anrufen. Wenn er sagt, ich soll dich einbuchten, dann muss ich das tun, und dann habe ich keine andere Wahl, als deine Eltern anzurufen, aber …«

Ich kann mich nur schwer dazu bringen zu nicken.

Bitte nicht.

Dino nimmt den Hörer ab, wählt und wartet.

»Pete? Ich bin's, Dino. Nein, ich bin im Dienst. Was? Hallo … warte. Ich muss mit dir über etwas reden.« Dino sieht mich an, aber ich lege den Kopf auf seinen Schreibtisch. »Nein, ich rufe nicht an, um mir ein Lied zu wünschen«, erklärt er. »Es ist wegen Liam. Was? Neeeiin …« Eine lange Pause entsteht. »Er ist hier auf der Wache.«

Ich schließe die Augen und gebe mich dem Gefühl hin, total versagt zu haben.

»Ich habe ihn vor circa einer halben Stunde auf einer Party aufgegriffen«, sagt Dino. »Es waren viele von ihnen da, Pete. Es war viel Alkohol im Spiel. Was? Nein. Nicht ganz. Ein Nachbar hat sich über den Lärm beschwert.

Ja, ich weiß. Ich werde Sarah und Allan anrufen, wenn du das willst, aber vielleicht solltest du vorher auf die Wache kommen. Ich weiß, dass du arbeiten musst, aber er könnte hier seinen Rausch ausschlafen, und dann könntest du nach der Arbeit vorbeikommen und wir könnten über die Sache reden.«

Es folgt eine lange Pause. Eine sehr lange Pause.

»Na ja, beruhige dich erst mal. Der Junge hat ein ziemlich schlechtes Gewissen …«

Dann höre ich ein Klicken. Ich brauche gar nicht erst nachzufragen. Ich warte darauf, dass Dino die Nummer meines Vaters wählt, und bereite mich auf das vor, was ich sagen werde. Nämlich nichts. Ich habe schon entschieden, dass ich diesmal nichts sagen werde.

Es folgt ein Augenblick absoluter Stille, und ich spüre, wie Dinos Blick auf mir ruht. Er legt mir die Hand auf die Stirn.

»Du siehst gar nicht gut aus«, sagt er. »Warum legst du dich nicht in der Zelle da drüben hin?«

In diesem Moment kann ich mir nichts Verlockenderes vorstellen, als mich in die Zelle zu legen.

»Wirklich?«

Dino nickt. »Sieh mich nicht so glücklich an«, sagt er. »Sobald du drin bist, schließt sie sich automatisch, und es gibt nur noch eine saubere Decke.«

Es ist ein Geschenk des Himmels.

Hoffentlich schaffe ich es, die ganze Nacht über wach zu bleiben und zu beten.

39

ALS ICH WIEDER AUFWACHE, IST ES DUNKEL IN DER ZELLE. Meine Schläfen pochen, und zuerst weiß ich nicht, wo ich bin. Draußen höre ich eine merkwürdige Stimme, dann Musik, und irgendwann merke ich, dass es das Radio ist. Ich blinzle durch das Zellengitter in den Wachraum. Bis auf Dino, der sich auf seinem Stuhl hin und her dreht und ein Lied über heiße Liebe mitsingt, ist das Polizeirevier leer. Ich habe Durst und möchte um ein Glas Wasser bitten, aber ich befürchte, mich beim Klang meiner eigenen Stimme zu erbrechen. Also lege ich mich wieder auf die dünne Matratze. Mit ein bisschen Glück werde ich wieder das Bewusstsein verlieren. Der Klang des Radios ist ein tröstliches Summen im Hintergrund. Bis ich die Worte verstehe.

»Okay, Leute, das war ›Hot Love‹ von T. Rex. Das Lied davor war ›Life on Mars?‹ von der jungen Miss, äh, ich meine von dem jungen Mr Bowie, und davor spielten wir meinen persönlichen Lieblingssong ›Do You Wanna Touch Me‹ von Gary Glitter. Ich bin der Rockende Pete, und wir spielen zu dieser späten Stunde eure Lieblings-Glam-Songs hier auf WXKJ. Wir wollen jetzt wieder einen Anruf entgegennehmen. Für diejenigen unter euch, die gerade erst eingeschaltet haben: Wir lassen unsere Hörer abstimmen. Heute Abend lautet die Frage: ›Soll ich meinen Neffen aus dem Knast holen?‹ Also ruft an unter 555-WXKJ.«

Ich reiße die Augen auf. Das kann doch nicht wahr sein. Noch nicht einmal in *meinem* Leben.

»Und hier ist der nächste Anrufer. Larry, du bist auf Sendung.«

»Ja, Pete?«

»Hallo.«

»Ich wollte bloß sagen, dass ich deine Sendung liebe. Du bist Spitze, Mann.«

»Zu gütig. Aber sag mir, was sollte ich deiner Meinung nach mit meinem Neffen machen? Der Junge ist siebzehn. Seine Eltern haben ihn rausgeworfen. Bei mir hat er auch schon mal Mist gebaut, und jetzt wurde er betrunken auf einer Party aufgegriffen. Ich weiß nicht – soll ich ihn vor die Tür setzen?«

Der Anrufer am anderen Ende der Leitung wägt sorgfältig ab.

»Nee, Mann, ich bin mir nicht sicher. Er klingt mir nach einem typischen Jugendlichen, und er ist noch nicht lange bei dir, stimmt's?«

»Richtig.«

»Na ja, also ... Ich glaube, du solltest ihm eine zweite Chance geben.«

Ich schließe die Augen und danke Larry im Stillen.

»Glaubst du? Okay, das ist cool, Mann. Lasst uns noch einen Anruf entgegennehmen. Janet, bist du noch da?«

»Ich bin da, Rockender Pete.«

»Sag uns, was du denkst. Gib dem ollen Petey einen guten Rat.«

Janet zögert nicht. »Sei streng mit ihm! Kids wie er haben keinen Respekt, und wenn sie so sind, lassen sie sich auch nicht ändern. Du kannst es endlos versuchen. Lass es dir von mir sagen, denn ich habe selber einen Sohn in diesem Alter und schon alles versucht.«

»Hast du mal versucht, ihm zu sagen, dass du ihn lieb hast?«

Die Frau lacht.

»Das … na ja … das habe ich jahrelang getan, aber mittlerweile mag ich den Jungen noch nicht einmal mehr.«

Ich winde mich.

»Danke, dass du deine Erfahrungen mit uns geteilt hast. Wir wollen noch eine weitere Meinung hören. Wir haben Wayne aus Grover County in der Leitung. Wayne? Was denkst du? Denn ich weiß es einfach nicht. In der heutigen Sendung haben viele Hörer angerufen, und die meisten finden, ich sollte ihn an die Luft setzen. Denkst du auch so, Wayne?«

In der Leitung ist nur Rauschen zu hören, und ich flehe Wayne stumm an, etwas Gutes über mich zu sagen. Vielleicht etwas Gutes über das Verzeihen im Allgemeinen oder …

»Lass ihn schmoren, Petey!«

Jetzt wird mir richtig schlecht.

»Wie? Bist du für die Höchststrafe wegen … Meinst du das?«

»Juuuu-HUUUU!«

»Wayne, kann es sein, dass du gern etwas zu tief ins Glas schaust? Gehe ich richtig in der Annahme, Mann?«

Man hört ein anderes lautes undefinierbares Geräusch.

»Leute, ich glaube, der gute alte Wayne hat heute Abend einen über den Durst getrunken. Also gut, wir wollen zum Ende kommen. Einen Anruf nehmen wir vor den Sechs-Uhr-Nachrichten noch entgegen. Was meint ihr? Aus dem Knast holen oder vor die Tür setzen? In der Leitung ist Vince.«

Ich halte den Atem an. *Bitte stimme für mich.* Ich fühle mich wie einer dieser Bewerber für eine Reality-Show, der grinsend das Zeichen für ›Ruf an‹ in die Kamera macht, wenn seine Nummer auf dem Bildschirm angezeigt wird.

»Keine Frage: Lass ihn in der Zelle sitzen und ruf die Eltern an«, meint Vince. »Pete, ich arbeite seit zwanzig Jahren als Psychologe, und der Junge muss seine Lektion lernen. Ich wette, er ist deswegen so verkorkst, weil seine Eltern keine Strenge zeigen. Wenn er schon siebzehn ist, kann man nicht mehr viel machen, und um ehrlich zu sein: Es ist nicht dein Problem. Es klingt, als hätten die Eltern ihn loswerden wollen, weil sie mit ihm nicht mehr fertig werden, und jetzt hast du ihr Problem am Hals. Du musst ihm Grenzen setzen.«

Tante Pete unterbricht den Hörer. »Ja, aber glaubst du wirklich, im Alter von siebzehn ist es schon hoffnungslos? Ich weiß nicht. Als ich siebzehn war, machte ich meinen Eltern schwer zu schaffen. Ich putzte mich auf wie die Jungs von Slade und klaute die Wimperntusche meiner Mutter. Meine Alten haben mich rausgeschmissen, und bis heute reden sie nicht mit mir, weil es ihnen immer noch peinlich ist. Wie kann ich da dem Jungen dieselbe Botschaft übermitteln?«

Vince versucht verzweifelt, ihn zu unterbrechen.

»Nein, aber … das ist genau das Problem. Alle haben Angst davor, die Verantwortung dafür zu übernehmen, falls der Junge als Straftäter endet. Man muss streng, aber gerecht sein.«

»Das stimmt.«

»Ich sag dir, Pete, das ist die Lösung.«

»Ich verstehe, was du meinst, Mann.« Es rauscht, weil das Funksignal unterbrochen wird, und dann driftet Tante Petes Stimme wieder in den Raum.

»… so, wir müssen die Abstimmung beenden. Es ist sechs Uhr, und wir bringen noch weitere Hits mit Dean und Donna, all eure Country-Lieblingssongs, aber jetzt verlasse ich euch mit Alice Cooper, der das Urteil fällt. Oh je, sieht aus, als wäre mein Neffe fällig. Hier kommt ›No More Mr Nice Guy‹. Ich bin der Rockende Pete. Euch allen eine gute Nacht.«

Und das war's.

40

DRAUSSEN VOR MEINER ZELLE ertönen Schritte, aber ich stehe nicht auf. Wozu auch? Ich kenne das Urteil schon.

»Ist er wach?«

Ich höre das Quietschen des Drehstuhls.

»Er schläft seinen Rausch aus. Hast du über alles nachgedacht?«

Pete atmet hörbar langsam aus. »Und wie! Er hat dir keine Schwierigkeiten gemacht, oder?«

Dino lacht ironisch. »Nee. Keine Schwierigkeiten. Ich glaube, er hat bloß Angst. Bevor er einschlief, wirkte er etwas elend.« Er hält inne. »Also wie sieht es aus? Ich muss es wissen, bevor die nächste Schicht kommt. Wir werden ihn entweder in Haft nehmen oder du kannst ihn mit nach Hause nehmen, aber dann muss es bald passieren.«

Nach einer Schweigepause höre ich ein Seufzen.

»Ich nehme ihn mit nach Hause«, sagt Tante Pete, aber ich weiß, es ist nur vorübergehend.

Dino klopft an das Zellengitter.

»Pete ist da«, sagt er zu mir. »Zeit zu gehen.«

Ich tue so, als würde ich aufwachen, aber im Grunde kann ich mir das Schauspiel sparen. Was kümmert es sie schon? Dino und Pete sind zu sehr damit beschäftigt, über die Last zu klagen, die ich bin. Das ging nun echt voll daneben!

Ich stehe auf und verlasse die Zelle. Dino macht die Tür hinter mir zu.

»Ich will dich hier drin nie wieder sehen«, sagt er. »Das hier war dein erster und letzter Besuch, verstanden?«

Ich nicke und versuche zu schlucken, aber es funktioniert nicht. Am liebsten würde ich mich übergeben.

»Komm schon«, sagt Pete. »Wir reden zu Hause darüber.«

Wir trotten hinaus zum Nissan, und ich spüre, dass er genauso müde ist wie ich. Auf der Heimfahrt sagt keiner von uns ein Wort. Pete wartet wahrscheinlich darauf, dass ich mich entschuldige, aber mir dröhnt der Kopf und ich denke: *Warum sollte ich es versuchen*? Ganz Pineville hat gegen mich gestimmt, also was gibt es da noch zu diskutieren?

Als wir am Mobilheim ankommen, sagt Pete: »Du siehst furchtbar aus.«

Ich nicke.

»Ich habe deine Mutter angerufen«, fügt er hinzu.

»Kommt sie mich abholen?«

Er zögert. »Nein.«

»Dann also Dad?«

»Warum denkst du, er würde dich holen?«

Ich überlege, ob ich ihm sagen soll, dass ich die Radiosendung gehört habe, aber dann zucke ich bloß die Achseln.

»Das ist alles?«, fragt er. »Du landest im Knast. Ich hole dich raus. Und jetzt redest du noch nicht mal mit mir?«

Wieder zucke ich nur mit den Schultern. Pete schüttelt den Kopf.

»Also gut«, sagt er. »Ich werde dich nicht mehr höflich fragen. Ich will verdammt noch mal wissen, was passiert ist. Ich fahre zur Arbeit, und du hast gerade einen wirklich erfolgreichen Tag in Eddies Geschäft hinter dir. Du sagst kein Wort von irgendeiner

Party – auf die ich dich vielleicht sogar hätte gehen lassen, wenn du dir die Mühe gemacht hättest, mich zu fragen – und fünf Stunden später bekomme ich einen Anruf, dass du im Gefängnis sitzt. Im Gefängnis, Liam. Also. Was. Zum Teufel. Ist. Passiert?«

Ich entnehme seinem Ton, dass ich jetzt besser eine Entschuldigung vom Stapel lassen sollte, auch wenn sie nichts mehr nützt. Und um ehrlich zu sein, wenn ich mich nicht gerade so mies fühlen würde, dann könnte ich Pete voll und ganz verstehen. Schließlich ist es nicht so, als würde er mich zu Unrecht rauswerfen. Tatsächlich hat er es länger ausgehalten, als ich dachte.

»Es war ein großer Fehler«, sage ich. »Es gibt keine Erklärung für mein Verhalten. Ich habe mich total danebenbenommen. Ich habe dich enttäuscht. Ich habe mich selbst und meine Familie enttäuscht. Es ist beschämend, und ich schäme mich dafür.«

Ich habe schon bessere Entschuldigungen geliefert. Tante Pete trommelt wütend mit den Fingern auf die Armlehne der Couch. Dann steht er auf und läuft im Zimmer auf und ab. Danach setzt er sich mir gegenüber wieder hin.

»Hast du dich auf der Party amüsiert?«

Ich hebe den Kopf. Was zum Teufel ist denn das für eine Frage? Wenn ich Nein sage, weiß er, dass ich lüge, und wenn ich Ja sage, wird er mich fertig machen, weil ich meinen Spaß hatte. Ich wünschte, ich wäre schlauer; dann würde ich schneller auf die richtige Antwort kommen.

»Ich weiß nicht«, sage ich. Dann entscheide ich seufzend, dass ich es lieber versuchen sollte. »Ja?«

Pete lacht.

»Fragst du das oder sagst du das?«

Ich zögere lange, bevor ich antworte.

»Nein?«

Tante Pete seufzt.

»Liam«, sagt er. »Es muss doch möglich sein, dass wir miteinander reden. Ich will dich nicht fertigmachen; ich muss nur wissen, dass du ehrlich zu mir bist. Schaffst du das?«

Klar doch – während er so tut, als hätte ich noch irgendwas zu melden.

»Was willst du von mir hören?«

Pete schüttelt den Kopf.

»Warum fängst du nicht damit an, dass du mir sagst, warum du gestern Abend als Einziger erwischt worden bist?«

Die Frage kommt völlig unerwartet. Nach solchen Details hat mich bisher noch nie jemand gefragt. Dad will immer nur die großen moralischen Fragen wälzen und fragt nie nach Einzelheiten. Ich überlege.

»Derjenige, der mir angeboten hat, mich mitzunehmen, war betrunken«, sage ich schließlich. »Und weil ich meinen Führerschein schon wegen der gleichen Dummheit verloren habe, bin ich jetzt vorsichtiger. Deswegen bin ich nicht in sein Auto eingestiegen. Dann hat Dino mich aufgegriffen.«

Pete schneidet eine Grimasse.

»Das ist ja interessant«, sagt er mehr zu sich selbst als zu mir. Er denkt eine ganze Weile nach, dann sieht er mich direkt an. »Als Dino anrief, war ich ziemlich sauer. Ich bin immer noch ziemlich sauer. Bei der Geschichte mit dem Schulbus bist du noch glimpflich davongekommen, und ich hätte gedacht, du würdest danach vorsichtiger werden. Ich ging davon aus, dass du etwas gründlicher nachdenken würdest, bevor du dich wegschleichst, um auf eine Party zu gehen und dich zu betrinken. Ich muss zugeben, ich bin enttäuscht, dass du dir das nicht besser überlegt hast.«

»Ich weiß«, fange ich an. »Ich hätte nicht …«

Tante Pete hält eine Hand hoch, um mich zum Schweigen zu bringen.

»Ich will nicht hören, was du nicht hättest tun sollen«, sagt er. »Ich will hören, warum du dich überhaupt in diese Situation gebracht hast.«

Ich verstehe nicht, was er meint, aber er lässt mir keine Chance, darauf zu antworten.

»Weißt du«, fährt Tante Pete fort, »ich habe mitbekommen, dass du dich zwar sehr häufig entschuldigst, aber nur sehr selten vorausdenkst. Tatsächlich denkst du sowieso sehr selten, aber die grundsätzliche Fähigkeit dazu hast du schon. Jeder, der aus seinen Fehlern lernt und beschließt, sich nicht in ein Auto voller betrunkener Jugendlicher zu setzen, ist offensichtlich in der Lage, intelligente Entscheidungen zu treffen. Also warum triffst du nicht öfter solche Entscheidungen?«

Eine volle Minute lang starre ich ihn nur sprachlos an.

»Hat es dir die Sprache verschlagen?«, fragt Pete grimmig. Er beugt sich vor. »Weißt du, was ich glaube? Ich glaube, du willst alles so aussehen lassen, als wäre es Zufall. Ein trauriger Zufall des Schicksals, der durch deine eigene Dummheit passiert ist. Aber ich glaube weder, dass du dumm bist, noch dass es so viele Zufälle gibt.

Ich will ganz ehrlich zu dir sein. Deine Mutter und du, ihr habt mich angerufen und gesagt, dass du ein paar Wochen hierbleiben sollst. Das ist eine Lüge, und das wissen wir alle. Ich wusste es von Anfang an. Allan hat dich nicht nur für ein paar Wochen rausgeworfen. Er hat dich vor die Tür gesetzt. Basta. Aber das vergessen wir jetzt mal für einen Augenblick. Die Wahrheit ist, dass ich diese Chance wahrnehmen wollte. Das wollte ich aus vielen verschiedenen Gründen, die ich jetzt nicht alle erörtern möchte. Es sollte ausreichen, wenn ich sage, dass ich euch aus der Patsche helfen wollte. Ich wollte deiner Mutter helfen. Aber ein großer Teil von mir fragt sich ständig: *Was zum Teufel will ich mit einem Jugendlichen, der bei mir im Mobilheim lebt*?«

Tante Petes Stimme wird lauter, und er bemüht sich um Augenkontakt, aber ich starre stur auf einen alten Maischip, der auf dem Teppich liegt.

»Klink dich jetzt nicht aus«, schreit er und tritt mit dem Fuß auf den Chip. »Ich möchte, dass dir das hier weiterhilft, und Sarah auch, aber ich glaube, du bist ziemlich wütend auf deinen Vater.«

»Was?«, sage ich und blicke auf. »Das stimmt nicht.«

Pete schüttelt den Kopf.

»Ach so, du glaubst also, dein Partybesuch hat nichts mit deinem Vater zu tun?«

»Nein«, sage ich in scharfem Ton. »Ich bin zur Party gegangen, weil ich etwas brauchte, um mich zu entspannen.«

Tante Pete verschränkt die Arme. »Ach, das war's also«, sagt er. »Du musstest dich dringend von dem vielen Schlafen und Fernsehen erholen?«

»Wenn ich viel schlafe, dann nur, weil es hier nichts zu tun gibt, und vielleicht brauchte ich deswegen eine Party zur Abwechslung. Es hatte nichts mit Dad zu tun. Oder mit Mom.«

»Natüüürlich«, sagt Pete und zieht das Wort mit einem Seufzer in die Länge. »Du verdrängst natürlich überhaupt nichts.« Seine Stimme ist jetzt ganz schön laut, und ich sehe, dass die Lichter in Darleens Mobilheim angehen. »Du versuchst natürlich nicht, jemand zu sein, der du gar nicht bist, nur um einen Mann zufriedenzustellen, der niemals mit dir zufrieden sein wird – egal, was du machst?«

»Das ist Schwachsinn.« Die Worte entschlüpfen mir, bevor ich es verhindern kann. »Absoluter *Schwachsinn.*«

»Wut ist es nicht?«

»Nein!«, schreie ich. »Verdammt noch mal, es ist keine Wut!«

Danach entsteht eine lange Schweigepause, und dann flippe ich aus.

»Wenn ich gerade auf irgendjemanden wütend bin, dann auf dich. Du bist doch derjenige, der so tut, als wollte er mich hier haben, obwohl du es in Wirklichkeit gar nicht willst. Du bist doch derjenige, der im Radio verkündet hat, dass ich wieder mal alles vermasselt habe. Warum sagst du mir nicht einfach, ich soll gehen, und bringst es hinter dich?«

»Wovon redest du überhaupt?«, fragt Pete. »Ich will doch nicht –«

»Ich hab die Sendung im Radio gehört«, schreie ich. »Ich weiß, dass alle gegen mich gestimmt haben.«

Er starrt mich an.

»›No more Mr Nice Guy‹«, äffe ich ihn nach. »Warum hast du mich nicht gleich auf der Polizeiwache rausgeschmissen? Warum hast du so getan, als würdest du mir noch eine Chance geben, wenn du es gar nicht tust? Du glaubst, ich sei wütend auf Dad? Bin ich nicht. Ich bin wütend auf dich!«

Tante Pete stöhnt. »Oh, Liam«, sagt er. »Das hättest du nie hören sollen. Das hätte ich nie tun sollen. Ich hab nur … Ich war total wütend. Ich bekam mitten in der Sendung einen Anruf, dass du eingebuchtet wurdest, und ich weiß nicht … Niemand hört meine Sendung. Höchstens ein paar Betrunkene und Leute, die nicht schlafen können. Mehr nicht.« Er stützt den Kopf in die Hände. »Und Dino. Oh Gott, warum hab ich daran nicht gedacht?«

Er blickt auf und schüttelt den Kopf. »Es tut mir leid«, sagt er. »Das habe ich gründlich vermasselt. Aber Liam, bedenke, dass dich die Leute, die gegen dich gestimmt haben, gar nicht kennen. Sie wissen nichts über dich. Hast du echt gedacht, ich würde dich vor die Tür setzen, nur weil ein paar Leute, denen ich nie begegnet bin, es sagen?«

Ich schweige.

»Also glaub mir«, sagt Pete. »Ich werde dich nicht nach Nevada schicken, und nach Hause *kann* ich dich gar nicht schicken. Das ist doch das Problem, oder?«

Er wartet und versucht, meinen Blick einzufangen, aber ich weigere mich, ihn anzusehen. Er seufzt.

»Ich werfe dich nicht raus«, sagt er. »Das verspreche ich. Aber ab morgen erwarte ich von dir, intelligente Entscheidungen zu treffen. Und erzähl mir keinen Mist von wegen, warum du das nicht könntest. Ich erwarte von dir, dass du den Aufsatz für Orlando schreibst und jeden Tag nach der Schule mit ihm arbeitest, bis deine Note besser wird. Ich erwarte, dass du jeden Samstag acht Stunden lang für Eddie arbeitest, und wehe, du tust es nicht – egal, was dein Vater sagt, wenn er davon erfährt –, denn das kannst du gut. Und ich will, dass du *du selbst* bist. Ich erwarte, morgen früh alle meine T-Shirts wieder in meinem Zimmer zu sehen. Hast du verstanden?«

Ich schweige lange.

»Antworte mir«, verlangt Pete.

»Ja«, sage ich schließlich. »Ich habe verstanden.«

41

ALS PETE SCHLIESSLICH INS BETT GEHT, halte ich es in dem Mobilheim nicht mehr aus. Also gehe ich nach draußen und lege mich auf den Picknicktisch. Ich versuche, mich auf den Teil unseres Gesprächs zu konzentrieren, in dem er gesagt hat, dass er mich nicht rauswerfen würde, aber stattdessen geht mir seine Stimme als Radiomoderator nicht aus dem Kopf.

»Sieht aus, als wäre mein Neffe fällig. Hier kommt ›No More Mr Nice Guy‹.«

Mein Leben wird immer nur schlimmer und schlimmer.

Da höre ich Darleen.

»Was machst du denn noch hier?«

Hastig setze ich mich auf.

»Ich sitze hier«, sage ich, obwohl das ziemlich offensichtlich ist.

Darleen mustert mich verdrossen. »Technisch gesehen hast du gelegen«, bemerkt sie, »und was ich gemeint habe, ist, warum bist du noch nicht weg? Wir hatten dich längst abgeschrieben.«

Mir gefällt nicht, dass sie das Wort ›wir‹ verwendet.

»Ich weiß nicht«, sage ich seufzend. »Ich weiß es wirklich nicht.«

Darleen hält inne. »Tut mir leid«, sagt sie dann. »So habe ich das nicht gemeint.«

Ich finde, dass ›Wir haben dich abgeschrieben‹ nicht eben viel Raum für Interpretationen zulässt.

»Ich habe gehört, wie du dich mit deinem Onkel gestritten hast.« Sie räuspert sich. »Alles hab ich nicht gehört. Nur irgendwas darüber, dass du intelligente Entscheidungen treffen und seine T-Shirts zurückgeben sollst.« Sie schneidet eine Grimasse. »Du hast die Sachen von deinem Onkel angezogen?«

Sie versucht nur, einen Witz zu machen und mich mit Smalltalk abzulenken, aber ich schließe die Augen. Ich ertrage es jetzt nicht, von Darleen auf den Arm genommen zu werden.

»Ja«, sage ich schließlich. »Es war dumm von mir, okay? Ich wollte dich beeindrucken. Bist du jetzt glücklich? Seit Wochen versuche ich, dich zu beeindrucken, und habe dabei total versagt.«

Darleen setzt sich an den Picknicktisch.

»Du hast versucht, *mich* zu beeindrucken? Warum das denn, um alles in der Welt?«

Ich antworte nicht.

Nach einer Weile sagt sie: »Ich habe nachgedacht.« Sie stockt. »Eigentlich denke ich schon seit dem Essen am Freitag viel nach.«

Ich stöhne. Das Essen. Wenn das kein Desaster war …

»So schlecht war es gar nicht«, sagt Darleen, als könnte sie meine Gedanken lesen. »Ich meine, die Stimmung war seltsam, aber das Essen war gut.«

Diesmal lache ich. Es ist ein kurzes, verbittertes Lachen.

»Du fandest es schrecklich«, sage ich. »Du hast überhaupt nichts gegessen und dann bist du gegangen.«

Sie nickt. »Na ja, das stimmt zwar, aber es hat gut gerochen. Pete hatte recht. Wir hätten es essen sollen.«

Ich schweige und merke, dass Darleen sich bemüht, nett zu sein. Das haut mich um, und ich versuche, mir etwas einfallen zu lassen, was ich außer *Warum um alles in der Welt bist du plötzlich so nett zu mir?* sonst noch sagen könnte.

Mir fällt aber nichts ein.

»Warum um alles in der Welt bist du plötzlich so nett zu mir?«

Darleen seufzt. »Ich versuche, mich bei dir zu entschuldigen«, sagt sie.

Ich starre sie mit dem Gefühl an, dass nichts in ihrem Verhalten mehr einen Sinn ergibt.

»Du entschuldigst dich? Bei mir?«

Sie nickt.

»Ja«, sagt sie. »Aber erzähl es niemandem in der Schule. Ich weiß, dass sie mir im Jahrbuch den Platz als Klassenzicke schon reserviert haben. Wenn das hier rauskommt, dann weiß ich genau, wer mich verraten hat.«

Ich bin mir zwar ziemlich sicher, dass das ein Witz sein sollte, aber ich antworte trotzdem.

»Ich werde es nicht weitersagen.«

Dabei sollte ich es eigentlich belassen, aber ich schaffe es nicht. Darleen ist schon dabei aufzustehen, als wollte sie ins Haus zurückgehen.

»Warte«, sage ich.

»Was ist?«

»Na ja, es ist nur, dass du dich bei mir entschuldigst, aber ich sollte mich auch bei dir entschuldigen.«

»Warum?«

Ich denke: Weil es so funktioniert, aber stattdessen sage ich: »Weil ich in Wirklichkeit gar nicht so klug und streberhaft bin, wie ich mich gegeben habe.«

Darleen zuckt die Achseln. »Ach, wirklich?«

»Und weil ich Freunde habe. Viele Freunde.«

Sie nickt traurig. »Ich weiß.«

»Und weil ich keine technischen Geräte mag. Ich kann sie noch nicht mal bedienen. Ich bin der Nachrichten-AG beigetreten, damit du siehst, wie ernst ich die Schule nehme, und weil ich meinem Vater gesagt hatte, ich würde bei einer AG mitmachen.«

»Ich verstehe.«

Ich warte auf den Hammer – auf den Moment, an dem sie ihre Meinung ändert, an dem sie mich womöglich mit einer abschließenden Bemerkung fertigmacht, aber sie wartet einfach ab.

»Ist das alles?«

Ich zögere.

»Nein«, sage ich. »Es gibt da noch was.«

Jetzt sieht sie mich argwöhnisch an. »Was denn?«

Ich will es nicht aussprechen, aber ich muss es ihr sagen.

»Wenn ich zum Schulfest immer noch hier bin, werde ich vielleicht zum Ballkönig gewählt.«

Darleen holt tief Luft. Sie verengt die Augen und fixiert mich mit einem scharfen Blick. »Übertreib es nicht.«

Darleen hat recht. Ich sollte es nicht übertreiben. Jemand hat sich soeben bei mir entschuldigt. Es waren sogar zwei Leute. Das sollte mir eigentlich reichen. Aber es reicht mir nicht. Ich hole mein Handy raus und rufe Dad an.

Ich bekomme die Mailbox und muss eine Nachricht hinterlassen.

»Dad, ich bin's. Hör zu. Ich muss mit dir reden. Ich weiß, du willst nichts von mir hören, aber ich dachte, wir könnten miteinander reden, und weil ich doch bald Geburtstag habe, könnten wir uns vielleicht treffen, um uns zu unterhalten. Ich weiß, du willst bloß das Beste für mich, und … na ja, das ist das einzige Geburtstagsgeschenk, das ich mir dieses Jahr wünsche. Nur eine Gelegenheit, mit dir über meine Zukunft zu sprechen. Bitte?«

Biep.

Ich starre auf das Handy. Tief in meinem Inneren spüre ich

den Drang, in hysterisches Gelächter auszubrechen. Ich habe gerade alles darauf gesetzt, dass Dad für mich da sein wird – und die Wette steht nicht zu meinen Gunsten.

42

MITTWOCHABEND LÄSST DAD ENDLICH VON SICH HÖREN. Immer wieder spiele ich die Nachricht auf meinem Handy ab.

»Liam, hier spricht dein Vater. Ich habe deine Nachricht erhalten und über deine Zukunft nachgedacht. Bitte halte dich am Dienstag um achtzehn Uhr bei deinem Onkel bereit. Zieh dich nett an, aber trage nicht dieses Designer-Zeugs.«

Ich bin fest entschlossen, das hier NICHT zu vermasseln.

Das heißt, dass ich nur bis zum nächsten Dienstag Zeit habe, mich vorzubereiten, also fange ich sofort damit an. Zuerst mache ich mein Zimmer sauber, aber sauberer wird es nicht mehr, und deswegen mache ich mit der Küche weiter. Ich staple die ganzen Elektrogeräte auf dem Rand des Wohnzimmerteppichs und schrubbe alle Flächen. Ich fange mit dem Kühlschrank an, aber dabei wird mir schlecht, deswegen muss ich aufhören und noch einmal von vorne anfangen. Hinten im Kühlschrank verrotten Lebensmittel, die sich nicht länger identifizieren lassen – lauter schimmelnde, stinkende, wuchernde Klumpen. Ich stelle den Abfalleimer direkt neben den Kühlschrank, und bevor die Küche fertig ist, trage ich zwei volle Tüten zum Mülleimer. Dann wische ich den Boden, räume den Besenschrank auf und versuche, das Küchenfenster zuzumachen, das ich mit Gewalt geöffnet hatte, als es die Tofupfanne gab. Aber es klebt fest.

Tante Pete kommt herein und seufzt laut. Er durchsucht den Kühlschrank.

»Wo ist mein Bier? Hast du mein Bier weggeworfen?«

Ich krieche auf dem Boden herum und wische die Schranktüren ab.

»Es ist im untersten Fach. Dem Fach für Dosen.«

Pete holt zwei Dosen heraus. »Hier stinkt's«, stellt er fest. Das stimmt nicht. Es riecht nach Reinigungsmitteln, und das kann man wohl kaum als Gestank bezeichnen.

»Wenn es stinkt, dann nur, weil im untersten Fach des Kühlschranks eine ganze Kuh verfault ist.«

»Wo ist mein Werkzeug? Vor einer Minute war es noch da.«

»Im Schrank. Im Werkzeug- und Besenschrank. Warum fragst du eigentlich? Du benutzt es doch sowieso nie.«

Darauf gibt er keine Antwort. Stattdessen poltert er aus der Küche. Dann poltert er wieder herein.

»Warum zum Teufel putzt du überhaupt?«

Diesmal werde ich nicht lügen.

»Dad kommt zu Besuch.«

Tante Pete schnappt nach Luft.

»Was?! Heute Abend?«

»Nein, nicht heute Abend. Er kommt am Dienstag. An meinem Geburtstag.«

Pete sieht mich an, als wäre ich verrückt.

»Allan kommt am nächsten Dienstag, und du machst jetzt schon alles sauber? Eine Woche vorher?«

Ich nicke.

»Und wie kommt es, dass er beschlossen hat, herzukommen? Hat deine Mutter ihm die Pistole auf die Brust gesetzt?«

Er wirkt, als hätte ich ihn hintergangen, und ich bekomme ein schlechtes Gewissen.

»Ich habe ihn eingeladen. Am Dienstag habe ich Geburtstag, also wird er mich wahrscheinlich zum Essen einladen oder so was. Ich glaube kaum, dass ihr euch sehen werdet.« Ich halte inne. »Ich weiß ja, dass du Dad nicht magst, aber mir ist es wichtig.«

Tante Pete holt tief Luft.

»Allan ist mein Bruder«, sagt er. »Es stimmt nicht, dass ich ihn nicht *mag*. Die Sache ist kompliziert und war es schon immer. Es fällt mir nur schwer zu glauben, dass er herkommt, um –«

Ich schlage die Schranktür mit einem Knall zu.

»Es fällt dir also schwer zu glauben, dass er mich an meinem Geburtstag sehen will? Das will er aber. Dad und ich werden uns zusammensetzen und alles klären.«

»Das war es nicht, was ich sagen wollte«, widerspricht Pete, aber ich will es gar nicht hören.

»Du wirst mich bald genug los sein«, murmle ich. Dann gehe ich nach draußen.

Hinter mir schlägt das Fliegengitter zu, und ich gehe mit festen Schritten auf den Picknicktisch zu.

Dort sitzt Darleen und zeichnet.

»Ihr solltet wirklich eine andere Lautstärke ausprobieren«, sagt sie. »Ob du es glaubst oder nicht – es gibt Leute, die sich unterhalten, *ohne* zu schreien.«

Ich setze mich und lege den Kopf auf die Tischplatte.

Darleen sieht mich prüfend an.

»Stimmt es, dass dein Vater am Dienstag kommt?«

Ich nicke.

»Ist das der Grund, warum du dich mit Pete gestritten hast?«

Wieder nicke ich. »Pete glaubt nicht, dass Dad mich wirklich besuchen will, aber er hat gesagt, er würde kommen, und mein Vater hält sein Wort. Er wird mich auf keinen Fall enttäuschen.«

Darleen zögert. »Liam, ich …«

»Wahrscheinlich glaubt er auch nicht, dass Dad es sich anders überlegt und mich wieder nach Hause kommen lässt, aber es gibt da vieles, was Dad noch nicht weiß. Zum Beispiel, dass ich jetzt für Eddie arbeite und in der Schule bessere Noten bekomme. Ich werde am Montag in Physik eine Zwei schreiben, und dann habe ich eine schulische Leistung, die ich vorweisen kann.«

Darleen lacht. »Das soll ein Witz sein, oder?«

Zugegeben, das ist nicht die Reaktion, die ich erhofft hatte.

»Du glaubst nicht, dass ich eine Zwei schreiben kann?«

Sie verzieht das Gesicht.

»Nein«, sagt sie. »Nicht, dass du es nicht schaffen kannst. Es ist nur – na ja, es gibt einen Grund dafür, warum der Lehrstoff breit gestreut ist. Man lernt ihn Stück für Stück, weil der ganze neue Stoff auf dem alten aufbaut. Keiner kann dir nur den Stoff beibringen, der im Test abgefragt wird, denn wenn du den alten Stoff nicht gelernt hast, ergibt es keinen Sinn. Du scheinst dich nicht an den Mathestoff zu erinnern, den wir anwenden sollen, und auch nicht an den Chemiestoff vom letzten Jahr.«

Okay. Sie will mir nicht helfen.

»In Ordnung«, sage ich und stehe vom Picknicktisch auf. »Ich brauche keine Zwei. Das heißt, eigentlich schon, aber bis Dad kommt, werde ich genügend andere Dinge haben, die ich ihm zeigen kann. Ich werde meine, äh, andere Noten haben und … solche Sachen.«

Darleen zögert. »Bist du wirklich sicher, dass er kommt?«

Ich nicke. »Ich hinterlasse ihm jeden Tag eine Nachricht, damit er weiß, dass es mir ernst ist.«

Sie nickt nachdenklich.

»Vielleicht wäre einmal in der Woche …«, fängt sie an. Dann schüttelt sie den Kopf. »Ach, was soll's? Die Wahrheit ist: Wenn ich die Telefonnummer meiner Mutter gehabt hätte, nachdem sie uns verlassen hat, hätte ich sie so lange jede Stunde angerufen, bis sie zurückgekommen wäre.«

Darleen betrachtet ihre Zeichnung. Dann hebt sie den Kopf.

»Nicht, dass ich nicht glauben würde, dass du eine Zwei schaffen kannst«, sagt sie. »Ich halte dich nicht für halb so dumm, wie du denkst, dass ich denke, dass du bist.«

Wenn ich klüger wäre, könnte ich diese Bemerkung bestimmt entschlüsseln.

43

DAD RUFT MICH NIE ZURÜCK. Ich rufe ihn jeden Nachmittag um vier an, und er nimmt nie ab oder ruft mich zurück. Selbst als ich frage, wo ich einen Tisch für unser Essen reservieren soll, höre ich nichts von ihm. Das ist ein Problem, weil ich jetzt nicht weiß, ob ich ein Essen vorbereiten soll – in diesem Fall müsste ich Pete dazu bringen, sich zu verkrümeln – oder ob ich einen Tisch reservieren soll. In diesem Fall bräuchte ich ein Restaurant, das in einem Umkreis von achtzig Kilometern liegt, ohne die Bezeichnung »Raststätte« zu führen.

Unter den gegebenen Umständen hatte ich eigentlich gehofft, an meinem Geburtstag ein bisschen länger schlafen zu können – vielleicht ein paar Mal auf ›Snooze‹ zu drücken, bevor ich aufstehe –, doch stattdessen werde ich schon früh von einem schrillen Pfeifen und dem Geruch nach verbranntem Essen geweckt. Ich drehe am Türknauf und mache die Tür einen Spalt weit auf.

Eddie steht am Herd und macht Rühreier. Dino presst frischen Orangensaft. Orlando schneidet Grapefruit, und Tante Pete verbrennt den Toast. Eine dicke schwarze Wolke hüllt die Küche ein, und irgendwo heult schrill ein Rauchmelder.

»Verdammt, irgendwo muss er doch sein! Wo hab ich das blöde Ding bloß hingeschraubt?«

»Warum ist er nicht an der Wand? Ein Rauchmelder sollte an der Wand befestigt sein.«

»Oder an der Decke …«

»Oder …«

»Na, also da ist er offensichtlich nicht. Wenn ihr vielleicht aufhören könntet, mir zu sagen, wo er sein sollte, und mir stattdessen helfen würdet, das verdammte Ding zu suchen …«

»Hat einer von euch den Toast aus dem Toaster geholt?«

Ich mache die Tür ganz auf und versuche, den Rauch aus dem Raum zu wedeln, während ich durch die Küche gehe und den Toast heraushole. Dino findet den Rauchmelder unter der Spüle, und das schrille Pfeifen verstummt abrupt.

»Was macht ihr da?«

Dino blickt von unter der Spüle hoch, und Tante Pete sieht mich durch die Rauchwolke an. Eddie steht keuchend am Herd.

»Überraschung«, sagen alle ungefähr gleichzeitig.

»Ist das für mich?«, frage ich, während Pete ein Stück verkohlten Toast aus dem Toaster loseist.

»Verdammter Mist«, sagt er. »Es sollte ein richtig schönes Frühstück werden. Wir haben Geschenke und alles.«

»Ihr habt Geschenke für mich besorgt?«

Tante Pete nickt.

»Wir haben uns gedacht, wir überraschen dich mit einem Frühstück, weil du doch heute Abend was vorhast.« Pete lacht gekünstelt. »Ich wette, der Rauchmelder war eine echte Überraschung, was?«

Eddie versucht, den Rauch mit dem Besen durch das offene Fenster nach draußen zu kehren.

»Aus welchem Grund würde jemand einen Rauchmelder unter der Spüle anbringen?«, murmelt er. Dann fügt er hinzu: »Die Kerzen können wir wohl vergessen.«

Dino reicht mir ein großes Glas Orangensaft.

»Die Geschenke?«, schlägt er vor. Meine Augen tränen. Vielleicht ist es wegen dem dichten Rauch.

»So etwas hat noch nie jemand an meinem Geburtstag gemacht«, sage ich. »Es ist …« Mir fällt das Wort nicht ein.

»Ein Chaos?«, suggeriert Orlando.

Ich nicke. Es ist umwerfend.

Tante Pete bringt einen Stapel Geschenke und zieht einen Hocker heran.

»Mach das hier zuerst auf. Sie sind von uns allen«, erklärt er. »Wir haben zusammengelegt.«

Ich öffne ein kleines quadratisches Päckchen. Es ist eine CD. *Die größten Glam-Rock-Hits aller Zeiten.*

»Äh – cool.«

»Ich wollte dir eine Federboa besorgen, aber die Jungs waren dagegen.«

Eddie reicht mir eine große rechteckige Schachtel.

»Das hier ist dein richtiges Geschenk«, sagt er. »Vielleicht gefällt es dir erstmal nicht so gut, aber wir sind ziemlich sicher, dass du es eines Tages brauchen kannst.«

Ich mustere das Geschenk auf meinem Schoß. Es ist in die Comicseiten von letzter Woche eingewickelt und mit einem Stück gelber Schnur zugebunden.

»Jetzt mach schon«, sagt Tante Pete. »Brauchst du eine Schere?«

Ich schüttele den Kopf.

»Nein, es ist nur …«

Orlando gibt mir trotzdem eine Schere. »Mach es auf.«

Ich schneide die Schnur durch und reiße das Papier auf. Darunter verbirgt sich eine elegante schwarze Schachtel mit goldener Schrift auf dem Deckel.

Emerald Fotografien – Fotoatelier.

Ich nehme den Deckel ab und hole vorsichtig ein großes Fotoalbum heraus. Es ist in schwarzes Leder gebunden und die Blätter sind leer. Sanft streiche ich über den Einband.

»Das ist für deine Fotomappe«, erklärt Pete.

Vorsichtig öffne ich es und blättere die Seiten um. »Ich weiß«, sage ich leise. Zwischen dem Buchdeckel und der ersten Seite liegt ein dünnes Stück Papier.

»Es ist ein Geschenkzertifikat für …«

»… eine Fotosession.« Ich streiche mit der Fingerspitze über die goldenen Buchstaben.

Dieses Geschenkzertifikat berechtigt
Liam Geller
zu einer Fotosession am zwanzigsten November.

»Das ist das Atelier, in dem Mom ihre ersten Fotos machen ließ«, flüstere ich. Ich wage kaum zu atmen. Warum tun sie das für mich? Ich schaue von einem zum anderen. Da ist Dino, der mich in die Zelle gesperrt hat, und Orlando, dem ich noch einen Aufsatz schulde, und Tante Pete, der mich schon viel zu lange ertragen hat.

Pete deutet mit einer Kopfbewegung auf das Geschenkzertifikat. »Ich weiß noch, wie Sarah dort hingegangen ist«, sagt er. »Ich habe versucht, einen früheren Termin für dich zu bekommen, aber man muss lange im Voraus buchen. Der einzige Grund, weshalb sie mir diesen gegeben haben, ist, weil ich ihnen gesagt habe, dass du Sarah Gellers Sohn bist.« Er hält inne und sieht mich prüfend an. »Gefällt es dir?«

Ich versuche zu nicken.

»Es ist perfekt«, sage ich schließlich. »Ich werde heute Abend mit Dad über das Modeln reden, da kann ich es ihm zeigen.«

Die Jungs werfen einander Blicke zu, und Tante Pete atmet tief ein.

»Gut«, sagt er dann. Seine Stimme klingt zwar verkrampft und er sieht mich nicht an, aber er nickt. »Dann bin ich froh, dass wir es besorgt haben.«

44

ICH LASSE DIE MAPPE in der Schachtel auf meinem Bett liegen, aber den ganzen Tag über muss ich daran denken. Ich weiß zwar nicht warum, aber das Geschenk gibt mir das Gefühl, als hätte ich eine Zukunft. Eine, die ich noch nicht kaputt gemacht habe. Ich stelle mir vor, wie ich es heraushole und Dad zeige. Wie ich ihm sage, dass ich jetzt einen Grund habe, den Schulabschluss zu machen, und dass es vielleicht doch noch eine Chance für mich gibt, etwas aus meinem Leben zu machen.

Das wird Dad doch auch sehen, oder?

Langsam werde ich nervös. Als ich nach Hause komme, riecht es im Mobilheim immer noch nach Rauch, und der Wohnzimmerfußboden ist an der Stelle, an der wir gefrühstückt haben, voller Krümel. Also hole ich den Staubsauger heraus und schiebe ihn geistesabwesend vor mir her. Mein Kopf tut weh, mein Magen verkrampft sich, der Teppich will nicht sauber werden, und deswegen fahre ich immer wieder über die gleiche Stelle. Nach einer Weile kommt Pete über den Flur und stößt einen lauten Seufzer aus.

»Machst du ihn bitte endlich aus? Wenn du so weitermachst, ist bald kein Teppich mehr übrig.« Er hält einen Mikrofonständer und ein Teil von Dinos Schlagzeug in der Hand. Sofort schalte ich den Staubsauger aus.

»Was machst du da?«

Pete legt die Zimbel auf den Boden.

»Ich stelle die Instrumente für die Probe auf. Was hast du denn gedacht?«

Der Knoten in meinem Magen zieht sich noch enger zusammen.

»Hast du vergessen, dass heute Abend mein Vater kommt?« Meine Stimme klingt höher und schriller, als ich wollte, und Pete sieht mich an.

»Na und?«

»Ta-Onkel Pete ...«, sage ich langsam und so beiläufig wie möglich.

Er seufzt. »Warum sagst du nicht einfach ›Tante Pete‹? Ich weiß, dass du mich so nennst. Es macht mir nichts aus.«

Ich schlucke schwer.

»Darf ich dich um einen Gefallen bitten?«

Pete hört kaum zu. Er greift nach den Plattenstapeln.

»Die werde ich nie wieder sortieren können«, murmelt er. »Sie waren nach Jahrgängen geordnet. Die frühen Siebziger lagen unter der Couch. Die Mittsiebziger waren neben dem Couchtisch. Die Endsiebziger lagen unter dem Fernseher.«

»Hörst du mir überhaupt zu?«

»Ja«, sagt er und schmeißt einen Plattenstapel um. »Ich höre dir zu.«

Ich bete im Stillen, denn ich weiß genau, dass er nicht Ja sagen wird.

»Könntet ihr heute Abend vielleicht mal *nicht* proben?«

Eine lange Schweigepause entsteht, in der Tante Pete die Platten betrachtet, die er gerade umgeworfen hat. Aber er rührt keinen Finger, um sie aufzuheben.

»Nein«, sagt er schließlich. »Tut mir leid, aber das kann ich nicht machen. Noch nicht mal für dich.«

Ich beiße mir auf die Lippe. »Es wäre doch nur für einen Abend. Und ihr seid so gut, ihr braucht gar nicht zu üben.«

Pete stellt den Mikrofonständer ganz bewusst mitten ins Zimmer und sieht mir in die Augen.

»Ich erwarte ja nicht, dass du das verstehst«, sagt er, »aber vor langer Zeit habe ich mir etwas versprochen, an das ich mich immer gehalten habe. Ich habe mir versprochen, niemals anders als ich selbst zu sein, nur um meiner Familie zu gefallen. Ich weiß, du willst deinen Vater beeindrucken, und ich habe mich bemüht, über deinen Putzfimmel und das ganze Zeug hinwegzusehen, sogar als du mein Zimmer saubergemacht hast, was du nicht hättest tun dürfen. Aber irgendwo muss ich die Grenze ziehen, und das ist bei der Band. Allan kann entweder reinkommen und zuhören oder mit dir essen gehen, das ist mir scheißegal, aber die Probe blase ich nicht ab. Nicht für dich, nicht für die kreischende alte Dame, die drei Mobilheime weiter unten wohnt, und ganz bestimmt nicht für meinen verdammten Bruder, der seit Jahren nicht mehr mit mir redet. Bitte mich also nicht noch mal darum.«

Er schiebt den Mikrofonständer an die Wand und geht wieder auf den Flur. Ich wische mir die schweißnassen Handflächen an der Hose ab.

Okay, das ist nicht so gut gelaufen.

Ich räume den Staubsauger weg und gehe zurück in mein Zimmer, um mir meine Garderobe vorzunehmen. Vielleicht lenkt mich das von der Tatsache ab, dass die Jungs Glam-Rock-Hits aus den Siebzigern spielen werden, wenn mein Vater kommt.

Zwanzig Minuten später habe ich immer noch keine Entscheidung getroffen. Das blaugraue Hemd von Dolce und Gabbana, das Mom mir zum Geburtstag geschickt hat, würde zwar sehr gut aussehen, aber Dad hat ja gesagt, ich soll kein Designerstück anziehen. Klar hat er auch gesagt, ich solle nett aussehen, und deswegen hatte ich eigentlich vor, ein gewöhnliches Markenhemd zu tragen. Aber jetzt denke ich, dass ich vielleicht doch dieses Hemd anziehen sollte.

Ein Wagen biegt in die Auffahrt ein und ich renne ans Fenster, aber es sind nur Eddie und Dino. Eddie kommt herein und bleibt im Türrahmen stehen. »Du siehst gut aus«, sagt er und rückt meinen Kragen zurecht. »Schlicht. Professionell. Eine ausgezeichnete Wahl.«

»Findest du? Ich könnte mich auch noch umziehen …«

Jetzt rollt Orlandos Auto in die Auffahrt, und ich gehe wieder in die Küche und starre auf die Uhr. Die Jungs versammeln sich im Wohnzimmer und fangen an, ihre Instrumente zu stimmen. Tante Pete kommt in einer der schlimmsten Aufmachungen, die ich je gesehen habe, aus seinem Zimmer. Hochhackige schwarze Stiefel und eine Stretchhose mit Zebramuster, die längst entsorgt gehört … beziehungsweise, die gar nicht existieren sollte. Ich hole tief Luft. Also gut. Mir doch egal.

Als es an der Tür klopft, spielen Glitter schon ihr zweites Stück. Ich schaue seit einer halben Stunde intensiv aus dem Fenster, wurde aber von einer riesigen Kakerlake abgelenkt, die aus dem Besenschrank gekrochen ist. Ich habe sie gerade zertreten, als das Klopfen ertönt, und deshalb stehe ich nun mit einem Papiertuch voll zerquetschter Kakerlake im Raum. Ich gerate in Panik und werfe es in den Abfalleimer, doch das gibt Tante Pete genug Zeit, mir zuvorzukommen und die Haustür zu öffnen.

»Ja?«

Ich zwänge mich neben ihn. Ich bin bereit. Ich sehe gut aus, und ich habe die Fotomappe eingepackt. Der große Augenblick ist gekommen.

Nur ist es nicht Dad. Auf der Türschwelle steht ein Mann in Uniform.

»Liam Geller?«

Ich nicke.

»Sergeant Jim Braddock von den US-Streitkräften. Ich freue mich, dich kennenzulernen.« Der Mann streckt mir die Hand hin, und benommen schüttele ich sie.

»Ich habe jetzt keine Zeit«, erkläre ich ihm. »Ich erwarte jede Minute jemanden. Mein Vater kommt gleich und –«

Sergeant Braddock grinst. »Eigentlich ist dein Vater der Grund, warum ich hier bin. Ich habe eine Menge Respekt vor deinem Vater, Liam. Allan ist ein guter Freund von mir, und ich bin sicher, du weißt es zu schätzen, ihn zum Vater zu haben.«

Verwirrt nicke ich.

»Worum geht es hier eigentlich?«, mischt sich Tante Pete ein. Sergeant Braddock sieht erst ihn und dann wieder mich an.

»Liam, dein Vater hat mich gebeten, ihm den persönlichen Gefallen zu tun, heute hierherzukommen und mit dir zu sprechen. Ich weiß, dass du einige Probleme hattest, und dein Vater glaubt, dass du ein idealer Kandidat für die amerikanischen Streitkräfte bist. Ich würde deswegen gern mit dir über deine Möglichkeiten reden. Und vielleicht auch deine Fragen über die Militärlaufbahn beantworten.«

Mein ganzer Körper wird taub. Die letzten Worte des Sergeanten nehme ich nur noch als entferntes Summen wahr.

Tante Pete quellen vor Staunen fast die Augen über. »Einen Teufel werden Sie tun!«

»Liam«, sagt der Sergeant geduldig, »ich würde dich gern zum Essen einladen. Vielleicht könnten wir uns in einer weniger beengten –« er hustet »– Atmosphäre unterhalten.«

Ich würde darauf gern eine Antwort geben, doch vor meinen Augen verschwimmt alles.

»Möchtest du woanders hingehen?«, wiederholt der Sergeant. »Wir könnten auch spazieren gehen.«

Ich klammere mich so heftig an den Türrahmen, dass meine Finger wehtun. Mühsam lockere ich sie und zeige auf den Picknicktisch.

»Wir können hier draußen reden«, sage ich. Die Wörter klingen tonlos. Sergeant Braddock nickt, und Tante Pete flucht.

Dino stellt sich hinter uns und wirft mir einen Blick zu. »Du brauchst mit niemandem zu reden«, sagt er und macht eine Kopfbewegung in Richtung des Sergeanten.

Ich versuche, den Kopf zu schütteln, aber es gelingt mir nicht. Also steige ich stattdessen die Stufen hinunter und setze mich an den Picknicktisch. Sergeant Braddock kommt hinterher, setzt sich mir gegenüber und holt einen Laptop aus seinem Aktenkoffer. Er klappt ihn auf; der Monitor leuchtet bunt.

»Liam …« sagt Pete, der im Türrahmen steht, aber ich winke ihn weg.

»Es ist in Ordnung«, sage ich, aber vielleicht kommen keine Worte aus meinem Mund.

»Es schadet nie, seine Möglichkeiten zu kennen, mein Sohn«, sagt der Sergeant. »Dein Vater hat keine Mühe gescheut, um mich dazu zu bringen, dich heute zu besuchen.«

Ich blinzele kurz. Sergeant Braddock hat mich gerade Sohn genannt.

Alles verschwimmt, doch hin und wieder dringt ein Wort in mein Bewusstsein vor. *Zusatzleistungen … Ausbildung … Highschool-Abschluss … Qualifikationen …*

Sergeant Braddock holt frische Formulare aus seiner Aktentasche. »Du brauchst nicht gleich zu unterschreiben. Ich kann verstehen, wenn du es dir überlegen möchtest, aber ich weiß, dass deine Eltern diese Entscheidung von ganzem Herzen unterstützen. Wenn du mir also schon ein paar Informationen vorab geben möchtest …«

Ich blicke auf.

Ich habe gar nicht mitbekommen, dass die Tür zum Mobilheim aufgemacht wurde. Ich spüre noch nicht einmal, dass Pete neben mir steht, bis eine Wolke aus Papierschnitzeln auf den Picknicktisch herunterrieselt.

»Gar nichts wird er Ihnen geben«, knurrt Pete. »Es wird Zeit, dass Sie mein Grundstück verlassen.«

Der Sergeant steht auf. Er sieht Tante Pete von oben bis unten an, und für einen Moment glaube ich, er würde nicht gehen, doch dann überreicht er mir sein Kärtchen.

»Du kannst mich jederzeit anrufen«, sagt er. »Egal um welche Uhrzeit.«

Er bückt sich und steigt in seinen Geländewagen, und ich schaue ihm zu, während er rückwärts aus der Auffahrt fährt.

»Alles in Ordnung?«, fragt Pete. Er legt mir die Hand auf die Schulter, doch ich zucke zurück.

»Soll ich deinen Vater anrufen? Ich tue es gleich jetzt, ich schwöre zu Gott, dass dieser verdammte Kerl …«

Ich sehe ihn an. »Wieso?«

Pete schweigt lange, während er erbost auf die Unterlagen starrt, die auf dem Picknicktisch liegen. »Weil«, sagt er, »heute dein Geburtstag ist, und Allan dir gesagt hat, er würde dich besuchen kommen, und weil er stattdessen einen gottverdammten Rekrutenfänger der Army geschickt hat, und weil das eine ganz miese Tour ist …«

Ich schüttele den Kopf. »Nein«, sage ich geistesabwesend. »Es war meine Schuld. Dad hat gesagt, ich sollte mich am Dienstagabend bereithalten, und da dachte ich … na ja, ich hätte gar nichts denken sollen. Ich habe einen Fehler gemacht. Das ist alles. Schließlich hat er mich ja nicht versetzt. Er hat mir einen Freund von sich geschickt.«

Ich drehe und wende das Kärtchen hin und her. Einmal, zweimal, dreimal.

Tante Pete holt tief Luft.

»Zum Teufel noch mal«, sagt er. »Was dein Vater getan hat, war nicht in Ordnung, Liam. Punkt aus. Das hier ist *nicht* in Ordnung.«

Ich lege das Kärtchen auf den Tisch, aber ich höre Pete nicht wirklich zu. »Vielleicht könntest du wieder reingehen? Ich will hier nur eine Minute in Ruhe sitzen bleiben.«

»*Liam …*«

»Ich bin müde. Wahrscheinlich vom vielen Staubsaugen. Du hattest recht, was das Staubsaugen betrifft. Ich glaube, das nächste Mal werde ich nicht so viel staubsaugen.«

Pete schließt die Augen und fährt sich mit der Hand über sein frisch rasiertes Gesicht.

»Liam, wir sollten reden.«

»Nein«, sage ich. Eigentlich will ich noch mehr sagen, aber ich tue es nicht.

45

ICH SITZE NEBEN TOMAS FERAL unter den Zuschauern einer Modenschau. Der Laufsteg ist dunkelrot und lila erleuchtet. Die Musik ist laut und dröhnt mir in den Ohren. Eines nach dem anderen erscheinen die Models auf dem Laufsteg, gelassen, vollkommen, ununterbrochen … Eigentlich dürfte ich gar nicht hier sein, weil ich noch zu jung bin – erst fünf – doch jeder weiß, dass Tomas Mom jeden Wunsch erfüllt. Und ich weiß mich zu benehmen. Ich sitze mucksmäuschenstill, während die vielen Farben, Klänge und Bewegungen um mich herumtanzen. Ich möchte unbedingt da oben hinaufklettern, aber stattdessen beuge ich mich bloß auf meinem Sitz vor.

Tomas beobachtet mich. Eigentlich müsste er sich die Show – seine Show – ansehen, aber stattdessen sieht er mich an. Jedes Mal, wenn das Licht sich verändert, wandert sein Blick über mein Gesicht, und am Schluss wende ich mich ihm zu und sehe ihn ebenfalls an. Er beugt sich zu mir, um mir etwas ins Ohr zu flüstern.

»Eines Tages wird das alles deins sein.«

Ich bin in einem wunderschönen Traum, oder vielleicht ist es auch eine Erinnerung, doch sobald ich aufwache, verblasst das Bild. Die Mappe, die Tante Pete und die Jungs mir gekauft haben, liegt neben meinem Bett auf dem Boden, doch auf dem Deckel liegt die Geschäftskarte des Karriereberaters der Army. Ich drehe mich auf die andere Seite und schlafe wieder ein.

Irgendwann hämmert Pete gegen die Tür.

»Steh auf«, sagt er. »Du hast verschlafen.«

Ich stehe auf und gehe in die Schule, aber alles zieht nur wie ein Film an mir vorbei. Ich starre aus dem Fenster und zähle die Autos auf dem Parkplatz. Das Gesamtergebnis: zehn rote, dreizehn grüne, acht blaue, elf graue, sechzehn weiße, sechs in einer undefinierbaren Farbe.

Am Donnerstag stehe ich rechtzeitig auf, und Eddie fährt mich zur Schule, doch ich schaffe es nur knapp, pünktlich für die Schulnachrichten zu kommen, weil er mich ständig fragt, ob mit mir alles in Ordnung ist, und ich deswegen nicht von seinem Auto wegkomme. Als ich endlich im Technikraum eintreffe, sitzen Raymond und Simon schon am Tisch, und Ms Peterson stellt die Kamera auf.

»Liam, du bist da«, sagt sie strahlend. Simon steht vom Nachrichtentisch auf.

»Heute könnte Simon die Schulnachrichten vortragen«, sage ich, doch Simon schüttelt den Kopf.

»Auf keinen Fall«, sagt er. »Das kannst du am besten.«

Ich zucke die Achseln und setze mich an den Tisch. Raymond reicht mir die Nachrichtentexte, doch ich werfe keinen Blick darauf.

»Willst du sie dir nicht durchlesen, bevor wir anfangen?«

Ich schüttele den Kopf. Ms Peterson gibt das Zeichen, und ich sacke auf dem Stuhl in mich zusammen. Ich merke kaum, dass das rote Licht angeht, und Raymond versetzt mir unter dem Tisch einen Fußtritt. Ohne den Kopf zu heben, fange ich an zu sprechen.

»Heute früh hat jemand beschlossen, dass wir alle über die Komitees für das Schulfest nachdenken sollten. Toll. Klasse. Tretet einem Festkomitee bei.«

»Jen Van Sant sucht Schüler der Abschlussklasse, die daran interessiert sind, als Models in der Modenschau mitzulaufen, um Spenden fürs Schulfest zu sammeln. Meldet euch bei Jen.«

»Der Debattierklub hat den Wettbewerb gegen Kingston gewonnen. Juhu.«

»Die Nominierungen für den Ballkönig und die Ballkönigin sind erfolgt. Natürlich bin ich nominiert worden. Typisch. Das, was ich am meisten wollte, war nur einmal ein bisschen uncool zu sein. Ist das denn zu viel verlangt? Anscheinend schon. Offensichtlich bin ich absolut gescheitert, was meine Unbeliebtheit betrifft. Also gut, macht schon. Stimmt für mich. Ist mir doch egal.«

Ms Peterson starrt mich verwirrt an, doch ich höre nicht auf.

»Heute gibt es zum Mittagessen Spaghetti Bolognese mit Knoblauchbrot und Milch. Der Tütenlunch besteht aus einem harten Thunfischbrötchen, Chips und Milch. Und wieder gibt es kein vegetarisches Menü zur Auswahl, aber auch das ist okay, denn ich finde es super, jeden Tag zum Mittagessen Brot und Milch serviert zu bekommen. Toll.« Ich lege die Blätter weg und sehe endlich in die Kamera.

»Ob ihr es glaubt oder nicht, es gibt keine weiteren Meldungen, weil hier absolut nichts weiter los ist. Ich würde sie ja auf Französisch wiederholen, aber das lohnt sich wohl kaum, findet ihr nicht auch?« Ich lehne mich zurück. »Raymond?«

Für einen Moment wirkt Raymond verdutzt. Dann grinst er, als hätte ich mir wieder etwas ganz Neues und Aufregendes einfallen lassen. Er setzt seine Sonnenbrille auf und fängt an, die Sportnachrichten vorzulesen. Ich warte nicht, bis er fertig ist. Stattdessen nehme ich mir das Mikro ab und stehe vom Tisch auf.

Ich bin noch vor allen anderen an meinem Schließfach, und merke kaum, dass Darleen neben mir auftaucht.

»Deine Schulnachrichten waren heute ganz außergewöhnlich«,

sagt sie. »Ich fand deinen Einwand wegen der Schulmenüs überzeugend. Es ist ganz schön faschistisch, wie sie immer darauf bestehen, überall Fleisch rein zu tun, stimmt's?«

Ich habe zwar keine Ahnung, inwiefern das faschistisch sein soll, aber im Augenblick ist mir das völlig egal.

Jen holt mich vor der Englischstunde ein.

»Geht es dir wieder besser?«, erkundigt sie sich.

Ich zucke die Achseln.

»Jedenfalls danke für die Ankündigung der Modenschau. Ich habe schon eine ganze Reihe Leute zusammen, die mitmachen wollen. Wir denken daran, sie auf den Spätnachmittag zu legen – nach der Vorführung der Cheerleader und vor dem Tortenwerfen. So haben wir eine leere Bühne, und die Cheerleader können an beidem teilnehmen. Nikki stellt die Musiktitel zusammen, aber sie will wissen, was für Kleidungsstücke du mitbringst.«

Mist.

Ich habe vollkommen vergessen, Kleidungsstücke für die Modenschau zu organisieren.

»Ich glaube nicht, dass ich da sein werde«, sage ich, und Jen sieht mich mit offenem Mund an. Jetzt ist sie nicht mehr besorgt, sondern wütend.

»Auf gar keinen Fall! Wir haben schon alles organisiert. Ich habe eine Dreiviertelstunde für euch eingeplant, und die Abschlussklasse rechnet mit den Spenden.«

»Ich bin sicher, Eddie wird mitmachen. Ich glaube nur nicht …«

Jen ist schockiert.

»Niemand kommt, um Eddie zu sehen. Alle kommen nur wegen dir.«

Es klingelt und ich gehe ins Klassenzimmer, doch Jen lässt sich nicht abschütteln.

»Wir zählen auf dich«, sagt sie scharf. »Ich werde Nikki sagen, sie soll Eddie wegen der Kleidungsstücke anrufen, aber wehe, du kommst nicht!«

Orlando steht neben meinem Schreibtisch.

»Jen. Auf deinen Platz«, sagt er. Jen wirft mir noch einen erbosten Blick zu, bevor sie nach hinten geht, aber ich sehe sie nicht an. Orlando wartet kurz; dann räuspert er sich.

»Gut. Schlagt bitte alle *Hamlet* auf.« Er wendet sich mir zu. »Liam, wo ist dein Buch?«

»Soll ich ins Sekretariat gehen?«, frage ich, da ich mein Buch nicht dabeihabe.

Orlando zögert. Dann holt er ein zweites Buch aus seiner Schreibtischschublade.

»Setz dich aufrecht hin. Heute kannst du das hier nehmen.« Er wirft das Buch durchs Zimmer, und ich fange es auf.

»Sie sagten, ich muss ins Sekretariat, wenn ich wieder mein Buch vergesse.«

Orlando ist gerade dabei, etwas an die Tafel zu schreiben, doch jetzt hält er mit gezückter Kreide inne. »Das habe ich gesagt«, bestätigt er, »aber das war, bevor ich gemerkt habe, dass du jeden Tag dein Buch vergisst. Ich gebe dir noch eine Chance.«

Die Klasse kichert, und ich starre auf die Ausgabe von *Hamlet* auf meinem Tisch.

»Wenn Sie mir immer ein neues Buch geben, werde ich mich nie daran erinnern, meins mitzubringen.«

Diesmal legt Orlando die Kreide hin.

»*Willst* du denn ins Sekretariat gehen?«

Ich zucke mit den Schultern. »Ich meine nur, dass Sie etwas gesagt haben, es aber nicht durchziehen.«

Eine peinliche Stille entsteht, während alle Augen sich von mir abwenden und sich stattdessen auf Orlando richten.

»Willst du ins Sekretariat gehen?«, wiederholt er. »Bitte sehr, die Tür ist offen.« Er tritt einen Schritt zurück. »Ich will dich nicht aufhalten.« Er dreht sich zur Tafel und schreibt: »Vater, Mutter, Onkel, Sohn«. Dann wendet er sich wieder der Klasse zu.

»Also gut. Lasst uns über Familiendynamik sprechen. Was geht in Hamlets Familie vor sich? Inwiefern verändert Hamlets Vater, eine Figur, die nur als Geist auftritt, die Handlung der Geschichte? Inwieweit ändert sich Hamlets Beziehung zu seiner Mutter zwischen dem ersten und dem fünften Akt? Was ist mit der wahnsinnigen Ophelia? Übt sie einen Einfluss auf die Handlung aus? Ist Hamlet Opfer oder Täter? Na, wer weiß etwas darüber?«

Ich stehe auf.

»Liam?«

»Ich gehe jetzt ins Sekretariat.«

Eine ganze Weile herrscht Schweigen, während die ganze Klasse mich anstarrt. Schließlich nickt Orlando.

»Gut«, sagt er, und so verlasse ich den Raum, ohne mich noch einmal umzudrehen.

46

AN DIESEM ABEND WARTE ICH, bis Pete zur Arbeit gefahren ist und ich allein bin. Dann setze ich mich ans Telefon. Ich nehme den Hörer ab, wähle eine Nummer und lege auf. Dann nehme ich den Hörer ab, ohne eine Nummer zu wählen. Erst als das Telefon laut summt, lege ich erneut auf. Eine halbe Stunde später rufe ich den Karriereberater der Army an. Es wird ein kurzes Telefonat, und er verspricht mir, alles zu arrangieren, damit ich mit dem Programm, das eine spätere Aufnahme garantiert, in die Army eintreten kann. Ich gestehe ihm, dass ich mir nicht sicher bin, ob ich den von ihnen angebotenen Highschool-Abschlusstest bestehen werde, doch er sagt bloß: »Mach dir deswegen keine Sorgen, mein Sohn. Das schaffst du schon.«

Sobald das Gespräch beendet ist, rufe ich Dad in seinem Büro an.

»Hallo? Allan Geller, bitte.« Es ist zwar schon acht, aber Dad arbeitet immer bis spätabends. Die Musik der Warteschleife ertönt in der Leitung. Als Dad endlich den Hörer abnimmt, erkenne ich den freundlichen Ton wieder, den er immer bei Kollegen drauf hat. Ich versuche, mich daran zu erinnern, wann ich diesen Ton zuletzt gehört habe.

»Allan Geller.«

»Dad? Ich bin's, Liam.«

Sofort verändert sich sein Ton. »Ach – Liam.«

Ich atme tief ein.

»Ich habe mit deinem Freund gesprochen. Sergeant Braddock. Er kam vorbei.«

Dad schweigt kurz.

»Und?«

»Und ich habe mich dazu entschieden. Er wird alles arrangieren.«

»Ausgezeichnet«, sagt Dad nach einer Pause, und ich glaube, diesmal meint er es ehrlich.

»Ich wüsste nur gern, ob das bedeutet, dass ich nach Hause kommen kann. Ich werde jemanden brauchen, der mir Nachhilfe gibt, damit ich den Abschlusstest bestehe, und …«

Ich höre, wie Dad am anderen Ende der Leitung mit Blättern hantiert. »Natürlich«, sagt er, und ich bin mir nicht sicher, ob er meint, dass ich natürlich nach Hause kommen kann, oder dass ich natürlich Nachhilfe brauche. Ich reiße ein Stück Plastik von der Küchentheke, das lose ist, und steche mir damit so lange in den Finger, bis ein kleiner Tropfen Blut die Kante verschmiert.

»Wann soll ich nach Hause kommen?«

Diesmal überlegt er noch nicht einmal, bevor er antwortet: »Das macht keinen Unterschied.«

»Es ist egal?«

»Das habe ich doch gerade gesagt.«

»Gut. Also dann Samstagmorgen. Kannst du mich Samstagmorgen abholen?«

Dad klingt geistesabwesend. »Mhm. Ich werde kommen.«

Ich würde ihn gern fragen: *Wirst du kommen, Dad? Wirst du wirklich selber kommen*? Aber ich tue es nicht.

»Kann ich dich was fragen?«, frage ich stattdessen.

Ich stelle mir vor, wie Dad dabei ist, den Hörer aufzulegen, und ihn sich stattdessen wieder ans Ohr hält.

»Was noch?«

Ich weiß nicht, wie ich es formulieren soll, also sage ich es einfach.

»Es gibt etwas, was ich dir sagen wollte. Ich dachte, du würdest am Dienstag kommen, und da wollte ich es dir sagen, aber … Na ja, Mom hat sowieso gesagt, ich sollte damit warten, aber ich dachte, vielleicht würdest du doch …« Ich ersticke fast an den Worten. »Ich habe ein bisschen gemodelt. Nichts Ernstes, aber ich habe ein paar Dekorationen für Eddies Schaufenster gemacht.«

Schweigen.

»Und ich glaube, ich bin gut darin.«

Wieder Schweigen.

»Eddie sagt, ich habe Talent, Dad. Er sagt, ich bin kreativ und habe Fantasie.«

Ich frage mich, ob Dad überhaupt noch dran ist.

»Dad?«

Als er endlich antwortet, klingt seine Stimme tief und spröde.

»Wenn du glaubst, ich würde zulassen, dass mein Sohn auf einem Laufsteg herumstolziert, damit Leute ihn fotografieren können und er sich hinterher auf all den vielen Partys besäuft und von einem Bett ins nächste hüpft …«

Seine Stimme wird immer lauter.

»Wie oft habe ich deiner Mutter gesagt, sie soll dich von all dem fernhalten? Wie oft? Seit du ein kleiner Junge warst, hat sie dich überallhin mitgeschleppt, dich in diese verdammten Umkleideräume mitgenommen, wo Männer Make-up auflegen und halbnackte Weiber herumspringen … Sie hat irgend so einen aufsteigenden Modedesigner auf dich aufpassen lassen, während sie auf dem Laufsteg herumspaziert ist. Deine eigene verdammte Mutter …«

»Ich weiß nicht, warum ich damit angefangen habe«, sage ich.

»Ich hab dir ja gesagt, dass ich zur Army gehen werde. Ich wollte nur wissen, was du von der anderen Sache hältst …«

Noch mehr Schweigen.

»Dad, es tut mir leid«, sage ich, auch wenn ich gar nicht weiß, wofür ich mich entschuldige. Ich tue doch genau das, was er will.

»Ich habe einen Anruf auf der anderen Leitung«, sagt Dad. »Wir sehen uns am Samstagvormittag. Ich habe nicht vor, zum Wohnwagen deines Onkels zu kommen, also triff mich an deiner Schule. Ich werde einen Termin mit deinem Schulleiter ausmachen, damit wir die Formalitäten erledigen können.«

Er legt auf, und das Telefon summt in mein Ohr.

47

AM FREITAGMORGEN habe ich nicht vor, zur Schule zu gehen. Ich drehe mich auf die andere Seite und schlafe wieder ein. Zweimal. Tante Pete weckt mich um Viertel nach acht.

»Warum bist du noch nicht aufgestanden? In fünfzehn Minuten kommt Jen. Eddie hast du schon verpasst, deswegen habe ich sie von deinem Handy aus angerufen, damit sie dich abholt.« Er versetzt meiner Matratze einen Tritt. »Los, steh auf.«

Ich drehe mich wieder auf die andere Seite, aber Tante Pete packt meine Matratze und schüttelt sie, bis ich auf den Boden rolle.

»Bist du müde? Ich auch. Ich will schlafen gehen, deswegen musst du aufstehen. Verstanden?«

Ich überlege, ob ich es ihm erklären soll, aber dazu fehlt mir die Energie. Also stehe ich auf und hebe ein paar Klamotten vom Boden auf. Tante Pete bleibt stehen.

»Was machst du denn da?«

»Ich ziehe mich an.«

»Ja, aber die hast du doch gestern getragen, und sie haben die ganze Nacht auf dem Boden gelegen. Solltest du sie nicht erst in die Reinigung bringen oder so was?«

Ich zucke die Achseln.

»Okay, dann ziehe ich halt was anderes an.«

Pete bleibt im Türrahmen stehen. Er sieht aus, als würde er gleich gehen, tut es aber nicht.

»Ist mit dir alles in Ordnung?«

Ich nicke.

»Bist du sicher?«

»Ja.«

Draußen hupt Jen, daher ziehe ich mir ein paar Sachen an und wasche mir kurz das Gesicht. Ich gehe hinaus und steige in ihr Auto. Joe und Nikki unterhalten sich über das Footballspiel beim Schulfest, und ich versuche zuzuhören, aber meine Gedanken schweifen ab.

»Hat jemand eine Zigarette?«, frage ich, als wir auf den Parkplatz einbiegen. Joe holt eine Schachtel heraus und gibt sie mir. Die Mädchen gehen ins Schulgebäude, aber Joe bleibt draußen bei mir, während ich mir eine Zigarette anzünde.

»Hinten liegt noch ein Sixpack von Robs Party«, sagt er. »Ich musste es aus meinem Auto holen, weil meine Eltern misstrauisch wurden. Ich hab es Jen gegeben, aber sie trinkt kein Bier. Willst du eins?«

Ich nicke. Ein Bier – oder auch sechs – klingt ziemlich gut. »Sollen wir die erste Stunde schwänzen?«, frage ich.

Joe schüttelt den Kopf. »Geht nicht«, sagt er. »Aber den Morgenappell im Klassenzimmer.«

Er kriecht auf den Rücksitz und holt die Bierdosen. Wir legen uns auf die Motorhaube. Die Luft ist kühl, aber das ist mir egal. Auf Jens Auto zu liegen ist so ähnlich wie auf dem Picknicktisch zu liegen.

»Das Abschlussjahr ist das beste«, sagt Joe. »Auf dem Schulfest wird es echt abgehen. Vielleicht gewinnen wir dieses Jahr sogar das Spiel. Wir gewinnen zwar nie, aber Redwood hat keine gute Verteidigung. Und diesmal haben wir voll die guten Stürmer …«

»Ich werd die Schule abbrechen.«

Joe hält mitten im Satz inne.

»Was?«

»Ja. Ich gehe zur Army.«

Er betrachtet einen Kratzer auf der Motorhaube.

»Und was ist mit Klamotten? Ich dachte, du willst was mit Mode machen.«

Ich schüttele den Kopf. »Nee. Das hab ich nur mal ausprobiert. Ich wäre nur … Ach, ich weiß nicht. Es würde sowieso danebengehen. Die Army ist gar nicht so schlecht, oder?«

Joe wirkt, als wollte er darauf lieber nicht antworten. »Nein. Sie ist nicht schlecht, es ist nur …«

Es klingelt zur ersten Stunde und Joe rutscht von der Haube herunter. Er steht neben dem Auto und kickt einen Stein weg. »Soll ich hierbleiben?«

»Nöö. Ich komm nach.«

Joe wirft einen Blick auf die Schule.

»Willst du mein restliches Bier?«

Diesmal nicke ich. Ich sehe Joe nach, bis er im Schulgebäude verschwunden ist. Dann nehme ich die Bierdosen und die Zigarettenschachtel und gehe damit zur Tribüne. Ich lege mich auf die oberste Sitzbank und sehe hinauf in den Himmel.

Drei Stunden später wache ich auf und beobachte die Autos, die vorbeifahren. Ich leere erst Joes Bierdose und dann meine. Ich rauche die halbe Schachtel. Dann trinke ich die anderen Dosen Bier, lege mich wieder hin und lausche den Geräuschen, die aus dem Schulgebäude dringen. Ich höre die Klingel zwischen den einzelnen Stunden und die Stimmen der Schüler, die von den Korridoren herüberhallen. Irgendwann fängt mein Magen an zu knurren, und ich beschließe, zum Mittagessen in die Cafeteria zu gehen, aber da ist es schon kurz vor der siebten Stunde und die Mittagspause ist vorbei. Ich überlege, ob ich in den Unterricht gehen soll, aber ich würde zu spät kommen. Also setze ich mich stattdessen ins Jungsklo. Ich versuche, klar zu denken, aber alles dreht sich, und von den Zigaretten wird mir allmählich schlecht. Es klingelt wieder, und ich stehe auf.

Jetzt fängt Englisch an. Ich muss in die Englischstunde gehen, weil das ganz wichtig ist. Ich muss Orlando sagen, dass ich durchfalle und dass ich … nein, warte. Orlando weiß längst, dass ich durchfalle. Ich muss ihm sagen, dass ich die Schule abbreche. Wenn ich mich doch nur daran erinnern könnte, in welchem Raum der Englischunterricht stattfindet …

Ich öffne zwei Türen, bevor ich die richtige finde. Nummer Zwölf. *Das ist es. Zwölf. So wie zwei eins oder eins zwei.* Ich schwanke durch das Zimmer und lasse mich auf meinen Stuhl fallen. Der Rest der Klasse sitzt schon, also komme ich wohl ein bisschen zu spät. Vielleicht auch viel zu spät? Aber es ist mir egal. Es fühlt sich gut an, sich hinsetzen zu können.

»Liam«, sagt Orlando, »komm nach draußen. Ich muss mit dir reden.«

Ich rühre mich nicht.

»Hast du gehört?«

»Mhm-mhm.«

Orlando schweigt für einen Moment.

»Sieh mich an«, sagt er, aber ich kann nichts erkennen, weil sich in meinem Kopf alles dreht. Orlando geht nach vorne und schreibt etwas an die Tafel. »Welches Werk der modernen Literatur hat dein Leben am meisten beeinflusst?«

»Zwei Seiten. Schildert mir, welches Werk und warum«, sagt er zu der Klasse. »Liam, komm mit.«

Ich stehe nicht auf.

»Raus, und zwar sofort.«

Die Klasse ist still. Kein einziger Kugelschreiber oder Bleistift bewegt sich.

»Zwinge mich nicht, dich noch einmal zu bitten.«

Schließlich stehe ich auf. Meine Beine geben nach, doch ich gehe quer durch den Raum, und Orlando schlägt die Tür hinter uns zu.

»Bist du etwa betrunken? Du riechst nach Zigaretten und Alkohol.«

Diesmal lache ich.

»Das ist nicht witzig«, sagt Orlando. »Du musst mein Fach bestehen, wenn du den Schulabschluss machen willst, und ich gebe dir alle Chancen ...«

Ich schüttele den Kopf. »Was für Chancen?«, lalle ich. »Was für Chancen hast du mir je gegeben? Du hast von Anfang an gewusst, dass du mich durchfallen lassen würdest – also warum tust du so, als würdest du mir eine Chance geben?«

Orlando beißt die Zähne zusammen. »Ich gebe dir wirklich eine Chance«, sagt er. »Ich gebe dir eine Chance nach der anderen, aber du ergreifst sie nicht. Ich habe dir angeboten, den Aufsatz noch einmal zu schreiben. Ich habe dir angeboten, nach der Schule mit dir zu arbeiten. Ich habe dich noch nicht durchfallen lassen, aber wenn du mir auf diese Weise deine Verachtung zeigst ...«

Ich verziehe das Gesicht. »Warum sollte ich das nicht? Nichts, was ich tue, ist je gut genug für dich, aber ich soll dich respektieren? Du tust so, als wäre dir meine Zukunft wichtig, aber das ist eine verdammte Lüge.«

»Liam, wenn du noch einmal fluchst, dann ...«

»Dann was? Was zum Teufel wirst du dann tun? Meinen Onkel anrufen? Meinen Vater anrufen? Glaubst du, das juckt mich noch? Ich habe es satt, mich so für dich anzustrengen.«

Orlando schlägt die Tür von einem leeren Schließfach zu.

»Beantworte mir bitte eine Frage«, sagt er. »Kannst du mir die beantworten? Warum sagst du mir nicht, weshalb du solche Angst vor meinem Unterricht hast? Du hast das ganze Jahr über keinen Finger gerührt. Du hast dein Buch nicht mitgebracht. Du schaust während dem Unterricht aus dem Fenster. Du verschwindest mitten in der Stunde. Du machst alles, um durchzufallen – außer mich zu zwingen, dich durchfallen zu lassen. Warum tust du das? Hm? Wovor hast du solche Angst?«

Meine Augen brennen. Auf dem Flur öffnen sich überall Türen, und eine kleine Gruppe versammelt sich an der Tür zu Raum Nummer Zwölf. Ich sehe Orlando wütend an, aber er ist noch nicht fertig.

»Ich bin nicht dein Vater, Liam«, zischt er. »Ich weiß zwar nicht, was du glaubst, du –«

»Ach, fahr zur Hölle.«

Jetzt gehe ich. Ich höre, wie Orlando mir etwas hinterherbrüllt, aber ich drehe mich nicht mehr um. Ich verlasse die Schule über den Notausgang.

48

ICH RENNE, BIS ICH SEITENSTICHE HABE und sich in meinem Kopf nicht mehr alles dreht. Dann übergebe ich mich am Straßenrand, drehe mich um und laufe den Rest des Weges zu Tante Petes Mobilheim. Ich brauche fast eine Stunde dafür. Als ich ankomme, parkt Dinos Streifenwagen schon in der Auffahrt vor Orlandos verbeultem altem Ford. Ich mache die Haustür auf und werde von Tante Pete in Empfang genommen.

»Wo zum Teufel hast du gesteckt? Ich habe dich gewarnt, das nicht noch mal mit mir zu machen.«

Er geht im Wohnzimmer auf und ab. Dino und Orlando sitzen an der Küchentheke. Alle stehen auf, doch ich gehe wortlos an ihnen vorbei. Pete folgt mir in mein Zimmer, aber ich ignoriere ihn. Ich hole mein Handy raus und suche eine Nummer.

In Ordnung. Dad kann mich statt Samstag genauso gut jetzt abholen.

»Ignoriere mich nicht einfach, wenn ich dich etwas frage«, knurrt Tante Pete. »Du schuldest Orlando eine Entschuldigung, und Dino muss mit dir reden, weil du in der Schule den Alarm ausgelöst hast. An deiner Stelle würde ich jetzt ernsthafte Reue zeigen.«

Ich warte auf das Rufzeichen in Dads Leitung, doch Pete nimmt mir das Handy aus der Hand.

»Ich rufe meinen Vater an«, sage ich und nehme es wieder an mich.

Tante Pete schnaubt verächtlich.

»Das wollen wir ja mal sehen.« Mit einer fließenden Bewegung reißt er mir das Handy aus der Hand und schlägt damit so hart auf die Küchentheke, dass winzige Plastikteilchen wie Raketen durch das Mobilheim schießen.

»Was soll das?!«

»Ignorier mich nicht«, knurrt Pete zornig. »Du denkst, du könntest tun und lassen, was du willst? Das kann ich auch.«

Jetzt bin ich richtig wütend und greife nach dem Telefon in der Küche.

»Ich darf doch wohl noch einen verdammten Anruf machen«, fange ich an, doch Pete reißt die Schnur aus der Wand und wirft den Apparat aus dem Fenster.

»Los, mach deinen verdammten Anruf.«

Ich stürme in mein Zimmer und schlage laut die Tür zu, was rein gar nichts bringt, weil Pete sie sofort wieder aufmacht.

»Solange du hier wohnst, tust du, was ich sage.«

»Ich wohne nicht mehr hier«, sage ich. »Das ist vorbei.« Ich schleudere einen Stapel CDs in einen leeren Karton, doch Pete greift ihn sich und schüttet ihn auf dem Boden aus. Dino legt Pete eine Hand auf den Arm, doch der schüttelt sie ab.

»Ihr solltet euch abregen«, sagt Orlando. »Beruhigt euch doch erst mal.«

Tante Pete lacht sarkastisch. »Sag mir, Liam: Wo willst du hingehen?«

Ich gebe keine Antwort.

»Ich schwöre, du solltest mir besser antworten, wenn ich dich etwas frage, und du solltest dich jetzt lieber bei Orlando entschuldigen, und damit meine ich jetzt, sonst –«

»Warum denn? Warum sollte ich mich bei Orlando entschuldigen? Weil er mich für einen Aufsatz, bei dem ich mich angestrengt habe, nachsitzen ließ? Weil er mich in einem Fach durchfallen lässt, das ich sowieso nie bestanden hätte? Weil er so tut, als sei er mein verdammter Vater?«

»Das habe ich nie getan«, sagt Orlando, der im Türrahmen steht.

Ich schüttele den Kopf. »Na ja, jetzt macht es sowieso keinen Unterschied mehr, weil ich zur Army gehen werde. Ich habe gestern Abend den Karriereberater angerufen, und ihr könnt nichts dagegen tun, also könnt ihr alle –«

Plötzlich drückt Pete mich so hart an die Wand, dass ich keine Luft mehr bekomme. Ich mache die Augen zu.

»Pete, reg dich ab.«

»Petey ...«

»Haltet den Mund.« Tante Pete drückt mich noch fester gegen die Wand. »Was willst du erreichen?«, fragt er. »Willst du mich *zwingen*, dich rauszuwerfen? Ist es das, was du willst?«

Ich wende den Kopf ab, doch Pete dreht sich so, dass er mir direkt ins Gesicht sieht. »Also, ich sage dir noch einmal, dass ich dich nicht rauswerfen werde, und ich werde es auch nicht zulassen, dass du dein Leben wegwirfst, also vergiss es. Hast du verstanden? Und jetzt sag mir, dass du noch kein einziges verdammtes Stück Papier unterschrieben hast.«

Ich spüre brennende Tränen in den Augen. Mein Atem ist flach, und ich schaffe es kaum noch, den Kopf zu schütteln. Als Tante Pete seinen Griff lockert, rutsche ich an der Wand entlang und sacke zu Boden.

»Was kümmert es dich, wenn ich zur Army gehe?«, frage ich, aber es ist nur ein ersticktes Krächzen. »Was kümmert es überhaupt irgendjemanden? Bei allem anderen werde ich sowieso versagen.«

Tante Pete lässt mich keuchend los und tritt einen Schritt zurück.

»Wie kannst du so etwas sagen?«, fragt er.

»Weil es die Wahrheit ist«, sage ich bissig. »Und ich wünschte, ihr würdet damit aufhören, so zu tun, als hätte ich Potenzial oder so was, als ihr mir das doofe Geschenk gegeben habt ...«

Pete lässt sich an der gegenüberliegenden Wand zu Boden gleiten. Er streckt die Hand aus und packt mich am Arm.

»Liam«, sagt er verzweifelt, »aber du hast doch Potenzial. Das weiß ich genau. Das wusste ich von dem Moment an, als du dieses Mobilheim betreten hast. Und es macht mir verdammt viel aus, wenn du dein Leben wegwirfst. Du bist doch mein Neffe, verflucht noch mal. Ich hab dich lieb.«

Ehrlich gesagt kann ich mich nicht mehr daran erinnern, wann mir das letzte Mal jemand gesagt hat, dass er mich lieb hat.

»Aber Dad tut es nicht? Ist es das, was du damit sagen willst?«

Tante Petes Gesicht verzerrt sich, doch dann holt er tief Luft.

»Ich habe nie gesagt, dass dein Vater dich nicht liebt.«

Ich fahre mir mit der Hand durchs Haar. Es ist heiß im Mobilheim, und die Luft ist so schal, dass ich kaum atmen kann.

»Ich weiß nicht, wann sich die Dinge im Leben deines Vaters geändert haben«, sagt Pete, »aber irgendwann ist es passiert. Dein Vater wollte deine Mutter aus lauter falschen Gründen heiraten, und sie wollte ihn aus lauter falschen Gründen heiraten, und dann hat er es an euch beiden ausgelassen ...«

Die Sache hat das Höchstmaß an Unerträglichkeit längst überschritten.

»Ich will nicht darüber reden. Du weißt überhaupt nichts. Dad liebt sie. *Uns.* Du schiebst bloß einen Hass auf ihn, weil er die Band nicht ausstehen kann.«

Pete schließt die Augen.

»Hat Allan dir das erzählt?«, fragt er. »Dass wir wegen der Band nicht mehr miteinander reden?«

Ich schüttele den Kopf. »Nein«, sage ich. »Dad hat das nie gesagt. Es war Mom, die das gesagt hat.«

Diesmal wirkt Pete überrascht. Er fährt sich mit der Hand über das stoppelige Kinn.

»Dein Vater redet nicht mehr mit mir, weil ich deiner Mutter gesagt habe, sie solle ihn verlassen«, sagt er unvermittelt. »Es hatte nichts mit der Band zu tun. Noch nie. Es hat damit zu tun, wie er euch beide behandelt.«

Ich beiße mir auf die Lippe.

»Das ist nicht wahr«, sage ich schließlich. »Er behandelt uns nicht …«

Tante Pete beugt sich über den Teppich. »Ehrlich, Liam, ich habe noch nie verstanden, warum deine Mutter es zulässt, dass er sie so behandelt, und ich verstehe nicht, warum du zulässt, dass er dich genauso behandelt. Das habe ich nie kapiert.«

Meine Hände fangen an zu zittern.

»Verschwinde«, flüstere ich.

Stattdessen rutscht Tante Pete näher, bis er direkt vor mir sitzt.

»Nein«, sagt er. »Das habe ich schon einmal gemacht. Das mache ich nie wieder.«

»Lass mich in Ruhe«, wiederhole ich. »Bitte.«

»Nein«, beharrt Pete. »Das tue ich nicht, denn du bist ein toller Junge, und in den letzten fünf Wochen habe ich zugesehen, wie du versucht hast, dich in einen anderen zu verwandeln. Vielleicht in deinen Vater? Ich weiß es nicht. Aber was ich weiß, ist, dass du immer dann, wenn du in etwas erfolgreich bist, sagst, es sei wertlos, und dass du immer dann, wenn du etwas vermasselst, es einen Zufall nennst. Doch so viele Zufälle gibt es im Leben nicht.

Ich hätte nie zulassen sollen, dass deine Eltern mich aus deinem Leben verbannen, aber ich habe es zugelassen, und es war ein Fehler … Wenn du also glaubst, ich würde dich noch einmal gehen lassen, dann irrst du dich gewaltig. Hast du verstanden? Es gibt nichts, was du tun kannst, um mich dazu zu bringen, dich wegzuschicken. Keine Party und keine Gefängniszelle, keine blöde Radiosendung und noch nicht mal, dass du dich in der Schule betrinkst oder mitten im Englischunterricht meines Freundes einfach gehst.«

Er hält meine Hand fest.

»Dein Vater irrt sich, Liam. Er glaubt, er könnte dich behandeln, wie er will, und du würdest dich nie dagegen wehren. Er glaubt, er sei besser als du, weil er einen angesehenen Job hat, aber das heißt nichts. Gar nichts. Er hat nicht das Recht, so mit dir zu reden, wie er es tut. Niemals. Und er hat verdammt noch mal nicht das Recht, dir zu sagen, du sollst zur Army gehen. Das ist wirklich das Allerletzte.«

Tante Pete atmet ein paar Mal tief ein, aber ich sage nichts. Mir tut die Brust weh, weil ich so nach Luft japse. Die Jungs sind gegangen, und Pete und ich sind allein. Nun steht er auf.

»Ich gehe jetzt ins Wohnzimmer, damit du ein paar Minuten allein sein kannst«, sagt er. »aber weiter gehe ich nicht. Hast du das verstanden? Ich habe mich für heute Abend krank gemeldet, also gehe ich nirgendwohin, und wenn du so weit bist, dann komm ins Wohnzimmer, denn ich will mit dir reden.«

Dann verlässt er das Zimmer. Er lässt die Tür auf, und ich möchte den Arm ausstrecken und sie zumachen, aber ich schaffe es nicht.

49

ICH WARTE BIS DREI UHR MORGENS, dann schleiche ich mich aus meinem Zimmer. Tante Pete schläft auf der Couch. Dinos und Orlandos Autos sind von der Auffahrt verschwunden. Es ist ganz still. Sehr still. Ich gehe durch die Küche und das Wohnzimmer und öffne die Haustür, ohne ein Geräusch zu machen. Dann gehe ich über den Rasen und klopfe leise an Darleens Fenster. Als niemand reagiert, klopfe ich lauter. Ich muss noch dreimal klopfen, aber schließlich öffnet sich das Fenster, und Darleen steckt den Kopf heraus. Ihr Haar ist zerzaust, und sie blinzelt mich verschlafen an.

»Liam? Was machst du hier? Es ist mitten in der Nacht.«

»Ich muss mit dir reden«, sage ich. »Es ist wichtig.«

Sie runzelt die Stirn. »Es ist drei Uhr morgens.«

»Bitte.«

Sie reibt sich die Augen.

»Was ist los? Du siehst furchtbar aus.«

»Kann ich bitte reinkommen? Ich könnte durchs Fenster klettern, dann kriegt es dein Vater nicht mit.«

Sie schüttelt den Kopf. »Nein. Ich versuche zu schlafen. Du solltest um diese Zeit gar nicht draußen sein.«

»Ich muss dich etwas fragen. *Bitte.*«

Darleen seufzt.

»Also gut«, sagt sie schließlich. »Du kannst für fünf Minuten reinkommen. Mehr nicht. Ich verstehe nicht, warum du mich das, was du mich fragen willst, nicht auch von da draußen fragen kannst. Und wenn mein Vater dich hört, wird er völlig ausflippen.«

Ich suche mit dem Fuß Halt in einem Busch, finde eine geeignete Stelle und ziehe mich hoch. Als ich hoch genug bin, schwenke ich das Bein über den Fenstersims.

»Du wirst dir den Hals brechen«, murmelt Darleen.

Ich falle auf den Fußboden. Dann stehe ich auf und warte, bis ich wieder normal atmen kann.

»Was ist so wichtig, dass du mitten in der Nacht reinkommen musst?«

Unsicher, wo ich anfangen soll, setze ich mich auf ihr Bett.

»Ich muss wissen …«, sage ich. »Ich habe über eine Menge nachgedacht und … Ich muss wissen, ob mit mir etwas nicht stimmt oder … Warum magst du mich nicht?«

Darleen verzieht mürrisch das Gesicht. »Im Augenblick mag ich dich nicht, weil es drei Uhr morgens ist und du mich geweckt hast, um mir eine dumme Frage zu stellen, die auch bis morgen hätte warten können –«

Irgendwas in meinem Gesicht bringt sie dazu, ihre Meinung zu ändern, denn plötzlich unterbricht sie sich.

»Das ist echt wichtig für dich, oder?«

Es gelingt mir kaum zu nicken.

»Habe ich etwas an mir, das einfach nur dumm oder schlecht ist oder … Ich weiß auch nicht …« Mir bleiben die Worte im Halse stecken.

Jetzt setzt sich Darleen neben mich aufs Bett und streicht mir das Haar aus dem Gesicht, wie Mom es immer tut, und für einen Moment denke ich: *Ach Shit, ich mache mich schon wieder lächerlich.* Aber dann seufzt sie.

»Ich gebe ja zu«, sagt sie, »dass ich dich von dem Augenblick an, als wir uns das erste Mal begegnet sind, nicht ausstehen konnte. Ich habe dein Telefonat mit deinem Kumpel mitgehört, und du klangst wie ein typischer Frauenheld.«

Ich winde mich vor Scham.

»Und dann«, fährt sie fort, »mochte ich dich nicht, weil du sofort von der coolsten Clique der ganzen Schule akzeptiert wurdest, aber das hat dir noch nicht gereicht. Du musstest mich außerdem noch ärgern, als wäre ich irgendein Sport, den du meistern wolltest. Noch eine Trophäe auf deinem Regal.«

Ich stehe auf.

»Das tut mir leid«, sage ich. »Du hast recht. Ich war ein totaler Idiot. Und jetzt hab ich dich mitten in der Nacht geweckt, nur um mir das zu sagen, was noch schlimmer ist …«

Darleen hält mich am Arm fest und zieht mich wieder aufs Bett.

»Setz dich, Liam«, sagt sie. »Ich bin noch nicht fertig.«

Mein Magen verkrampft sich.

»Willst du wirklich wissen, was ich gedacht habe, als ich dich in dem Cabrio deiner Mutter gesehen habe? An dem Tag, als sie dich hergebracht hat?«

Nicht wirklich.

»Ich habe gedacht: *Wahrscheinlich ist der Typ genauso wie alle anderen oberflächlichen Schickimicki-Idioten, denen ich bisher begegnet bin.*«

Ich schließe die Augen und vergrabe das Gesicht in den Händen.

»Und willst du wissen, was ich jetzt von dir halte?«

Ich schüttele den Kopf, doch Darleen kennt keine Gnade und lacht.

»Zu dumm, denn ich werde es dir trotzdem sagen.« Sie legt

mir eine Hand aufs Knie. »Ich glaube, du bemühst dich zu sehr, es allen recht zu machen, und jetzt willst du alles hinschmeißen, nur weil es Leute wie mich gibt, die dich danach beurteilen, was sie sehen, ohne zu wissen, was sich unter der Oberfläche verbirgt.«

Sie hält inne und betrachtet mich.

»Glaubst du, ich hätte nicht gehört, wie du dich gestern Abend mit deinem Onkel gestritten hast?«, fragt sie nach einer Weile. »Dein Vater ist nicht gekommen, du hast beschlossen, die Schule abzubrechen, und jetzt willst du zur Army gehen. Zur *Army*?«

Ich lasse mich nach hinten auf ihr Bett fallen und wende mich ab, doch sie redet weiter.

»Liam«, sagt sie, »wir wissen beide, dass es gar nicht darum geht, ob ich dich mag oder nicht.«

»Wie meinst du das?«, murmle ich.

»Klar – am Anfang konnte ich dich nicht ausstehen. Aber ich bin es nicht, die du unbedingt beeindrucken willst. Und weißt du was? Vielleicht mag dein Vater dich wirklich nicht, aber du musst aufhören, dir so viele Gedanken darüber zu machen, was er von dir hält, und anfangen, dir mehr Gedanken darüber zu machen, was du selber von dir hältst. Sonst wirst du für immer auf der Suche nach etwas sein, das du nie finden wirst. Ich weiß, es klingt hart, aber du musst loslassen.«

Ich schweige lange. Schließlich steht Darleen auf und geht an ihr Schmuckkästchen.

»Ich hab das hier noch nie jemandem gezeigt«, sagt sie und holt ein zerknittertes Stück Papier heraus. »Das ist der Brief, den meine Mutter zum Abschied auf dem Küchentisch hinterlassen hat.« Sie wirft ihn aufs Bett, und ich hebe ihn auf.

Ich halte ihn fest in der Hand. Dann streiche ich das Papier glatt und lese ihn zweimal.

»Ich zeige ihn dir nicht, damit du Mitleid mit mir hast. Ich möchte, dass du ihn liest, weil es darum geht, wie sehr sie mich liebt. Kannst du dir vorstellen, wie jemand so etwas schreiben kann und dann zur Tür rausgeht in dem Wissen, dass er nie mehr wiederkommt?«

»Glaubst du es nicht? Ich meine, dass sie dich liebt?« Meine Stimme ist heiser und brüchig, und ich kann in der Dunkelheit kaum erkennen, wie Darleen die Achseln zuckt.

»Ich weiß nicht«, sagt sie. »Aber das ist alles, was ich habe, und ich muss lernen, damit umzugehen.«

Ich lege mich wieder hin und schließe die Augen.

»Hör mal«, sagt sie. »Alles, was ich über dich gedacht habe – darin habe ich mich geirrt. Ich dachte, du wärst genauso wie Joe und Nikki und alle anderen, aber du bist anders.«

»Aber ich *bin* so wie sie«, sage ich. »Ich bin sogar noch schlimmer als sie. Joe und Nikki sind gar nicht so schlecht, wenn man sie näher kennt, und wenigstens machen sie alles richtig. Ich bin beliebt und oberflächlich und dumm und …«

Darleen runzelt die Stirn. »Liam, deine Schaufensterdekoration in Eddies Geschäft war … Na ja, ein Dummkopf hätte sich so etwas niemals ausdenken können.« Sie berührt mich am Arm. »Glaub mir, du hast Talent.«

Sie lehnt sich auf dem Bett zurück und liegt jetzt neben mir.

»Ich werde dir noch was sagen, aber wenn du jemals weitererzählst, dass ich so nett sein kann, dann wird so etwas nie wieder passieren.«

Ich mache die Augen auf.

»Was denn?«

»Du bist in Ordnung, Liam«, sagt Darleen. »Lass dir weder von deinem Vater noch von mir oder von sonst irgendjemandem einreden, du wärst es nicht.«

Sie nimmt meine Hand und hält sie fest, und eine ganze Weile liegen wir bloß nebeneinander da und sagen nichts. Schließlich steht sie auf, zieht mich von ihrem Bett hoch und führt mich zum offenen Fenster.

»Ich weiß, du wünschst dir etwas anderes«, sagt sie. »aber das Licht in eurem Wohnzimmer ist gerade angegangen. Ich glaube, du solltest mit deinem Onkel reden. Er mag dich wirklich.« Sie hält inne. »Man kann Liebe nicht erzwingen, Liam. Man muss sie einfach nehmen, wo immer man sie kriegen kann.«

Ich schaue aus dem Fenster auf Petes Mobilheim und weiß, dass sie recht hat.

50

AM NÄCHSTEN MORGEN liege ich im Bett und lasse mir Darleens Worte durch den Kopf gehen.

»Man kann Liebe nicht erzwingen, Liam. Man muss sie einfach nehmen, wo immer man sie kriegen kann.«

Ich denke an meinen Vater, und dann denke ich an Tante Pete in seiner Glam-Rock-Stretchhosen-Aufmachung, und an die Jungs mit ihrer Band, die Hits aus den Siebzigern spielt.

In meinem Kopf pocht es laut, und irgendwann scheppert der Wecker neben meiner Matratze. Ich schalte ihn ab, aber ich habe die ganze Nacht kein Auge zugetan.

»Bist du wach?«, fragt Pete. Er steht in seinem grünen Lieblingskimono und den orangen Socken im Türrahmen. Ich nicke langsam.

»Ich bin wach.«

Pete runzelt die Stirn.

»Du siehst nicht so aus, als wärst du wach. Du hast es dir nicht anders überlegt, oder?«

Ich schüttele den Kopf. »Nein. Ich habe es mir nicht anders überlegt.«

»Also gut. Wir treffen uns in einer Stunde mit deinem Vater, also solltest du dich lieber beeilen. Ich bin sicher, dass du für diesen Anlass das perfekteste Hemd der Welt anziehen musst, und wir haben nicht den ganzen Tag Zeit, um es auszusuchen.«

Ich setze mich auf und fahre mir mit der Hand durchs Haar. Ich warte, bis Pete die Tür hinter sich zugemacht hat. Dann stelle ich mich vor meiner Kleiderstange auf. Es dauert eine ganze Weile, aber schließlich habe ich die richtigen Kleidungsstücke herausgesucht. Ich lege alles sorgsam auf die Matratze und dusche dann ausgiebig. Ich mache mir eine perfekt ausgewogene Wuschelfrisur und ziehe mir dann die ausgewählten Teile an. Kohlschwarze Boxershorts von Turnbull & Asser, ein schlichter Anzug von Pierre Cardin aus Kammgarn mit vier Knöpfen, darunter ein klassisches blaues Hemd, das extra für den Anzug angefertigt wurde, schwarze Lederschuhe von Helmut Lang. Parfüm: Hugo Boss.

Ich betrachte mein Spiegelbild, und diesmal sehe ich weder Mom noch Dad. Nur mich.

Um Viertel nach zwölf steigen Tante Pete und ich in den Nissan und fahren zur Schule. Der Knoten in meinem Magen zieht sich noch fester zu, als wir auf den Parkplatz einbiegen. Dino, Orlando und Eddie warten an der Treppe auf uns. Ich steige aus dem Auto und gehe langsam auf sie zu.

»Danke, dass ihr gekommen seid«, sage ich. »Ich hätte es euch nicht übel genommen, wenn ihr weggeblieben wärt.« Ich schaue Orlando in die Augen. »Es tut mir wirklich –«

Bevor ich weiterreden kann, legt er mir eine Hand auf die Schulter.

»Spar dir das für drinnen auf«, sagt er und deutet auf die Eingangstüren. »Sollen wir reingehen?«

Ich nicke, und zu fünft gehen wir zu Direktor Malleks Büro. Das Licht brennt, und ich sehe Dads Profil hinter dem Fenster.

Jetzt gibt es kein Zurück mehr, denke ich.

Ich öffne die Tür und trete ein. In einem der großen Ledersessel, die vor dem Schreibtisch des Schulleiters stehen, sitzt Mom. Sie sucht irgendwas in ihrer Handtasche, doch als ich den Raum betrete, lässt sie die Tasche fallen. Der Inhalt rollt auf den Boden, und sie kniet sich nervös hin, um die Gegenstände einzusammeln. Ich knie mich neben sie und lege meine Hände auf ihre.

»Lass mich das machen, Mom.« Ich beuge mich zu ihr und küsse sie auf die Wange.

»Oh Gott, Li«, flüstert sie, während sie meinen Kragen zurechtrückt, und ich weiß genau, was sie meint. Ich drehe mich um, um meinen Vater anzusehen, doch Dad ist damit beschäftigt, Tante Pete wütend anzustarren.

»Soviel ich weiß, bist du nicht zu dieser Besprechung eingeladen worden«, sagt er.

Ich mische mich ein, bevor Pete antworten kann. »Ich habe ihn eingeladen. Ich wollte die Jungs dabeihaben.« Dabei sehe ich nicht Dad, sondern Direktor Mallek an, weil ich weiß, dass Dad sich zurückhält, wenn noch eine andere Person im Raum ist. Eine andere Person, die beeindruckt werden muss.

Direktor Mallek nickt. »Das ist kein Problem«, sagt er. »Eigentlich bin ich ganz froh, dass alle hier sind. Wir müssen die Sache mit dem ausgelösten Schulalarm mit Officer Walters –«, er macht eine Kopfbewegung in Dinos Richtung, »– klären, und ich glaube, ganz egal, was heute hier entschieden wird, Liam, du …«

Ich lasse ihn nicht zu Ende reden. »Ich weiß. Ich schulde Orlando – ich meine Mr DeSoto – eine Entschuldigung.« Ich wende mich an Orlando. »Du sollst wissen, dass es mir wirklich leid tut …« Hier stocke ich. Ich spüre, wie allerlei ausgeleierte Phrasen an die Oberfläche steigen, aber diese Entschuldigung soll nicht wie alle anderen klingen. Also fange ich noch einmal an.

»Was ich sagen will, ist, dass du immer echt nett zu mir warst, seit ich hierherkam, und dass du es nicht verdient hast, dass ich betrunken in deinen Unterricht gekommen bin oder auf dem Flur eine Szene gemacht habe oder all die anderen Sachen. Ich weiß, du glaubst, es sei mir egal, was du unterrichtest, aber das stimmt nicht. Mir gefällt dein Unterricht, und ich weiß, dass wir gerade *Hamlet* lesen, und ich habe auch versucht, das Stück zu lesen, aber du solltest mich nicht für dumm halten, wenn ich nicht alles darin verstehe. Deswegen habe ich mir das Buch nicht gekauft. Du bist ein wirklich guter Lehrer, und es tut mir leid, dass ich so getan habe, als wäre mir alles egal. Das gestern tut mir leid, und das meine ich ernst.«

Ich blicke auf, um zu sehen, ob Orlando mir zuhört, doch an seiner Stelle antwortet Dad.

»Es sollte dir auch wirklich leid tun«, sagt er. »Der Schulleiter hat mich über dein Benehmen aufgeklärt, und wie immer hast du es versäumt, auch nur das kleinste bisschen Respekt gegenüber Autoritätspersonen zu zeigen und –«

Dad ist dabei, in seine übliche Standpauke abzudriften, doch Orlando unterbricht ihn. »Danke, Allan«, sagt er, »aber ich glaube, die Entschuldigung galt mir.« Dad verstummt sofort, und Orlando betrachtet mich von der anderen Seite des Zimmers. »Ich nehme deine Entschuldigung an, Liam. Es bedeutet mir sehr viel zu hören, was du gerade gesagt hast, und nebenbei gesagt halte ich dich für einen intelligenten Jungen. *Hamlet* ist ein schwieriges Buch, doch wenn du ein bisschen daran arbeitest, wirst du es verstehen.« Er macht eine kurze Pause. »Und das meine *ich* ernst.«

Eine Welle der Erleichterung ergreift mich, doch da räuspert sich Direktor Mallek. »Und was ist mit dem Alarm?«, fragt er und sieht dabei Dino an. Darauf habe ich gewartet. Dino kann so oder so entscheiden. Wenn er mich hart bestraft, würde ich es ihm nicht verübeln; schließlich hat er schon einmal ein Auge zugedrückt.

»Na ja«, sagt Dino und trommelt mit den Fingern auf seiner Stuhllehne herum, »wir nehmen es sehr ernst, wenn der Alarm ausgelöst wird. Das war kein lustiger Streich und noch nicht einmal ein Versehen. Es war Absicht, und deswegen kann ich die Sache nicht einfach abtun. Ich halte es nicht für nötig, eine Strafanzeige zu stellen, und die Schule muss selbst entscheiden, welche Strafe sie auferlegen möchte, doch ich persönlich halte gemeinnützige Arbeit als Strafe für das Mindeste.«

Dad nickt. »Unbedingt«, sagt er. »Es gibt eine Vielzahl an hervorragenden gemeinnützigen Aufgaben in der Gegend von Westchester. Sobald Direktor Mallek mich angerufen hatte, ahnte ich so etwas schon und habe recherchiert ...«

Dino hustet. »Eigentlich habe ich großes Interesse daran, dass Liam sich für die hiesige Gemeinde nützlich macht. Vor allem für diese Schule. Ich denke, die anderen werden mir zustimmen.« Er sieht erst Direktor Mallek und dann Orlando an. »Der Alarm wurde hier ausgelöst, und es waren die Menschen hier, die alles stehen- und liegenlassen mussten.«

Dad runzelt die Stirn.

»Das halte ich nicht für angemessen. Es ist zu weit von Westchester entfernt, und Liams Zeit wird mit ausführlichen Vorbereitungen für den Highschool-Abschluss und das Einstiegsprogramm der Army gut ausgefüllt sein.«

Ich versuche, normal zu atmen, doch mein Puls rast. Ich sehe erst Mom und dann Pete an. Pete nickt, also räuspere ich mich.

»Tatsache ist, ich habe es mir anders überlegt, Dad.«

Dad verstummt mitten im Satz.

»Ta... Onkel Pete und ich hatten letzte Nacht – oder vielmehr heute früh – ein langes Gespräch, und wenn Direktor Mallek es zulässt, würde ich die Schule gern hier in Pineville zu Ende machen. Mir ist klar, dass das Auslösen des Alarms und meine Trunkenheit auf dem Schulgelände Folgen für mich haben werden, und ich werde tun, was immer ich muss« – dabei sehe ich Direktor

Mallek direkt an «– selbst wenn es das ganze Jahr dauert, bis ich das alles abgearbeitet habe. Aber ich möchte hierbleiben.«

Vor diesem Teil habe ich mich gefürchtet, und Dad zögert keine Sekunde.

»Du hast deine Entscheidung schon getroffen«, sagt er. »Aus diesem Grund sind wir alle heute hergekommen. Deswegen sind deine Mutter und ich heute früh hierhergefahren.« Ich sehe, wie ihm das Blut in den Kopf steigt. Ich winde mich vor Unbehagen, aber jetzt ist es zu spät. Jetzt haben die Dinge das Höchstmaß an Unerträglichkeit erreicht, doch dieses eine Mal ist es mir ganz recht.

»Nein, Dad«, sage ich. »*Du* hast die Entscheidung getroffen, so wie du immer alle Entscheidungen triffst. Ich habe dazu Ja gesagt, weil ich hoffte, dass du dann stolz auf mich bist. Aber du wirst nie stolz auf mich sein, selbst wenn ich in der Army wäre.«

Dads Gesicht läuft knallrot an. Zuerst stottert er, doch dann steht er auf.

»Du hast es dir anders überlegt, weil *er* –«, dabei zeigt er auf Tante Pete, »– denkt, er könnte eine Art Vaterfigur spielen und –«

»Lass es sein, Allan«, sagt Pete. »Ich versuche nicht, ein Vater zu sein, und falls dein Sohn wirklich einen Vater sucht, dann solltest du dich vielleicht fragen, warum er das tut.«

Dad lacht.

»Falls mein Sohn einen Vater sucht, dann wird er ihn wohl kaum in einem Radiomoderator finden, der Frauenkleider anzieht und in einer Wohnwagensiedlung lebt.«

Tante Pete steht auf, doch Direktor Mallek räuspert sich laut.

»Wie ich sehe, ist das ein Streitpunkt«, bemerkt er, doch keiner hört mehr zu.

Eddie versucht verzweifelt, etwas beizutragen, das mit »Als Liams Arbeitgeber ...« anfängt, und Orlando blockt unauffällig

Tante Petes rechten Arm ab, indem er sich neben ihn stellt. Dino sieht aus, als würde er ernsthaft darüber nachdenken, Verstärkung anzufordern, und Mom fummelt wieder an ihrer Handtasche herum. Ich fahre mir mit der Hand durchs Haar.

»Du hast in dieser Sache nichts zu melden«, sagt Dad, während er mit dem Finger in der Luft herumfuchtelt, als würde er auf Tante Petes Brust einstechen. »Ich bin Liams Vater, und ich sage, dass er heute mit mir nach Hause kommt. Punkt aus!«

Wenn nicht alles so verfahren wäre, könnte ich jetzt fast lachen. *Jetzt* will Dad mich?

Pete sieht aus, als wollte er Dad anspucken. »Dummes Geschwätz«, sagt er. »Deine Frau und dein Sohn verbiegen sich, um es dir recht zu machen, während du sie wie Dreck behandelst! Also ist es ihre Entscheidung, ob –«

Direktor Mallek tritt dazwischen. »Das reicht jetzt!«

Eine unbehagliche Stille kehrt ein.

»Ich bin sicher, wir können uns einig werden, wenn alle kooperieren«, sagt Direktor Mallek ruhig. Er sagt es in diesem bestimmten Ton, der ausdrückt, dass er sehr verärgert ist, und das ist toll, denn dieses eine Mal gilt er nicht mir. Dad macht den Mund auf, doch Direktor Mallek gebietet ihm mit der Hand zu schweigen.

»Liam«, sagt er, »gehe ich recht in der Annahme, dass du die Schule lieber zu Ende machen würdest als sie abzubrechen?«

Ich nicke.

»Mr Geller«, fährt Direktor Mallek fort, »ich kann mir nicht vorstellen, dass Sie Liams Wunsch nicht wenigstens in Erwägung ziehen. Es ist für Eltern äußerst ungewöhnlich, darauf zu bestehen, dass …«

Dads Miene wandelt sich von wütend zu kontrolliert.

»Selbstverständlich«, sagte er. »Mir liegt nur das Wohl meines

Sohnes am Herzen. Wenn Liam die Schule zu Hause in Westchester abschließen möchte, wo er angemessen beaufsichtigt werden kann, dann habe ich nichts dagegen.«

Direktor Mallek nickt. »Das ist fair«, sagt er. »Ich kann die erforderlichen Unterlagen zusammenstellen lassen und bin mir sicher, dass wir eine akzeptable Lösung finden, wie Liam seine Untaten an unserer Gemeinde wiedergutmachen kann.«

Ich setze mich auf.

»Einen Moment«, sage ich und sehe Mom an. »Wir sind uns überhaupt nicht einig.« Ich versuche, sie dazu zu bringen, mich anzusehen, aber sie weigert sich. Also muss ich sie darum bitten. »*Mom*«, sage ich. »*Bitte.*«

Diesmal blickt sie auf und für einen Moment treffen sich unsere Blicke. Dann wende ich mich an Direktor Mallek.

»Ich weiß, dass Sie Konsequenzen für wichtig halten«, sage ich zu ihm. »Und ich bin bereit, die Konsequenzen zu tragen. Das verspreche ich. Es ist noch nicht zu spät. Schließlich habe ich endlich eine Entscheidung getroffen. Das sollte doch auch zählen, oder? Ich weiß jetzt, was *ich* machen will, und wenn ich nur eine Chance bekomme, mache ich es diesmal vielleicht richtig.«

Ich bin noch nicht fertig, doch Direktor Mallek legt mir die Hand auf den Arm.

»Es tut mir leid, Liam«, sagt er, »aber ich glaube, du brauchst die Unterstützung deiner Eltern.«

In diesem Moment steht Dad auf.

»Liam, hol deine Jacke.«

Ich rühre mich nicht.

»Liam …«

»Lass ihn, Allan.«

Das hatte ich von Pete erwartet, doch es kommt von Mom. Alle Blicke richten sich auf sie, und für den Bruchteil einer Sekunde sieht sie aus wie früher auf dem Laufsteg. Sie steht auf und geht auf mich zu. Dann küsst sie mich auf die Stirn.

»Dein ganzes Leben«, flüstert sie, »habe ich gebetet, dass du wie dein Vater wirst. *Bitte*, habe ich gedacht, *lass ihn bloß nicht so werden wie mich.*« Ihre Hand ruht auf meinem Gesicht; sie zittert. »Aber du bist wie ich, stimmt's? Außer, dass du stärker bist als ich, und wenn ich dich ansehe, empfinde ich nichts als Stolz.«

Ich schließe die Augen.

»Es tut mir so leid, Li«, sagt sie tonlos. Dann fügt sie hinzu: »Ich liebe dich mehr als alles auf der Welt.«

Es bleibt lange still im Raum. Dann sagt Dad: »Sarah, das haben wir schon ausdiskutiert.«

»Nein, Allan«, sagt sie. »Das haben wir nicht.«

Sie wendet sich an Direktor Mallek. »Ich weiß, Sie müssen mit Liam über sein gestriges Verhalten sprechen. Ich bitte Sie nicht um Milde, aber ich bitte Sie darum, ihm noch eine Chance an Ihrer Schule zu geben. Er ist jetzt achtzehn, und er kann seine Entscheidungen selbst treffen. Wenn es das ist, was er will –«

»Sarah, setz dich hin«, sagt Dad.

Sie rührt sich nicht. »Er verdient noch eine Chance, denn wir haben ihm nie eine echte Chance gegeben.«

»*Sarah!*«

Zum ersten Mal sieht Mom meinen Vater direkt an. »Wir unterhalten uns auf dem Flur darüber. Jetzt muss Liam die Angelegenheiten mit seinem Onkel, seinem Lehrer, seinem Schulleiter, seinem Arbeitgeber und dem Polizeibeamten regeln, die ihm alle gute Freunde gewesen sind.« Sie sieht jeden der Jungs einzeln an, und in ihren Augen stehen Tränen.

Dad dreht sich zu mir um.

»Wir werden uns später darüber unterhalten«, sagt er, und ich nicke. Ich habe keinerlei Zweifel daran, dass wir das tun werden.

Epilog

ZWEI WOCHEN SPÄTER sitze ich vor dem riesigen Spiegel im Chorraum und lege Lidschatten auf. Das Zimmer quillt über vor halb bekleideten Cheerleadern und Jungs in Boxershorts und Krawatten. Eigentlich sind separate Umkleiden für Jungen und Mädchen vorgesehen, doch die Absperrungen sind umgefallen, und jetzt herrscht nur noch Chaos. Ich grinse. Noch fünfzehn Minuten bis zur Show.

Tante Pete tritt hinter mich. »Das sieht gut aus«, sagt er. »Wie kriegst du den Effekt hin?«

Ich streiche zart über den Pinsel. »Es sind mehrere Schichten«, erkläre ich. »Der dunkelste Ton wird direkt am Lid aufgetragen, dann kommt ein hellerer Ton in die Mitte, und ein Farbton mit Gold wird bis zu den Augenbrauen aufgetragen. Es hebt sich von der Bühne ab und zieht die Blicke an.«

Jen setzt sich neben mich. »Kann ich es ausprobieren?«, fragt sie. Sie sieht sehr hübsch aus.

Ich gebe ihr den Pinsel. »Du solltest einen neutralen Farbton nehmen«, sage ich, »aber nimm etwas Gold für die Lippen – so.«

Joe Banks wirft einen Football an die Wand.

»Nie im Leben würde ich mit so was rumlaufen.«

Pete lacht. »Na komm, Joe! Ein bisschen Lippenstift? Oder vielleicht etwas Rouge?«

»Ihr seid total durchgeknallt.«

Ich möchte lachen, aber ich verkneife es mir.

»Raymond. Simon. Ihr habt die Liste nicht richtig gelesen. Ihr müsst sie lesen. Ihr tragt die Shorts von PacSon mit den Schuhen von Skecher und der Sonnenbrille.«

Raymond sieht an sich herab. »Das sind doch Shorts«, sagt er. Ich stöhne.

»Nikki, zeigst du bitte Rambo die Shorts von PacSon? Und Stephie und J.T. tragen die falschen Accessoires.« *Verdammt, um alles muss man sich selber kümmern.* »Ich muss das Zeug hier auftragen«, murmle ich. »Wenn ich es nicht richtig auftrage ...«

Tante Pete sieht mich prüfend an, und ich fange seinen Blick auf.

»Ich weiß ja«, füge ich hinzu. »Dann geht die Welt auch nicht unter.« Aber vielleicht doch, denn jetzt will ich endlich anfangen, erfolgreich zu sein. Ich halte den Lidschatten hoch. »Will noch jemand?«

Pete nimmt mir den Pinsel aus der Hand.

»Klar. Warum nicht?« Er imitiert meine geschwungenen Bögen. Ich beobachte ihn. Allmählich lernt er die Technik.

Tante Pete trägt bei der Modenschau das rote Kleid. Außerdem macht er den DJ, dadurch hatten wir eine Menge Werbung. Das Onkel-Neffe-Modelteam. Es soll ein Riesengag werden, ich meine seine Aufmachung in dem Kleid, und die ganze Stadt wird kommen, um es zu sehen. Keiner ahnt, dass Tante Pete das Ganze ernst meint. Er trägt die Pumps mit den Strasssteinen, die wir im Einkaufszentrum gekauft haben, und er hat sich sogar rasiert. An den Beinen.

»Sieht gut aus«, sage ich, als er den Lidschatten aufgetragen hat. Ich ziehe mein Hemd an und rücke die Manschetten zurecht. Joe Banks' Football knallt gegen die Wand, und irgendjemand lässt ein Tablett voller Ohrringe fallen, doch ich ignoriere es. Ich muss noch etwas erledigen. Daher gebe ich Pete den Lidschatten.

»Passt du kurz darauf auf? Ich bin gleich wieder da.«

Eddie betritt den Raum, als ich zur Tür hinausgehe.

»Wo willst du hin? Wir haben nur noch zehn Minuten. Oh Gott! Ich krieg gleich eine Panikattacke.«

Er fächelt sich Luft zu, aber ich beachte ihn nicht. Es gibt da jemanden, den ich auf dem Flur abpassen muss.

»Darleen!«

Sie ist auf dem Weg zur Sporthalle, doch als ich sie eingeholt habe, bleibt sie stehen.

»Wie geht es dem neuen Ballkönig von Pineville?«, fragt sie.

Ich werde rot. Die Wahl war am Vormittag, und ich habe haushoch gewonnen. Ich weiß ehrlich nicht, wie das passieren konnte.

»Gut«, sage ich. »Mir geht es gut.«

»Lassen sie dich jetzt, nachdem du deine Strafe abgestottert hast, an deiner eigenen Krönung teilnehmen?« Ihre Frage bezieht sich auf die Woche, an der ich vom Unterricht ausgeschlossen wurde, und auf die gemeinnützige Arbeit, die ich für Dino geleistet habe. Auch wenn die gemeinnützige Arbeit noch nicht vorbei ist. Bis ich damit fertig bin, werde ich wohl achtzig sein. Dazu ist sie auch noch ätzend. Ich muss den gesamten Abfall von Pineville einsammeln, aber das ist noch nicht das Schlimmste. Das Schlimmste ist, dass kaum jemand in Pineville irgendwelchen Müll liegenlässt, und deswegen muss ich so *tun*, als würde ich Müll sammeln.

»Ja«, sage ich. »Jen und ich gehen hinterher sogar auf eine Party, aber Pete hat ihr gesagt, dass ich um elf zu Hause sein muss. Er sagt, er würde Dino eine Minute nach elf anrufen.« Ich zucke die Achseln, und Darleen lacht.

»Wie trägt dein Vater das Ganze?«

Jetzt runzle ich die Stirn.

»Nicht so gut. Er und meine Mutter hatten einen Riesenkrach, weil sie heute herkommen wollte. Jetzt bleibt sie zu Hause, obwohl sie versprochen hatte, herzukommen. Es ist chaotisch.«

»Aber du bist noch hier«, sagt Darleen.

Ein Punkt für sie. »Was hast du denn da?« Ich zeige auf den Zeichenblock, den sie sich an die Brust hält. Sie kneift die Augen zu.

»Ob du es glaubst oder nicht«, sagt sie. »Jen hat heute früh angerufen und mich gebeten, ein paar Bilder von der Modenschau zu zeichnen.« Sie sieht mich misstrauisch an. »Davon weißt du natürlich nichts, stimmt's?«

Ohne es zu wollen, muss ich grinsen. Darleen schüttelt den Kopf.

»Das habe ich mir gedacht. Du bist der Einzige, der Jen Van Sant überreden kann, anzurufen und *mich* um einen Gefallen zu bitten. Dazu auch noch einen Gefallen zum Schulfest.«

»Aber es ist doch eine gute Idee, oder?«, sage ich. »Schließlich wird es deiner Mappe nützen, und die Zeichnungen sind mal etwas anderes für die Schülerzeitung. Unterstützt die Künste, nicht wahr?«

»Nur weil ich eine große Kampagne gegen das Fest gestartet habe, heißt das noch lange nicht, dass ich dabei keine zentrale Rolle spielen kann.« Sie runzelt die Stirn. »Eigentlich wollte ich ablehnen, aber dann dachte ich, es wäre dumm von mir, die Chance nicht zu ergreifen.«

Normalerweise würde ich so tun, als wüsste ich, was sie damit meint, aber diesmal bemühe ich mich, es besser zu machen. »Welche Chance?«, hake ich nach.

Darleen rückt den Zeichenblock gerade.

»Na ja, außer zur Klassenzicke werde ich wohl auch noch zur Klassenheuchlerin gewählt, aber selbst ich konnte mir die Chance, das nächste internationale Supermodel zu zeichnen, nicht entgehen lassen.«

Sie grinst, und ich weiß nicht, was ich erwidern soll, aber am Ende sage ich gar nichts. Darleen sieht zur Tür des Probenraums, an der Eddie steht und mit den Armen rudert.

»Und da wir gerade davon reden«, sagt sie, » sieht aus, als wäre es Zeit für deinen großen Auftritt.«

Er trägt immer die falschen Klamotten.
Er hat keine Freunde. Aber er liebt Sina.

Stephan Borchers
SLAM - POETRY & LOVE
Deutsch: Sehr gut -
Liebe: Mangelhaft
256 Seiten
ISBN 978-3-8339-3685-2

Jonas ist Klassenbester. Doch so erfolgreich er in der Schule auch ist, so sehr versagt er nach eigener Meinung sonst im Leben. Immer trägt er die falschen Klamotten, Freunde hat er keine und eine Freundin erst recht nicht. Als er den Poetry Slam seiner Schule gewinnt, soll er gemeinsam mit Sina nach Hamburg fahren, um dort am großen Poetry Finale teilzunehmen. Ausgerechnet mit Sina, in die er total verliebt ist – was die nicht weiß – und die ihn für einen Loser hält …

Ein Roman über die Schule und erste Liebe – kurios, romantisch und ganz ohne Tabus!

Baumhaus Verlag